claudia
thesenfitz

mit james auf sylt

EIN
GLÜCKSROMAN

Ullstein

Besuchen Sie uns im Internet:
www.ullstein-buchverlage.de

MIX
Papier
FSC® C083411

Originalausgabe im Ullstein Taschenbuch
1. Auflage März 2019

Umschlaggestaltung: zero-media.net, München
Titelabbildung: © Javier Pardina / stocksy (Frau); © FinePic®, München
Innengestaltung: deblik Berlin
Gesetzt aus der Quadraat Pro powered by pepyrus.com
Druck und Bindearbeiten: CPI books GmbH, Leck
ISBN 978-3-548-29143-7

Für James

1

Der Mann an Janas Seite hatte volles schwarzes Haar, blendend weiße Zähne, einen beeindruckend athletischen Körper und wunderschöne bernsteinfarbene Augen. Er trug einen nietenbesetzten Lederriemen um den Hals und lief auf allen vieren. Seine Zunge hing dabei fast auf den Bürgersteig.

Der Mann an Janas Seite hieß James und war ein fünfjähriger Neufundländer. Ein Riesentier, dessen Kopf ihr bis zur Hüfte reichte und das stolze fünfundsechzig Kilo auf die Waage brachte. Wenn James sich auf dem Boden ausstreckte, war er fast zwei Meter lang.

Als hätte er einen eingebauten Raketenantrieb, schleifte er Jana an der Leine hinter sich her, während er den Bürgersteig des Eppendorfer Baums entlangsprintete. Im Slalom musste Jana verärgerten Fußgängern ausweichen, die empört stehen blieben und den Kopf schüttelten, während James von links nach rechts switchte, um hier und dort zu schnuppern. Keine Chance, ihn zu bremsen, so vehement Jana auch im Sekundentakt »Stopp!« schrie. Der muskelbepackte Koloss besaß die Zugkraft eines Fünfhundert-PS-

SUVs, und Allradantrieb hatte er offenbar auch. Ihn zum Stehen zu bringen war so aussichtslos, als würde sie versuchen, einen tollwütigen Traktor anzuhalten. Hatten Neufundländer früher nicht sogar Boote aus dem Meer gezogen?

Jana hatte Hunde nie gemocht, sie war eher ein »Katzen-Typ«. Hunde waren ihr zu devot in ihrem Bedürfnis, ihrem Herrchen oder Frauchen zu gefallen, zu sehr nach Zuneigung hechelnd, zu bettelnd um Nahrung und zu laut, wenn sie kläfften, was sie ja dauernd taten.

Hunde stanken, sabberten, und wenn sie nass wurden, waren ihre Ausdünstungen und ihr Geschüttel unerträglich – fand Jana.

Katzen hingegen betrieben akribische Körperpflege, waren unabhängig und unbestechlich. Unzähmbare Diven, die sich selbst versorgten, indem sie nachts Mäuse jagten. In Janas Wertesystem waren Katzen Helene Fischers und Hunde Florian Silbereisens.

Schuld daran, dass Jana sich nun trotzdem von diesem absurd riesigen Köter durch Hamburgs Nobel-Stadtteil Eppendorf zerren ließ, war ihre Schwester Nele. Weil die demnächst ihr erstes Kind zur Welt bringen würde, sollte Jana den Familienhund zwei Monate lang in Neles und Toms Ferienhaus auf Sylt hüten. Die junge Mutter wollte in der ersten Zeit nach der Entbindung ihre Nerven schonen, in Ruhe den Umzug an den Stadtrand choreografieren und mögliche Infektionen ihres Babys vermeiden; und da Jana gerade ihren Job verloren hatte und zudem frisch getrennt war, verfügte sie – Neles Meinung nach – über die nötige Zeit, den haarigen Vierbeiner im Nordsee-Exil zu sitten.

Als Nele sie am Telefon darum gebeten hatte, war Jana so schnell keine passende Ausrede eingefallen.

»Sag mal, du bist doch gerade arbeitslos, oder?«, hatte Nele sie eines Abends harmlos gefragt.

»Ja«, hatte Jana nichts ahnend geantwortet. »Warum?«

»... und nicht unbedingt ortsgebunden?«, ging Nele über Janas Gegenfrage hinweg.

»Ja?« Janas innere Alarmglocken begannen laut zu schrillen. »Warum willst du das wissen?«

»Könntest du dir vorstellen, James für zwei Monate zu hüten?«

»James?« Das hatte Jana fast gekreischt. »Ich hasse Hunde, Nele!«

»Ich weiß, Süße, aber James weiß das ja nicht, und ich finde einfach niemand anders ...«

»Und wie stellst du dir das vor? Hier, in meiner WG? Bei uns sind Hunde verboten!« Mit diesem Argument war sie aus dem Schneider, dachte Jana. Womit sie leider irrte.

»Du könntest mit ihm auf Sylt in unserem Ferienhaus wohnen! Das wäre auch für James wunderschön.«

Jana fehlten die Worte. Und damit die Ausreden. Es stimmte ja: Sie hatte jede Menge Zeit. Und außerdem hatte sie ihrer drei Jahre jüngeren Schwester noch nie etwas abschlagen können.

Von der Zeitschriftenredaktion, bei der sie acht Jahre lang gearbeitet hatte, von einem Tag auf den anderen vor die Tür gesetzt worden zu sein war ebenso wenig schön wie die Tatsache, dass Ole, ihr Ex-Freund, nach sieben Jahren Beziehung einfach Schluss gemacht hatte. Und ausgezogen war.

Als arbeitsloser Single wider Willen war ein riesiger, haarender, sabbernder Rüde momentan das Letzte, was ihr noch fehlte. Jana war sich außerdem sicher, eine noch nicht ausgebrochene Hundehaarallergie zu haben …

Dementsprechend widerwillig hatte sie James gerade bei Nele abgeholt – und aktuell große Mühe, ihn zu bremsen.

Leider war es zu der »gründlichen Einweisung für Hundelaien«, die ihre Schwester ihr geben wollte, nicht gekommen. Immer wieder hatten sie den Termin verschoben, und gestern, als die Instruktion endlich erfolgen sollte, musste Nele wegen eines herausgebrochenen Inlays zum Zahnarzt. Die Einweisung hatte sich also auf ein paar Sätze am Telefon beschränkt:

»James ist total lieb und easy. Du musst zweimal am Tag kurz mit ihm gehen, damit er sein Geschäft verrichten und ein bisschen laufen kann. Am besten fährst du an einen der Hundestrände, da geht er dann schwimmen, und du kannst so lange sonnenbaden. Morgens und abends kriegt er eine Schüssel Trockenfutter.« Das klang machbar, fand Jana.

Und nun stolperte sie hinter dem rasenden James her, der weder »lieb« noch »easy« war, und ihr brach der Schweiß aus. Warum hatte sie Nele nicht wenigstens nach funktionierenden Befehlen gefragt? Und warum hatte sie ihr dieses planierraupenartige Monster als ruhig und pflegeleicht verkauft? Das konnte doch alles nicht wahr sein! Mit gefühlten fünfzig Stundenkilometern näherte James sich der Fußgängerampel, die den Verkehr der Riesenkreuzung Lehmweg/Eppendorfer Baum/Eppendorfer Landstraße regelte. Was, wenn das bescheuerte Riesenvieh sie jetzt einfach auf die Straße zerrte? Direkt vor ein Auto? James erhöhte sein Tempo und hielt auf die Kreuzung zu. »Halt!!«, schrie Jana panisch und sehr laut. »James!!« Keine Reaktion. Der schwarze Kerl raste, was das Zeug hielt. Doch kurz vor dem Ampelpfahl machte er eine Vollbremsung und blieb plötzlich so abrupt stehen, dass seine Pfoten eigentlich hätten quietschen oder qualmen müssen.

Erleichtert schnappte Jana nach Luft und wischte sich den Schweiß von der Stirn. James beroch aufgeregt den Lichtmast. Die Leine hing zum ersten Mal durch. Jana versuchte, ihren Puls zu beruhigen. Unvermittelt hob James ein Bein und pinkelte den Pfahl an. Betreten schaute Jana sich um und betete im Stillen, James möge sein Hinterbein möglichst zügig wieder senken. Doch da hatte sie die Rechnung ohne den Wirt oder besser ohne die Blase des Riesentieres gemacht: Immer größer wurde der gelbe See, der sich um den Pfahl herum wie ein Tsunami ausbreitete. Jana zerrte an der Leine. Keine Chance. Und die Fußgängerampel stand zudem auf Rot. Eine ältere Dame schaute Jana vorwurfsvoll an, die darauf hilflos mit den Schultern zuckte.

»Na prima«, dachte sie. »Das geht ja schon mal gut los.« Da in Eppendorf mal wieder keine Parkplätze zu finden waren, hatte sie ihren alten Benz im Lehmweg geparkt – noch endlose dreihundert Meter Fußweg entfernt. Die Fußgängerampel sprang auf Grün. Jana zerrte an der Leine. »Los jetzt, James! Geh!!« Doch James stand immer noch auf drei Beinen und dachte gar nicht daran, seine Blasenentleerung vorzeitig zu beenden. »Geh!«, was für ein bescheuerter Befehl, dachte Jana. Sie musste Nele dringend nach den richtigen Kommandos fragen.

Die anderen Passanten waren alle schon auf der anderen Seite, als James endlich fertig war und mit Jana im Schlepptau über die Straße preschte. Zum Glück war die Ampel gerade erst auf Rot umgesprungen.

Warum geriet sie immer wieder in solche Situationen?, fragte sich Jana. Wie konnte es passieren, dass sie von einem durchgedrehten schwarzen Riesenköter durch Eppendorf geschleift wurde, statt in einem Eigenheim mit Kindern, einem liebevollen Gatten und einem tollen Job zu sitzen? Was lief in ihrem Leben bloß schief?

Mit zum Zerreißen gespannter Leine preschte James den Lehmweg entlang, zog Jana hinter sich her und zwang sie dadurch zu einer Mischung aus Jogging und High-Speed-Nordic-Walking. Ihr rechter Arm begann zu schmerzen. In der Ferne sah sie einen Mann mit einem Boxer auf sich zukommen. Zu ihrem Entsetzen stellten sich James' Nackenhaare auf. Janas auch. James zog die Lefzen kraus, knurrte und erhöhte sein Tempo. Jana packte die Leine nun auch noch mit der anderen Hand und stemmte sich mit ihrem gesamten Körpergewicht gegen die Laufrichtung. »Sitz, James! Sitz!« Zu ihrer größten Verwunderung stoppte er tatsächlich – und setzte sich.

Endlich mal ein Befehl, der funktionierte.

Zitternd stellte sich Jana neben ihn und wickelte die Leine kurz. Hasserfüllt starrte James auf den näher kommenden Boxer und knurrte immer lauter. »Ruhig, James. Alles gut!«, redete Jana auf ihn ein. Aber für James war offenbar gar nichts gut: Je mehr Jana versuchte, ihn zu beruhigen, desto aggressiver wurde sein Knurren. Hoch konzentriert fixierte er den näher kommenden Boxer und zog die Lefzen immer krauser, bis seine Schnauze plötzlich so faltig und geknautscht aussah, als wäre er gegen eine Betonwand gerannt.

Als der Boxer noch etwa einen Meter entfernt war, sprang James mit einem Ruck auf, wodurch Jana lang hinschlug, und stürzte sich mit wildem Gebell auf ihn. Die beiden Hunde bildeten ein Knäuel aus Zähnen, Sabber und fliegenden Fellbüscheln. Jana konnte nicht mehr erkennen, wo James aufhörte und der Boxer anfing. Der Besitzer des Boxers war genauso verblüfft wie sie, warf aber mutig eine Metallkette zwischen die beiden Hunde und zerrte am Halsband seines Tieres.

Jana rappelte sich auf und versuchte, das Ende von James' Leine zu fassen zu kriegen. Ihre Jeans war aufgerissen, und ihr Knie blutete. Dem jungen Typ im Hoodie, der vor Entsetzen ganz blass geworden war, gelang es schließlich, James seinen Boxer zu entreißen. Jana packte James' Halsband und zwang ihn erneut in die Sitzposition. Mann und Boxer entfernten sich drei Meter und blieben dann stehen. »Was passiert?«, erkundigte er sich aus sicherer Entfernung, während er seinen Hund auf Verletzungen kontrollierte. Jana warf einen flüchtigen Blick auf den hechelnden James. Wie sollte denn mit dem dicken Fell irgendwas passieren? Das war ja wie ein Neoprenanzug.

»Nein, alles gut«, rief sie. »Und bei dir?«

»Alles okay!« Der Typ entfernte sich eilig.

Jana zitterte am ganzen Körper. James auch. Wutentbrannt fischte sie ihr Handy aus der Tasche und tippte auf Neles Nummer.

»Das ist kein Hund, das ist ein Albtraum, Nele!«, schrie sie ins Handy. »Er hat eben einen anderen Hund fast umgebracht!«

Stille am anderen Ende der Leitung.

»Von wegen lieb und easy! Das ist eine Bestie! Habt ihr den denn gar nicht erzogen? Ich pack das nicht, Nele. Tut mir leid. Dann müsst ihr ihn eben ins Tierheim geben oder was weiß ich! Ich passe! Ich komme jetzt zu dir und bringe ihn dir zurück!«

Am anderen Ende der Leitung war es immer noch still.

»Nele? Hallo?«

Ein Piepton signalisierte Jana, dass sie die ganze Zeit auf Band gesprochen hatte. Nele war gar nicht drangegangen. Wütend versuchte Jana es noch mal. Schon wieder nur das Band. Sie tippte auf die Nummer von Tom, Neles Mann. James saß erstaunlicherweise immer noch, hechelte hektisch, und Jana glaubte, Schuldbewusstsein in seinen bernsteinfarbenen Augen zu erkennen. Aber hatten Mordmaschinen ein Gewissen?

»Tom, hier ist Jana«, bellte Jana ins Telefon, kaum dass Tom sich gemeldet hatte. »Ich kann das mit dem Hund nicht! Der ist ja vollkommen irre. Ich bringe ...«

»Stopp, Jana«, unterbrach Tom sie barsch. »Ich bin mitten in einer Konferenz!«

»Mir egal!«, schrie Jana. »Euer Hund ist gemeingefährlich, und ich bringe ihn jetzt zurück! Wo ist Nele? Sie geht nicht ran!«

»Moment!« Am anderen Ende der Leitung raschelte es.

»So, ich bin kurz rausgegangen. Nele ist bei der Geburtsvorbereitung. Wo brennt's denn, Jana?«

»James hat eben fast einen anderen Hund umgebracht«, schrie Jana. »Der ist ja gemeingefährlich! Ich kann das nicht!«

»War das ein Rüde? Bei Rüden ist er manchmal ein bisschen aggressiv ...«

»Ein bisschen aggressiv?«, kreischte Jana. »Er hat sich verhalten wie ein tollwütiger Fleischwolf!«

Tom lachte. »Jetzt beruhig dich mal!«

»Und außerdem hat er mich mit Tempo hundert durch Eppendorf geschleift ...«

Tom lachte wieder. »Das ist ganz normal, Jana. Er lag ja den gesamten Vormittag in der Wohnung. Wenn er dann raus darf, hat er immer erst mal Bewegungsdrang.«

Jana blieb die Luft weg angesichts von Toms Verharmlosungen.

»Das gibt sich aber ziemlich schnell, und dann wird er ruhiger«, fuhr Tom fort. »Er ist ja ein Neufundländer, die können gar nicht so lange laufen. Die sind relativ schnell erschöpft.«

»Äh ...«, stotterte Jana fassungslos.

»Am besten fährst du mit ihm immer erst mal auf eine Wiese, wo er frei laufen und sich austoben kann«, redete Tom unbeirrt weiter.

»Aber ...«, warf Jana ein.

»Und mach ihm beim Gassigehen doch einfach das Halti um«, schlug Tom vor. »Dann zieht er nicht so an der Leine, und andere Rüden sind auch kein Problem mehr.«

»Das Halti?«, echote Jana.

»Ja, das ist dieses Halsband mit der Schlaufe für die Schnauze. Hat Nele dir das gar nicht mitgegeben? So lässt er sich besser halten – und kann auch niemanden mehr beißen.«

»Beißen???«, kreischte Jana.

»Das war ein Witz, Jana!«

»Lustig!«, zischte Jana säuerlich.

»Keine Angst! Das hat er noch nie gemacht – und wird es auch nicht tun.«

»Ich kann das nicht, Tom!«, wiederholte Jana.

»Ach, Jana, bitte! Du weißt doch, wie wichtig es für Nele ist«, säuselte Tom. »Wir wissen sonst echt nicht, wohin mit ihm ...«

»Hmpf«, machte Jana.

»Und zwei Monate Sylt im Sommer sind ja auch nicht so schlimm, oder?«, fügte Tom hinzu. Den Zynismus hätte er sich sparen können.

»Doch«, erwiderte sie trotzig. Sie mochte die Insel nicht. Zu reich, zu schicki, zu kalt – und viel zu viel Wind.

»Wo seid ihr denn jetzt?«, fragte Tom.

»Im Lehmweg«, antwortete Jana knapp.

»Da ist doch die Fleischerei Harms. Geh da mal rein, und kauf ihm ein Würstchen. Das schmeißt du bei dir auf den

Rücksitz, dann springt er sofort ins Auto. Und wenn du ihn erst mal auf Sylt hast, wird alles ganz easy. Versprochen!«

»Easy«, echote Jana ironisch. »Das hat Nele auch behauptet …«

»Da kann er an den Hundestränden frei laufen und im Meer schwimmen und wird davon fix und fertig und total friedlich sein. Wirst schon sehen.«

»Aha«, murmelte Jana und ärgerte sich einmal mehr über ihr mangelndes Durchsetzungsvermögen. Nie konnte sie ihre Bedürfnisse durchsetzen oder gar andere vor den Kopf stoßen, das war immer schon so gewesen. Harmoniesüchtig war ihr zweiter Vorname. War ihr Leben deshalb in eine derartige Schieflage geraten? Stand sie jetzt darum hier mit einem Monsterhund auf der Straße?

»Ich muss jetzt zurück ins Meeting«, rief Tom in den virtuellen Hörer. »Ganz lieb von dir, Süße. Bis bald!«

Zack! Aufgelegt.

Ratlos starrte Jana auf ihr Display, auf dem Toms Name gerade erlosch. Und was sollte sie jetzt machen? Sie spürte die Wärme von James' Körper an ihrem Bein. Wie eine fellbewachsene Düne saß er immer noch neben ihr und drängte sich an ihren Unterschenkel. Irgendwie schien seine Energie verbraucht. Er hechelte mit lang heraushängender Zunge und schaute Jana erwartungsvoll mit seinen bernsteinfarbenen Augen an. Ganz lieb und harmlos sah er jetzt aus, der Wolf im Wolfspelz.

Sofort zurückbringen konnte sie ihn nicht – Nele war ja nicht da. Und auf die Auseinandersetzung mit ihrer Schwester war sie auch nicht besonders scharf. Sollte sie es wenigstens mal versuchen? Vielleicht hatte Tom ja recht, und auf Sylt wurde tatsächlich alles besser. Zurückfahren könnte sie ja immer noch. Auf jeden Fall musste sie die Töle jetzt erst mal im Auto verstauen, damit er keinen weiteren Schaden mehr anrichten konnte.

»Komm, du Monster«, forderte Jana James deshalb auf und ruckte an seiner Leine. Überraschend brav folgte er ihr und zog auch nicht mehr. Vor der Fleischerei band sie ihn an einem Laternenpfahl fest und betrat den Laden. Ihre Knie fühlten sich immer noch puddingartig an, und ihre Hände zitterten, als sie ihr Portemonnaie aus der Tasche fischte.

»Zwei Wiener Würstchen bitte«, bestellte sie und bekam die rosa Dinger in einer Tüte überreicht. Wie gerne wäre sie zum Luftholen noch ein bisschen in der Metzgerei geblieben, aber draußen wartete ja der Riesengremlin auf sie. Interessiert guckte er durchs Schaufenster, das rund um seine feuchte Nase eindrucksvoll beschlug, und beobachtete sie. Als sie wieder nach draußen trat, wedelte er freudig mit dem Schwanz, wodurch er den gesamten Bürgersteig fegte, während er auf die Tüte in Janas Hand starrte.

Auf dem Weg zum Auto schnupperte James durchgehend an der Tüte, die Jana zusammen mit der Leine in der rechten Hand hielt. Dadurch ging er brav bei Fuß und achtete weder auf andere Hunde noch auf verlockende Markierungsgerüche. Genialer Trick. Den musste sie sich merken!

Endlich beim Auto angekommen, befehligte Jana das schwarze Minipony in die Sitzposition vor der hinteren Tür, öffnete in Ruhe das Auto, machte ihn los und warf dann die Würstchen auf die Rückbank. Schwupp! Erstaunlich behände sprang James hinein und verschlang die beiden Würstchen mit einem Happs noch im Stehen. »Mach Platz!«, rief Jana, woraufhin er sich mehrmals auf dem Polster drehte, um sich schließlich mit tiefem Bassbrummen, das sich anhörte wie fernes Gewittergrollen, niederzulassen.

Geschafft! Erleichtert warf Jana die Tür zu. Die Bestie war gefangen und konnte keinen Schaden mehr anrichten. Erschöpft ließ sie sich auf den Fahrersitz fallen und startete den Motor. Hundebett, Futter, Spielzeug, Geschirr, Leinen und Bürsten hatte sie schon am Vorabend ins Auto geladen, sodass sie direkt Richtung Sylt durchstarten konnte. In weiser Voraussicht hatte sie auch eine alte Decke auf die Rückbank gelegt, damit James keine Chance hatte, sich durch Haare oder Dreck auf dem Polster zu verewigen.

Es war ein herrlicher Sommertag Anfang Juni mit milden zwanzig Grad. Jana fuhr in Stellingen auf die Autobahn und trat das Gaspedal durch. Es war kurz nach fünfzehn Uhr, auf der A 23 war angenehm wenig los, und Jana kurbelte ihr Fenster herunter (ihr alter Benz hatte noch keine elektrischen Fensterheber), damit James hinten genug Luft bekam. Begeistert setzte der sich auf und ließ sich über die Mittelkonsole zwischen Fahrer- und Beifahrersitz den Wind ins Gesicht pusten. Lästigerweise hechelte er ihr dabei genau ins Ohr, und der warme Hundeatem, den er ihr dabei an den Hals blies, machte sie nervös. »Platz, James! Mach Platz!«, rief sie nach hinten, ohne wirklich an irgendeinen Effekt zu glauben. Zu ihrem großen Erstaunen legte er sich wieder hin. Es gab also tatsächlich ein paar Befehle, die funktionierten. So schlecht war er dann wohl doch nicht erzogen ...

Sie kannte James, seit er ein wuscheliges Wollknäuel gewesen war, bei dem man nicht sofort erkannt hatte, wo vorne und wo hinten war. Es war jetzt fünf Jahre her, dass Nele sich auf einem Reiterhof in ihn verliebt und ihn vom Fleck weg adoptiert hatte. Er war der Letzte von vier Landseer-Neufundländer-Mischlingswelpen und übrig geblieben. Seine Adoptiveltern hatten ihn einfach nicht abgeholt. Da konnte Nele, die schon immer ein Herz für bedürftige Wesen gehabt hatte, natürlich nicht widerstehen.

Jana hatte James' rasantes Wachstum vom Miniteddy zum Minipony miterlebt, aber die Spezies »Tier mit spitzen Zähnen und Beißkraft von hundertvierzig Kilo« blieb ihr dennoch suspekt. Denn letztlich war das Animalische unberechenbar – Erziehung hin oder her. Wenn bei einem Hund die Sicherungen durchknallten, konnte er zur lebensgefährlichen Bestie werden, und wann und wie das genau passieren würde, fand Jana beunruhigend unvorhersehbar. Sie hatte zwar keine Angst vor James, aber ein bisschen unheimlich war er ihr schon. Auch wenn er jetzt so friedlich auf der Rückbank lag wie ein schwarzer Flokati.

Der Grundstein für Janas Hundeabneigung war mit dem altersschwachen Cockerspaniel von Markus, ihrer ersten großen Liebe, gelegt worden: Mit seinem weiß-braun fleckigen Fell sah der Senior schon von außen so verschimmelt aus, wie er es von innen vermutlich auch war. Hektor (so hieß er) hatte kaum noch Zähne, dafür aber einen so mörderischen Mundgeruch, dass Jana sofort schlecht wurde, sobald er ins Zimmer trottete. Ständig hingen ihm fingerdicke Schleimfäden aus dem Mund, die sich auf dem Boden zu kleinen Pfützen kräuselten. Der Rentnerrüde hatte zudem die unschöne Angewohnheit, seinen Kopf im Minutentakt zu schütteln, sodass nicht nur seine langen Ohren hin- und herflogen. Weil sie überall Hektors Haare oder Sabber vermutete, mochte Jana bei Markus weder essen noch trinken. Und weil sie aus Angst vor Hundewürmern auch nicht mehr knutschen wollte, endete die Beziehung im Zeitraffer. Ein Cockerspaniel hatte ihre erste Liebe zerstört.

Auch Janas zweite Liebe war stark von einem Vierbeiner belastet: Äußerst ungern dachte sie an den Dänemarkurlaub mit den Eltern ihres Freundes zurück, bei dem sie mit deren dauerfurzendem »Hundele« auf dem Rücksitz platziert wurde. Bedauerlicherweise ließ sich dort kein Fenster öffnen. Selten in ihrem Leben war Jana so übel gewesen.

Der Terrier der Familie ihrer besten Freundin, der permanent ihre Waden begattete und dabei so hektisch wurde, als wäre er ein Fleisch gewordener Presslufthammer, schürte ebenfalls nicht gerade versöhnliche Gefühle in ihr.

Der Jagdhund ihres Vaters, der bei einem Waldausflug vor ihren Augen den Mops einer Spaziergängerin zerlegte, und der kanarische Mischling einer Kollegin, der plötzlich schnappte, als sie ihm über den Kopf strich, betonierten Janas Antipathie im Laufe der Jahre.

Die Krönung aber war der Labrador ihres vorletzten Freundes, der sich in Menschenkot gewälzt und danach ihr geliebtes Roset-Sofa farblich – vor allem aber olfaktorisch – neu interpretiert hatte. Jana hatte drei volle Tage damit verbracht, den bestialischen Gestank wieder aus den Polstern zu kriegen.

All diese Erfahrungen hatten ihre Aversion verstärkt statt relativiert. Und nun fuhr sie mit einem Riesenhund auf dem Rücksitz auf eine Insel, wo sie ihn zwei endlose Monate lang betreuen sollte. War sie eigentlich vollkommen bescheuert?

2

James' Ruhephase dauerte leider nur zehn Minuten. Immer wieder setzte er sich auf, um sich den Fahrtwind um die Schnauze wehen zu lassen und aus der Frontscheibe zu schauen. Jedes Mal, wenn Jana sich umdrehte, um nach ihm zu sehen, blickte sie direkt in sein riesiges Gesicht mit den zugegebenermaßen sehr schönen bernsteinfarbenen Augen und der heraushängenden lila gefleckten Zunge. Erstaunlich, diese Flecken, dachte Jana. Die sahen aus, als hätte ein Weitsichtiger ohne Brille versucht, ihm darauf Blumen zu tätowieren.

Ab Elmshorn wurde die Autobahn deutlich leerer, Wiesen und Felder zogen vorbei, und James hatte sich wieder hingelegt. Jana genoss das Fliegen durch die Landschaft und dachte an Ole. Was war bloß schiefgelaufen? Warum war ihre Beziehung einfach so vertrocknet wie eine Pflanze ohne Wasser? Gab es das »verflixte siebte Jahr« wirklich? Das Gedicht »Sachliche Romanze« von Erich Kästner fiel ihr ein, aus dem Udo Lindenberg einen extrem berührenden Song gemacht hatte. In der ersten Strophe hieß es darin:

Als sie einander acht Jahre kannten
(und man kann sagen: Sie kannten sich gut)
kam ihre Liebe plötzlich abhanden.
Wie anderen Leuten ein Stock oder Hut.

Genau so war es. Es waren zwar nur sieben Jahre gewesen, aber sie hatten immer weniger geredet, immer weniger füreinander gefühlt, sich immer mehr für selbstverständlich genommen, bis schließlich gar nichts mehr ging. Die Liebe war weg, aber sie beide noch da. Ole fand dann den Mut, der Sache ein Ende zu machen. Sehr freundschaftlich waren sie auseinandergegangen, und trotzdem hatte Jana in dem Moment, als Ole seine Sachen in seinem Renault verstaut hatte und ihr Tschüss sagte, Rotz und Wasser geheult. Stundenlang war sie danach durch die ehemals gemeinsame Wohnung getigert und hatte immer wieder fassungslos in Oles leeres Zimmer geschaut. Er war weg, und nun? Zunächst hatte Jana sich mit Airbnb-Vermietungen beholfen, aber seit fünf Wochen lebte nun die Tochter einer Kollegin bei ihr. Eine zwanzigjährige Jurastudentin, mit der Jana absolut gar nichts gemeinsam hatte. Doch sie brauchte das Geld, und zwar dringend. Denn kurz nach Oles Auszug hatte sie auch noch ihren Job verloren. Die gesamte Redaktion, bei der sie als Bildredakteurin arbeitete, war von heute auf morgen vor die Tür gesetzt worden, da man den redaktionellen Teil des Heftes künftig »outsourcen« wollte, um Kosten zu sparen. Die Printbranche befand sich schon länger in der Krise, und Janas Aussichten, schnell wieder irgendwo unterzukommen, waren dementsprechend schlecht. Wie sollte es also weitergehen? Ihre Ersparnisse reichten noch für drei Monate und dann? Und was sollte sie arbeiten? Sie hatte nichts gelernt. Nach dem Abi hatte sie erst mal gejobbt, dabei zwei Studiengänge abgebrochen und war schließlich als Quereinsteigerin in der Bildredaktion eines Lifestyle-Magazins gelandet. Ein relativ stressfreier und gut bezahlter Job mit geregelten Arbeitszeiten.

Und hier war sie nun: Jana Mertens, dreiundvierzig Jahre alt, normal dick, normal groß, normal hübsch – und neuerdings Hunde-Leaserin. Braune mittellange Haare, schöner Mund, kleine Nase und ein Hang zu zeitlos-klassischem, praktischem Kleidungsstil. Mit Jeans, T-Shirt und Sneakers fühlte sie sich perfekt angezogen. Sollte es etwas edler sein, kamen Bluse, Blazer und Stiefeletten dazu. Der alte Mercedes war im Grunde ein Accessoire zur Komplettierung ihres lässigen Looks.

Sie sah ganz passabel aus, war nett und nicht besonders auffällig gestört. Würde sie trotzdem für immer alleine bleiben? Oder fand sie doch noch irgendwann eine neue Liebe, die länger als nur ein paar Jahre hielt?

Würde sie bei Aldi an der Kasse landen? Müsste sie in einen günstigeren Stadtteil umziehen?

Jana verbat sich das Gegrübel und verscheuchte die negativen Gedanken. Positiv denken, befahl sie sich. Wie hieß es noch: Was du heute denkst, wirst du morgen sein? Du bist deine Gedanken, und deine Gedanken erschaffen deine Wirklichkeit? Na, denn mal los, pushte sie sich. In einem Jahr ein Haus im Grünen, genug Geld und einen tollen Mann an der Seite! Das hatte ihre kleine Schwester, der immer alles in den Schoß zu fallen schien, doch auch geschafft, warum also nicht auch sie? Bei dem Gedanken an ihre glorreiche Zukunft musste sie lächeln.

Noch siebzehn Kilometer bis zur Verladestation in Niebüll. James hatte sich eingerollt, die Augen geschlossen und schlief, den riesigen Kopf hatte er auf ein Vorderbein gelegt. Eigentlich ganz gemütlich, mit so einem riesigen Begleiter durch die Gegend zu rauschen, fand Jana. Es war jetzt zwei Stunden her, dass sie sein unfreiwilliges Teilzeit-»Frauchen« geworden war, und ganz, ganz zaghaft begann Jana, sich damit zu arrangieren.

Nun also Sylt. Jana mochte die Insel nicht. Zu viele Porsches, zu viele rosa Pullis, zu viel Jetset, zu viele zahngebleachte Menschen in weißen Jeans. Kurzum: Viel zu viel Chichi!

Als Kind war sie auf eine Klassenfahrt nach Hörnum gezwungen worden und erinnerte sich noch heute mit Schrecken an die deprimierende Jugendherberge, den lauwarmen Pfefferminztee mit Ölschicht, den quietschenden schnoddergrünen Linoleumboden, die kargen Etagenbetten und die typische Jugendherbergsgeruchsmischung aus Bohnerwachs und Klostein.

Sie war zwar im Zimmer mit den »coolen« Mädchen gelandet, das jeden Abend von den gleichwertig coolen Jungs besucht wurde, hatte aber so schlimmes Heimweh, dass sie durchgehend heulte. Zum Glück fiel das bei dem Dauerregen nicht auf. Nur dem schüchternen Christian Becker, den sie eigentlich immer blöd fand, liefen synchron mit ihr die Tränen runter, weil er seine Eltern und seine drei Geschwister so vermisste. Ein Gleichgesinnter! Von da an hatte sie ihn gemocht.

Später, in ihrer »Gegen alles«-Pubertätsphase, als sie gegen AKWs, Waldsterben und Walfang demonstrierte und eine pflanzlich gefärbte Windel um den Hals trug, war ihr das Rolex- und Rolls-Royce-überfüllte Sylt, wo Gunther Sachs auf der Whiskymeile in Champagner badete, geradezu obszön kapitalistisch vorgekommen.

Und nun musste sie doch wieder auf die »Insel der Reichen und Schönen« – ob sie wollte oder nicht.

Zum Glück war an der Verladestation in Niebüll nicht besonders viel los. Kein Wunder: Es war mitten in der Woche, früher Nachmittag und zudem noch Vorsaison. Jana reihte sich in die Warteschlange ein, stellte den Motor ab und öffnete die Tür, um frische Luft hereinzulassen. James hob interessiert den Kopf, ließ ihn aber bald wieder sinken, um weiterzudösen. Die Rückbank schien ihm als Schlafplatz gut zu gefallen.

Jana schaute sich um: ein kleiner Kiosk, ein Toilettenhaus und zahlreiche Männer in gelben Neonwesten, die die Beladung der Autozüge regelten. Die nächste Auffahrt sollte in zehn Minuten erfolgen, entnahm sie einem riesigen Anzeigedisplay an der Schranke vor der Zugauffahrt. Sie beschloss, sich am Kiosk einen Kaffee zu holen, und hoffte, dass sie James im Auto kurz alleine lassen konnte.

Da sie dringend mal auf die Toilette musste, eilte sie zunächst zum Sanitärhäuschen. Dort wusch sie sich gründlich die Hände. Würmer, Milben, Flöhe – Hunde konnten alles Mögliche übertragen, wusste sie. Geraten wurde deshalb, sich jedes Mal nach dem Anfassen die Hände zu desinfizieren. Sie musste sich dringend Sagrotan-Feuchttücher kaufen, notierte sie im Geiste, denn es stand ja nicht ständig überall ein Waschbecken zur Verfügung.

Mit einem dampfend heißen Coffee-to-go in der Hand kam sie zurück zum Auto. Alles friedlich – zum Glück. James döste weiterhin auf der Rückbank vor sich hin. Erst als Jana die Tür öffnete und sich mit ihrem Kaffee auf den Fahrersitz plumpsen ließ, rappelte er sich interessiert auf, um zu erschnuppern, ob es etwas Essbares für ihn abzustauben gab.

Gab es nicht. Aber wo er nun schon mal saß und wach war, warf James ein paar Kontrollblicke aus den Fenstern und blieb in den Augen eines Rhodesian Ridgebacks hängen, der ihn aus dem Kofferraum des SUVs nebenan hasserfüllt anstarrte. Sofort lieferten sich die beiden Rüden ein ohrenbetäubendes Bell- und Knurrduell. Zitternd, mit gefletschten Zähnen und steil aufgestellten Nackenhaaren stand James testosterongeladen auf dem Rücksitz und sah aus wie ein Monster, das in eine Steckdose gefasst hatte. Tollwütig kläffte er durch die Scheibe, schüttelte sich zwischendurch aufgebracht und verteilte dabei überall Sabberfäden: in Janas Haaren, auf den Sitzen, an den Seitenfenstern und sogar an der Frontscheibe. Ein bleistiftdicker Sabberfaden hing quer über seine Schnauze. Jana wurde übel.

Wütend riss sie die Hintertür auf, versperrte James dadurch die Sicht auf den Feind, klickte die Leine ein und zerrte ihn aus dem Auto. Kaum dass er auf die Straße gesprungen war, beruhigte er sich augenblicklich und ließ sich friedlich zum eingezäunten Hunde-Pinkelplatz führen. Komisch. Offenbar wurde er nur in der eingesperrten Situation im Auto so aggressiv. Wie ein Tiger im Käfig.

Brav verrichtete er sein Geschäft, schnupperte endlos lange an den Hinterlassenschaften seiner vierbeinigen Kollegen, schlabberte literweise Wasser aus dem Napf, der dort bereitstand, und ließ sich dann wieder zum Auto führen.

Zurück an der Rückbanktür, machte Jana die Leine los, befahl: »Hopp!«, und ging davon aus, dass James wie im Lehmweg lässig hineinsprang. Doch der dachte gar nicht daran und bewegte sich keinen Millimeter. Stur blieb er auf seinem Hintern sitzen und tat so, als wäre er taub. »Hopp! Los, James! Rein mit dir!«, befahl Jana energischer und wies dabei auf die Rückbank. Doch James tat weiterhin so, als wäre er ein fellbewachsenes Bergmassiv, und weigerte sich einzusteigen. Jana schubste ihn an, woraufhin er sich tatsächlich erhob, aber nur, um bellend das Auto zu umkreisen. Panisch lief Jana hinter ihm her. Dass das blöde Vieh jetzt bloß nicht abhaut, dachte sie. Doch das blöde Vieh dachte gar nicht daran abzuzischen, sondern hatte offenbar Spaß an seinem »Fang mich«-Spiel. Musste er ausgerechnet jetzt einen Beklopptheitsanfall erleiden? Bereits die fünfte Runde drehte er um den Wagen, und Jana hechtete ihm fluchend hinterher. Sie war einem Nervenzusammenbruch nahe und kurz davor, die verzogene Töle einfach zurückzulassen, als ihr eine offenbar hundeerfahrene Frau zu Hilfe eilte und einen Tennisball in die Luft hielt. Mitten im Lauf stoppte James abrupt, als er die neongelbe Filzkugel sah. Es schien, als hätte man ihm eine Droge vor die Nase gehalten, von der er höchstgradig abhängig war. Wie hypnotisiert fixierte er den Ball, den die Frau nun auf die Rückbank warf. Als wäre nichts gewesen, sprang James hinterher und ließ sich mit seiner Beute friedlich auf dem Polster nieder. Jana hätte der Frau um den Hals fallen können. Doch die wollte statt Dank nur einen Euro für einen neuen Tennisball. »Tennisbälle kaufen«, notierte Jana im Geiste. Sobald man etwas Ess- oder Bespielbares ins Auto warf, sprang James hinterher. Das musste sie sich merken.

Die Schranke vor ihr öffnete sich und gab die Auffahrt auf den Shuttle frei. Die Ampel sprang auf Grün, und die Autos vor ihr setzten sich eines nach dem anderen in Bewegung. Jana startete den Motor, um ihn sogleich mit einem kleinen Hüpfer wieder abzuwürgen. Zu wenig Gas. Erneut drehte sie den Zündschlüssel um. KRAWUMM!!!

Gerade als sie losfahren wollte, schepperte ihr das Auto, das hinter ihr in der Schlange stand, hinten drauf, und der Benz machte einen weiteren Hüpfer. Jana konnte es nicht fassen. James setzte sich erschrocken auf und starrte sie mit aufgerissenen Augen an. Jana schnallte sich ab, schaltete den Warnblinker ein und stieg entnervt aus.

»Au scheiße!« Der Schnösel aus dem Porsche Cayenne hinter ihr sprang bereits aufgeregt um ihre Stoßstange herum. »Tut mir echt total leid! Ich hab nicht gesehen, dass Sie noch mal gebremst haben!«

»Ich hab nicht gebremst, ich stand!«, rief Jana empört.

Der Schnösel schaute sie verblüfft an. Ziemlich hübsch war er, fiel Jana auf. Dunkle Locken, braune Haut – ein bisschen wie Bradley Cooper.

Die Autos hinter ihnen begannen zu hupen, und ein Neonwesten-Mann lief hektisch winkend auf sie zu.

»Weiter, Leute, weiter!! Der Shuttle hat sowieso schon Verspätung!«

Jana warf einen Blick auf ihre Stoßstange. »Ist nicht so schlimm. Das Auto ist ja sowieso alt.«

»Hier«, sagte Bradley und reichte ihr eine Visitenkarte. »Wir müssen jetzt die Spur frei machen, aber bitte rufen Sie mich doch gleich vom Shuttle aus an, dann regeln wir alles!«

Unter dem immer lauter werdenden Hupkonzert sprintete er zurück in seinen Cayenne.

Was tun?, überlegte Jana und drehte die Karte in der Hand. Zeugen aufschreiben? Die Polizei rufen? Viel zu viel Action jetzt, beschloss sie. Der Benz hatte sowieso nur noch fünf Monate TÜV, und es war sehr fraglich, ob er noch mal eine Plakette bekam.

Sie stieg ein, schnallte sich an, startete den Motor und gab Gas.

Natürlich musste sie mit dem Benz nach unten, während der Schnösel im Cayenne nach oben dirigiert wurde. Typisch Sylt, ärgerte Jana sich, da ging die Zwei-Klassen-Gesellschaft schon los: Die Bonzen mit ihren Angeber-SUVs durften nach oben, weil die so hoch waren, dass sie unten nicht mehr hinpassten. Die Reichen oben, die Armen unten. Jana schnaubte. Ihr Zorn flaute allerdings sofort wieder ab, als sie hinter sich ein Porsche Cabrio sah. Ganz so simpel war es offenbar doch nicht ...

Außerdem war es unten für James besser, da es hier schattig war, überlegte sie. Mit seinem dicken schwarzen

Fell wäre es oben in der prallen Sonne viel zu heiß für ihn gewesen.

Im Schneckentempo setzte sich der Zug in Bewegung, und Jana kurbelte alle Fenster herunter, um für James genug Luft hereinzulassen. James hechelte interessiert aus dem offenen Fenster. Das Geratter und Geruckel des Shuttles schien ihm überhaupt keine Angst zu machen. Zum Glück! Erleichtert streichelte Jana ihm den Kopf, dessen Haarflaum überraschend weich war. Oben auf dem Schädel waren seine Haare viel kürzer als sonst am Körper, standen leicht hoch und erinnerten an eine Rod-Stewart-Mecki-Frisur. Jana erwischte sich dabei, sich kurz für James zu erwärmen, der sie treuherzig anhechelte und offenbar äußerst gerne gestreichelt wurde. Würde ihr unerwünschter Reisegefährte am Ende doch noch ihr Kompagnon werden? Jana lehnte sich zurück, schloss die Augen und genoss den Fahrtwind auf ihrem Gesicht. Felder und Wiesen zogen vorbei, als sie sich dem Deich näherten, hinter dem sich der Hindenburgdamm verbarg, auf dem sie gleich durch die Nordsee rattern würden.

3

Das Meer lag so ruhig und glitzernd vor ihnen, als wäre es über Nacht versteinert. Das Festland entfernte sich, und die Umrisse der Insel rückten immer näher. Jana hängte den Kopf aus dem Fenster und sog die herrliche Luft ein, die nach Salz und Algen roch. James hatte sich wieder hingelegt. Immer wenn Jana ihn anguckte, öffnete er kurz träge die Augen. Faszinierend, wie er das merkte. Spürte er, wenn sie ihn beobachtete? Hatten Blicke eine für Tiere registrierbare Energie? Es schien so ...

Beim Blick aus dem Beifahrerfenster fiel Jana die Visitenkarte ins Auge, die sie auf den Sitz geworfen hatte. Sie nahm und betrachtete sie. Der Druck musste ziemlich teuer gewesen sein, das kartonierte Papier fühlte sich genauso edel an wie der vornehme dunkelblaue Prägedruck, über dessen erhobene Buchstaben Jana beeindruckt mit dem Zeigefinger strich. »Dr. Frank Konrad. Anwalt für Immobilienrecht. Adresse: Jungfrauenthal« – eine der teuersten Gegenden Hamburgs. Na prima! Von dem würde sie sicher keinen Cent für ihre sowieso schon vollkommen verbeulte Stoßstange kriegen. Lustlos tippte sie die Nummer in ihr Handy ein.

»Konrad!«. Der Anwalt bellte seinen Nachnamen in Janas Ohr.

Amüsiert schaltete Jana die Lautsprecherfunktion ein und hielt das Handy vor sich hin.

»Jana Mertens hier. Sie sind mir gerade ins Auto gefahren.«

»Ah, ja!«, rief Dr. Konrad begeistert. »Schön, dass Sie anrufen. Wie wollen wir ...?«

»Es ist okay«, unterbrach Jana ihn. »Das Auto ist sowieso alt ...«

»Nein«, unterbrach sie nun der Anwalt. »Ich komme selbstverständlich für den Schaden auf! Bitte kontrollieren Sie Ihr Auto, sobald Sie auf der Insel sind, und sagen mir noch mal Bescheid.«

»In Ordnung«, sagte Jana und legte auf. Sie hatte nicht die geringste Lust, sich ihre gute Stimmung und die schöne Anreise verderben zu lassen, denn der Shuttle ratterte gerade auf dem Hindenburgdamm mitten durchs Meer. Ein sensationeller An- bzw. Ausblick. Jana schmiss das Handy auf den Beifahrersitz und lehnte sich wieder zurück.

Ein paar Minuten später waren sie auf der Insel. Kiefern und Heckenrosen säumten die Hänge links und rechts der Bahntrasse. Morsum zog vorbei, Wiesen mit Pferden, gelbe Rapsfelder, die ersten Reetdachhäuser, der Bahnhof von Keitum – bis schließlich die Silhouette von Westerland in Sicht kam, die genauso scheußlich war, wie Jana sie in Erinnerung hatte. Ihre Laune sank. Vor ihr bauten sich Hochhäuser auf, die wie DDR-Plattenbauten aussahen, dazwischen Funkmasten wie aus einem Science-Fiction-Film, ausrangierte Bahnwaggons und Werbung für Billigdiscounter. Das einzig Erfrischende war die Reklametafel eines Cola-Start-ups, das sein extra-koffeinhaltiges Gebräu mit dem Slogan »Schlafen könnt ihr auf Amrum!« anpries.

Zum Glück lag das Ferienhaus nicht in Westerland, dachte Jana erleichtert, sondern in Wenningstedt. Da war sie zwar noch nie gewesen, aber scheußlicher als hier konnte es ja kaum sein.

Rumpelnd fuhr sie vom Shuttle und folgte den Verkehrsschildern. An der Ampel entdeckte sie auf der gegenüberliegenden Straßenseite eine große Aldifiliale und beschloss, dort erst mal einen Großeinkauf zu machen. Nele und Tom hatten ihr eine relativ üppige Verpflegungs- und Hundesittingpauschale überwiesen, sodass sie sich um die Finanzierung der kommenden zwei Monate keine Sorgen machen musste. Immerhin!

Kurze Zeit später rollte Jana den Einkaufswagen mit zwei prall gefüllten Tüten und einem Sixpack Mineralwasser zum Auto zurück. James schlief und hatte sich anscheinend kaum gerührt. Dass er sich im Auto so vorbildlich verhielt und nicht die Nerven verlor, wenn sie ihn kurz alleine ließ, rechnete sie ihm hoch an.

Sie lud die Einkäufe in den Kofferraum, brachte den scheppernden Wagen zurück und startete Richtung Wenningstedt. Dank des Navis in ihrem iPhone fand sie die Straße Süderwung sofort.

Sie parkte auf der Kiesauffahrt eines kleinen Rotklinkerhauses mit großem Garten. Die Kiesel knirschten unter ihren Füßen, als sie ausstieg, um ihr neues Heim zu inspizieren. Auf dem großzügigen Grundstück standen zahlreiche alte Büsche und Bäume, und es war von riesigen Föhren, Schwarz- und Krüppelkiefern, umsäumt. Johannisbeer- und Himbeerbüsche verzierten eine Holzterrasse, und überall funkelten bunte Blumenstauden.

Was für ein Paradies! Jana war sprachlos. Und dazu noch diese Luft! Der harzige Duft der Tannennadeln, gepaart mit Blumenduft und Meeresbrise. Die reinste Aromatherapie!

Genussvoll streckte Jana die Arme aus, räkelte und streckte sich und streifte ihre Birkenstocksandalen ab, um barfuß über den Rasen zu schlendern. Hier konnte man es wirklich aushalten! Das Haus verdankten Nele und Tom Toms Eltern, die das Anwesen in den Siebzigern günstig erworben hatten. Heute wäre es unbezahlbar. Glück gehabt.

Bestens gelaunt schlenderte Jana zurück zum Auto, schloss das Gartentor und ließ James hinausspringen. Aufgeregt mit dem Schwanz wedelnd sauste er durch den Garten, schnupperte hier und dort und markierte fleißig. Dies war ja sein Revier, in dem er schon zahlreiche Urlaube verbracht hatte. Jana konnte ihn unbesorgt laufen lassen, denn Nele und Tom hatten das Grundstück damals extra für ihn einzäunen lassen.

Mal sehen, wie das Schmuckstück von innen aussah. Aber da Nele einen stilsicheren Einrichtungsgeschmack hatte, machte Jana sich über das Interieur wenig Sorgen. Brauchte sie auch nicht, wie sie erkannte, als sie die Haustür aufschloss. Hinter dem kleinen Flur empfing sie ein Wohnzimmer mit offener Küche. Bodentiefe Glasschiebetüren boten Weitblick in den Garten, eine hellgraue Sofalandschaft und ein großer Flatscreen-Fernseher luden zum Fläzen ein. Nele und Tom hatten in puncto Mobiliar fast komplett auf Ikea gesetzt, was den Räumen ein schlichtes, aber gemütliches Ambiente verlieh. Die Küche war durch einen Tresen vom Wohnzimmer abgetrennt.

Im Dachgeschoss befanden sich zwei Schlafzimmer und ein geräumiges Bad. Jana entschied sich für das Elternschlafzimmer mit dem Kingsize-Bett und Fenstern zum Garten und ließ sich rückwärts auf die Matratze plumpsen. Urgemütlich war es hier. Warum war sie bloß nicht schon viel früher hergekommen? Nele hatte sie tausendmal eingeladen, aber Ole wollte lieber nach Frankreich oder Ibiza, und Jana hatte ihm nicht widersprochen.

Jana wusch sich in der Küche gründlich die Hände und entdeckte im Kühlschrank ein eiskaltes Bier, das sie mit nach draußen nahm. Sie zog die Schutzhülle von der Terrassenlounge, setzte sich und legte die Füße hoch. James war immer noch auf Patrouille und beschäftigte sich gerade konzentriert mit einem Loch, in das er immer wieder schnaubend seine Schnauze hielt.

Die ersten Schlucke aus der beschlagenen Flasche waren herrlich würzig-aromatisch und versetzen Jana schnell in eine euphorisch-entspannte Stimmung. Sie fühlte sich fast so selig-chillig, als hätte sie gekifft. Verklärt schaute sie in die wogenden Kiefernkronen, den knallblauen Himmel, die rosa Heckenrosen und schließlich zu James – und wurde schlagartig wieder nüchtern: Der riesige Hund saß mit krummem Rücken, waagerecht ausgestrecktem Schwanz und angestrengtem Gesichtsausdruck zwei Meter vor ihr und produzierte konzentriert einen Haufen. Haufen war stark untertrieben: Ein solider Berg von der Größe eines mittleren Ameisenhügels türmte sich vor Jana auf. Normale Hunde-Kacktüten würden niemals dafür reichen. Die Aldi-Einkaufstüten schienen Jana schon eher geeignet.

Sie sprintete nach drinnen, schüttete die Einkäufe auf den Tresen und entfernte unter James' interessierten Blicken angeekelt sein »Geschäft«. Es stank bestialisch, und Jana entsorgte die Tüte eilig in der Mülltonne vor dem Haus. Hoffentlich würde sie das künftig nur einmal am Tag erledigen müssen. Sie hatte von der Stuhlgangfrequenz dieser Rasse nicht die geringste Ahnung und hoffte, dass sie nicht dreimal am Tag derartige Berge abtragen musste.

James hatte sich auf den Rasen gelegt und döste in der typischen Neufundländerhaltung vor sich hin: Kopf zwischen die Vorderbeine gelegt. Die Lefzen lagen dabei links und rechts von seiner Schnauze auf dem Gras wie zu lange Vorhänge. Ab und an öffnete er träge die Augen, ohne seine Haltung zu verändern.

Jana stellte ihm einen Napf mit Wasser und seine Abendration Trockenfutter vor die Nase und nutzte den Frieden, um oben ihre Koffer auszupacken und die Einkäufe einzuräumen.

Es war gegen 20:30 Uhr, als sie mit allem fertig war. Jana beschloss, einen Abendspaziergang zu machen und vielleicht irgendwo eine Kleinigkeit zu essen. Natürlich nur mit angelegtem »Halti«. Neugierig, was es mit diesem Zauberteil wohl auf sich hatte, fischte sie das Ding aus der Tasche mit dem James-Zubehör und studierte die Gebrauchsanweisung, die Nele ihr klugerweise mitgegeben hatte. Die »Lüdde«, wie Jana ihre kleine Schwester oft nannte, dachte aber auch wirklich an alles. Nele hatte die Anweisung offenbar aus dem Netz runtergeladen, von einer Website mit dem sinnigen Namen »Hundwerkszeug«, wie Jana den drei gefalteten DIN-A4-Blättern entnahm.

»Das Halti ist eine Art verkleinertes Pferdehalfter für Hunde« las sie. *»Mit einem Halti haben Sie eine wesentlich bessere Kontrolle über Ihren Hund als mit jedem anderen Halsband. Es ist mit Sicherheit das tierfreundlichste Hilfsmittel, um einen großen oder ›schwierigen‹ Hund zu ›bändigen‹, denn es tut ihm nicht weh und würgt ihn auch nicht. Mit einem Halti kann er ohne Probleme hecheln, einen Ball tragen, Wasser trinken usw.«*

»Gut, aber kann er damit dann auch beißen?«, fragte sich Jana beklommen. Sie hatte angenommen, dass diese Gefahr damit ausgeschlossen wäre.

Sie erfuhr, dass ein Hundeführer mehr als das doppelte Gewicht seines Hundes auf die Waage bringen musste, um ihn an einer normalen Leine ohne Halti zurückhalten zu können. Jana würde also auf hundertdreißig Kilo anschwellen müssen, um James zu bändigen. Im Geiste türmte sich der gigantische Tortenberg vor ihr auf, den sie dafür verzehren müsste. Sie grinste. Da nahm sie schon lieber dieses seltsame Hundehalfter in Kauf. *»Mit dem Halti kann eine Person, die dem Hund nicht genug Gewicht entgegensetzen kann, den Hund sicher führen, da er nur noch mit dem Kopf und nicht mehr mit dem ganzen Körper ziehen kann.«*

Das klang schon mal gut, fand Jana.

Laut der Website stellten viele Hunde mit einem Halti

das Ziehen sogar komplett ein, da das neue Gefühl, am Kopf geführt zu werden, ihre alten Gewohnheiten durchbräche und der Hund schnell merken würde, dass der Halter ihm nun kräftemäßig überlegen war.

»Das Halti ist ein Hilfsmittel, das den Übergang zum vernünftigen Laufen an der Leine unterstützen soll bzw. bei der Arbeit mit problematischen Hunden hilft«, wusste die Website und befahl, das Ding möglichst »passiv« zu führen.

Jana sollte darauf achten, dass die Leine locker durchhing. *»Sollte Ihr Hund ziehen, wirkt das Halti ›selbstkorrigierend‹«*, versprachen die virtuellen Auskenner. Na, dann mal los, feuerte Jana sich im Geiste an und erhob sich, um nach draußen zu gehen und James »aufzuzäumen«.

»Komm, Jämsi-Bämsi! Jetzt drehen wir mal 'ne Runde und erkunden die Gegend!«, rief sie dem dösenden Riesen zu. Der öffnete die Augen, ohne sich zu rühren. »Was willst du denn jetzt?«, schien sein Blick zu sagen.

»Komm, Monster! Los geht's!«, rief Jana nun energischer und klatschte dazu instinktiv in die Hände. Es funktionierte. Ächzend rappelte der Fellberg sich auf und ließ sich ohne Theater das Halti anlegen, das er offenbar schon kannte. Zum Glück war es bereits exakt an seinen riesigen Kopf angepasst. Als sie fertig war und James betrachtete, prustete sie los. Das Ding sah wirklich aus wie ein Pferdehalfter. Der Riemen quer über der Schnauze schnitt James ein bisschen unter den Augen ein, und es tat Jana leid, ihn damit malträtieren zu müssen. Andererseits hatte sie auch keine Lust, noch mal von ihm durch die Gegend geschleift zu werden. Sie würden es halt jetzt mal zusammen ausprobieren. Ansonsten konnte sie ja immer noch den »Wurst in der Tüte«-Trick anwenden, um ihn bei Fuß zu halten.

Gespannt, wie die Dompteur-Schnur bei James funktionieren würde, trat Jana mit ihm aus dem Gartentor und auf den Bürgersteig. Wie gewohnt versuchte James, nach links und rechts zu ziehen, wurde aber jedes Mal von dem dadurch enger werdenden Riemen um seine Schnauze gestoppt. Es funktionierte also tatsächlich, wenngleich die Leine immer noch nicht durchhing. Aber wenigstens konnte Jana ihn auf diese Weise daran hindern loszurasen und zumindest ein bisschen lenken.

Sie spazierten den Süderwung hinunter, überquerten die Westerlandstraße und schlenderten das Horsatal hoch, das in die Dünenstraße mündete. James schnüffelte aufgeregt links und rechts. Faszinierende Geschichten schienen sich ihm aus den Duftstoffen und Gerüchen zu erschließen, die andere Hunde an Mauern, Laternenpfählen oder Grasbüscheln hinterlassen hatten. Schon oft hatte Jana sich gefragt, was Hunde aus den Markierungen, die sie ja offenbar total thrillten, lesen konnten: Das Alter des jeweiligen Hundes? Sein Aussehen? Seine Rasse? Seine Biografie? Seine Paarungswilligkeit? Was er am Tag davor erlebt und gegessen hatte? Jana grinste und dirigierte James weiter voran.

Sie erreichten die Strandpromenade, einen überraschend stylishen Fußgängerparcours, der einen umwerfenden Blick auf Strand und Meer bot. Fasziniert blieb Jana vor einer Goschfiliale stehen, deren Echtrasendach wie eine Welle geformt war.

Jana drehte sich zum Meer und betrachtete das Bild, das

sich ihr bot: weißer Sand, grünes Wasser, schäumende Gischt, riesige Wellen und blau-weiß gestreifte Strandkörbe. Die totale Postkartenidylle. James hechelte neben ihr und setzte sich. Es waren zwar nur etwa zwanzig Grad, aber augenscheinlich war dem Armen viel zu heiß in seinem dicken Fell. Das war vermutlich so, als ob man Jana zwingen würde, drei Pelzmäntel übereinanderzutragen.

Bestimmt würde James sofort ins Meer springen, doch leider waren Hunde hier am Strand nicht erlaubt. Überall standen Schilder mit durchgestrichenen Hunden. »Mit den Stränden sind sie hier auf Sylt echt streng«, hatte Nele sie gewarnt. »Du darfst mit James auf keinen Fall an einen normalen Strand gehen. Da wirst du sofort zur Kasse gebeten!« In Rantum sei ein ausgewiesener Hundestrand, und auch am Rande der Wenningstedter und Kampener Strände gäbe es Abschnitte, in denen Hunde erlaubt waren.

Jana knotete James an die meterlange Holzbank vor Gosch, kaufte sich ein Matjesbrötchen und genoss den Geschmack des frischen, salzigen Fisches und der rohen Zwiebeln. James schaute ab und an neidisch von unten zu ihr hoch, bettelte aber nicht, was Jana ihm hoch anrechnete. Bettelnde Hunde, die ihre Besitzer (und auch alle anderen Menschen, die etwas aßen) so flehentlich und eindringlich ansahen, als stünden sie kurz vor dem Hungertod, konnte Jana nicht ertragen.

Aber nur deshalb nicht, weil sie sich dagegen nicht abgrenzen konnte. Genau wie wenn ein Auto dicht hinter ihr auffuhr. Dann machte sie Platz, und bettelnde Lebewesen bekamen meist ihre gesamte Mahlzeit. Mangelnder Selbstschutz, zu viel Empathie, zu wenig Ego – egal, welchen Stempel man dafür fand, Jana nahm eindeutig zu viel Rücksicht auf die Bedürfnisse anderer Menschen oder Tiere. Sogar Fliegen und Spinnen schubste sie lieber behutsam in ein Glas, um sie nach draußen zu tragen, statt sie einfach umzubringen.

Auch jetzt tat ihr der hechelnde James leid, und sie beschloss, mit ihm zum Wenningstedter Hundestrandabschnitt zu laufen, damit er sich im Meer abkühlen konnte. Da sie mit dem Hund nicht über den regulären Strand gehen durfte, wie Nele ihr eingebläut hatte, schlenderten sie die Dünenstraße entlang bis zum Strandaufgang, einer Holztreppe, die auf den Dünengürtel führte.

Das Kurhäuschen, in dem die Gästekarten kontrolliert wurden, war unbesetzt, aber obwohl die Aufsicht schon Feierabend hatte, blieb ihnen der direkte Weg an den Strand verwehrt: Es gab hier zwar einen Zugang zum Meer, aber nur für hundelose Besucher. Der Hundestrandpfeil wies nach links auf eine beeindruckende Brückenkonstruktion, die auf dem Kliff über die Dünen führte.

Sie machten sich auf den Weg, aber James hechelte mittlerweile so hektisch, dass Jana sich auf eine der zahlreichen Bänke setzte, die überall in die Brücke eingearbeitet waren. Der Ausblick war fantastisch! Man schaute so weit in den Horizont, dass der sich schon krümmte. Links und rechts erstreckte sich die Küstenlinie im milchigen Abendlicht. Die Brandung rauschte, die Möwen kreischten, und das blühende Heidekraut auf den Dünen duftete betörend. Jana schloss die Augen, legte den Kopf zurück und sog die herrliche Luft ein. An ihren bloßen Füßen spürte sie die Wärme von James' Hundekörper, der sich lang vor ihr ausgestreckt hatte, was sich seltsam beruhigend anfühlte.

Da es zum Hundestrand noch etwa ein Kilometer Fußweg war, beschloss Jana, James' Bad auf den nächsten Tag zu verlegen, und blieb stattdessen sitzen, bis die Sonne unterging und der Himmel sich rot färbte. Was für ein Panorama!

Es war schon nach zweiundzwanzig Uhr, als sie ganz bezaubert mit James nach Hause schlenderte. Sie musste ihre Meinung von Sylt wohl revidieren: Weder war es hier scheußlich, noch waren alle neureich. Bislang hatte sie ausschließlich »normale« Menschen gesehen, und die Natur war einfach umwerfend. Äußerst zufrieden mit ihrer neuen Heimat schloss sie die Haustür auf und schnallte James das Halti ab.

Sofort ließ er sich mit seinem typischen Gewitterbrummen auf seine Hundematte fallen, die Jana im Wohnzimmer platziert hatte. Offenbar war er gewohnt, um diese Zeit zu schlafen, stellte Jana erfreut fest. Das war ja tatsächlich angenehm unkompliziert!

Müde schleppte sie sich die Treppen hoch, machte sich im Bad frisch und fiel in die weichen Federn. Die Schlafzimmertür ließ sie auf, damit sie James hören konnte.

Wie herrlich sich die kühle Glätte des Baumwolllakens an ihren müden Beinen anfühlte. Jede Wohnung machte andere Geräusche, fand Jana. Knacken, rascheln, knistern, rattern. Nachts, wenn man im Bett lag, konnte man die Sinfonie einer Wohnung am besten hören, konnte am genauesten sondieren, aus welchen Geräuschen sie komponiert war.

Das Haus hier gluckste und knackte ein bisschen, was vermutlich aus der Heizung oder den Wasserrohren kam.

»Düüt! Düüt!« Auf ihrem Handy ploppte eine SMS von Nele auf: »Alles o. k. bei euch?«, fragte sie.

»Ja, alles super«, antwortete Jana. »Mach dir keine Sorgen.« Sie hatte Nele zwar nach funktionierenden James-Kommandos fragen wollen, fühlte sich jetzt aber zu müde für ein längeres Gespräch.

In dem Syltroman von Dora Heldt, den sie sich zur Einstimmung auf die Insel gekauft hatte, schaffte sie nur zwei Sätze, dann fielen ihr die Augen zu, und sie löschte das Licht.

Durch das offene Fenster flirtete sie mit den Sternen, die über den rauschenden Wipfeln der riesigen Kiefern blinkten. Eine Nachtigall trällerte gerade ein Privatkonzert, und es hörte sich so an, als wäre sie die Netrebko unter den Vögeln. Die Diva sang ihre Arien, und alle anderen Vögel schienen vor Ehrfurcht zu verstummen. Mit lauter, klarer Stimme schmetterte sie ihr eindrucksvolles Solo. Es war wunderschön.

Die Luft, die hereinwehte, roch nach Meer und Tannennadeln, und Jana konnte sich kaum erinnern, sich mal irgendwo wohler gefühlt zu haben. Zufrieden fiel sie in einen tiefen Schlaf.

Mitten in der Nacht wurde sie wach, weil sie Schritte auf der Treppe gehört hatte. Was war das? Es war stockdunkel, und sie hörte jemanden atmen. Jana erstarrte. Vor Angst wie gelähmt, wagte sie nicht, sich aufzusetzen. Die Schritte näherten sich. Jemand kam an ihr Bett. Jana hielt die Luft an.

Jetzt bekäme sie bestimmt gleich mit einem Knüppel eins übergezogen, vermutete sie.

RUMMS!

Mit tiefem Brummen ließ der Einbrecher sich vor ihr Bett fallen. War er ohnmächtig geworden? Janas Puls raste, bis sie begriff, dass es James war, der sich da zu ihr hochgeschlichen und an das Fußende gelegt hatte. Lang ausgestreckt und äußerst zufrieden lag er nun auf dem Teppich, den Rücken an das Bettgestell gedrückt. Offenbar schlief er nicht gerne alleine.

Jana knipste das Licht an, doch James rührte sich nicht. Und was sollte sie nun tun? Ihn hier oben mitschlafen lassen? Die Leine holen und ihn die Treppe runterziehen? Viel zu müde für so viel Action löschte Jana das Licht, legte sich wieder zurück und lauschte James' ruhigem, gleichmäßigem Atem, dessen Rhythmus sie überraschend beruhigte. Ab und an entfuhr ihm ein zufriedenes Schmatzen oder ein tiefer Brumm-Seufzer, wenn er sich wohlig streckte oder die Schlafposition änderte.

Die sorglose, entspannte Energie des Hundes übertrug sich auf Jana, und sie schlief wieder ein, obwohl es sehr ungewohnt war, ihr Schlafzimmer mit einem riesigen Tier zu teilen.

4

Ein fröhliches Vogelkonzert und warme Sonnenstrahlen weckten Jana. Sie gähnte und streckte sich und sog die kühle Morgenluft ein. Es war schon fast halb zehn – selten hatte sie so gut geschlafen. Es schien, als ob die Ruhe des Hundes auch sie beruhigt hätte. Sie richtete sich auf und schaute auf den Boden am Fußende des Bettes: James schlief noch tief und fest. Jana stand auf und strich ihm über seine flaumweiche Meckifrisur. Er öffnete kurz ein Auge, streckte sich lang aus und brummte dabei in tiefem Bass.

Jana ging nach unten, um sich einen Kaffee zu kochen, und setzte sich damit auf die Terrasse. Kaum hatte sie die ersten Schlucke genommen, tapste James heraus, um im Garten sein Morgengeschäft zu verrichten. Anschließend drehte er eine Runde durch den Garten, schnupperte und markierte hier und da und legte sich schließlich vor Janas Füße. Wie anders sie ihn die letzten Stunden erlebt hatte, wunderte sich Jana. Plötzlich war er gar nicht mehr die unbezwingbare Bestie, die er in Eppendorf gegeben hatte, sondern vielmehr ein lieber, leicht träger Kuschelteddy. Ob er in Hamburg einfach auch nur nervös gewesen war? Vielleicht hatten ihre Angst und ihre Aversion sich ja auf ihn übertragen? Gestern Abend war er beim Spaziergang ganz zahm gewesen, aber da hatte sie ihm ja auch das Halti umgeschnallt, bedachte sie.

Vielleicht hatten sie einfach nur einen schlechten Start gehabt. Auf Sylt schien tatsächlich alles einfacher – genau wie Tom versprochen hatte.

Jana beschloss, James' morgendliche Gassirunde mit Brötchenholen zu verbinden. In der Westerlandstraße hatte sie gestern einen Bäcker gesehen.

Sie legte James sein Halsband um, das fast so lang war wie ihr Gürtel, und klickte die Leine ein. Für die kurze Strecke wollte sie es ohne Halti probieren. Als ob er ahnen würde, dass seine Freiheit auf dem Spiel stand, verhielt sich James verblüffend brav. Er zog kaum, blieb nur ab und an stehen, um an Hecken, Gräsern und Büscheln zu schnuppern. Der Bäcker lag tatsächlich gleich um die Ecke. Jana erstand drei äußerst appetitlich aussehende Vollkornbrötchen und eine Sylter Rundschau, denn es konnte ja nicht schaden, sich ein bisschen über die Insel zu informieren.

Kaum dass sie aus dem Laden getreten war, stupste James immer wieder mit der Schnauze an die Zeitung. »Was ist denn, Dicker?«, rief Jana. »Was hast du denn?«. Er stupste weiter, setzte sich hin und guckte Jana auffordernd an. Wollte er ein Stück Brötchen? Aber mit Bettelbelohnung wollte Jana gar nicht erst anfangen und zog an der Leine, um ihn wieder in den Stand zu bringen. Genauso gut hätte sie versuchen können, die Alpen zu verschieben. Er rührte sich keinen Millimeter, stupste nur weiter an Tüte und Zeitung und weigerte sich, auch nur einen Schritt zu tun. Jetzt begriff Jana: Er wollte etwas tragen! Neufundländer waren doch Apportierhunde, erinnerte sie sich und reichte ihm die zusammengefaltete Zeitung. James warf ihr einen erleichterten Blick zu nach dem Motto »Endlich hast du's kapiert!«, nahm die Zeitung erstaunlich vorsichtig in sein Maul und raste so eilig damit nach Hause, als wäre er bei einem Kurierdienst angestellt. Sichtbar stolz auf seine verantwortungsvolle Aufgabe und mit steil aufgerichtetem Schweif.

Nicht gerade begeistert nahm Jana ihm zu Hause die von seinen Eckzähnen perforierte, sabberdurchweichte Zeitung ab. Erwartungsvoll starrte James sie an und wedelte dabei mit dem Schwanz, als wäre der ein zu langsam eingestellter Propeller. Und auch jetzt brauchte Jana ein paar Minuten, um zu kapieren, dass er eine Belohnung erwartete. Sie reichte ihm ein Stück Brötchen und war stolz, das erste gemeinsame Ritual dechiffriert zu haben.

Zufrieden ließ James sich auf der Terrasse nieder. Jana deckte den Frühstückstisch, schüttete James seine Trockenfutterration in den Napf und stellte ihn vor seine Nase. Eingespielt wie ein altes Ehepaar nahmen sie parallel ihr Frühstück ein, und Jana überlegte, wie sie den Tag gestalten wollte.

Als Erstes würde sie mit James an einen Strand fahren, damit er endlich ins Meer springen und schwimmen konnte. Es sollte wieder ein sehr warmer Tag werden, ungewöhnlich für Juni, und Jana hatte gegen ein paar chillige Stunden im Strandkorb nichts einzuwenden.

Sie entschied sich für den Kampener Hundestrand, weil

man dort direkt das Auto parken konnte, wie sie recherchierte. Und von Wenningstedt war es mit dem Auto nur ein Katzensprung bis Kampen.

Janas Aufmerksamkeit stieg, als sie das weltberühmte Ortsschild passierte. Kampen – das teuerste Pflaster Deutschlands. Mal sehen, wie eine Millionärssiedlung so aussah ... Auf den ersten Blick wirkte alles sehr sauber – und sehr edel: Moncler, Montblanc, Hermès, Joop – eine Nobel-Boutique reihte sich an die andere. Und über die Straße zog eine Porsche-Cayenne-BMW-X5-Mercedes-GLS-Karawane. An den Seitenstreifen und vor den Häusern parkten überall Luxusautos, und die Menschen auf den Gehwegen trugen fast alle Weiß. Jana kam sich in ihrem alten, verbeulten Benz fast schäbig vor.

Leicht verunsichert bog sie links in die Kurhausstraße ein und war erschlagen von dem Panorama, das sich ihr nun bot: ein fantastischer Weitblick über eine wunderschöne Heidelandschaft, die in eine schmale Landzunge mündete. Rechts und links brandete das Meer, dahinter lag die phänomenale Lister Dünenlandschaft. Links, auf der sogenannten Wattseite, reihte sich ein Reetdachhaus ans andere, und alle sahen gleich aus. Hier lebten sie also, die reichsten und prominentesten Menschen des Landes. Was für ein winziges Örtchen, wunderte sich Jana und taufte es Schlumpfhausen.

Sie fuhr durch die Heidelandschaft zur ehemaligen Sturmhaube hinunter und parkte auf dem Strandparkplatz. Als wüsste er, dass er gleich ins Wasser dürfte, sprang James sofort begeistert aus dem Auto und zog Jana Richtung

Strandübergang. Sie fischte noch kurz die Strandtasche aus dem Kofferraum und ließ sich von James, dem sie heute das Halti erspart hatte, damit er besser im Meer schwimmen konnte, zum Kurhäuschen ziehen. Während sie beim braun gebrannten, bemerkenswert gut gelaunten Strandwart eine Tagesgästekarte löste, konnte sie ihn kaum halten. Offenbar konnte er es nicht abwarten, endlich ins kühle Nass zu springen. Gnadenlos preschte er den Holzsteg voran, sodass Jana wieder mal nichts anderes übrig blieb, als ihr Tempo auf leichtes Joggen zu erhöhen. Weil ihr dabei die Tasche von der Schulter fiel und die Sonnenbrille von der Nase rutschte, klickte sie James schließlich von der Leine. Sie war schon wieder schwer genervt. Musste der Kerl denn immer so hektisch sein?

In halsbrecherischer Geschwindigkeit raste er den Steg zum Strand hinunter, nahm die letzten vier Stufen im Sprung, fegte wie ein schwarzer Tornado über den Sand und preschte, ohne zu zögern, in die brandenden Wellen.

Atemlos eilte Jana durch den heißen Sand hinter ihm her und staunte, wie furchtlos er sich durch die grünen Wellen arbeitete, die immer wieder über ihm zusammenschlugen. Er schien vollkommen angstfrei zu sein. Schnell hatte er die Brechungslinie hinter sich gelassen und schwamm nun in der brodelnden Gischt auf und ab.

Nach Luft ringend kam Jana am Meeressaum an und ließ sich die Brandung über die Füße spülen. Brrr, das Wasser war noch ziemlich kalt. Jana trat ein paar Schritte zurück, stellte die Tasche ab und ließ sich in den warmen Sand plumpsen. Sie rieb sich die Schulter. Der Riemen hatte sich schmerzhaft in ihr rechtes Schlüsselbein eingeschnitten. Kein Wunder, sie schleppte neben James' Equipment wie Napf, Wechsel-Halsband, Handtücher und Leine auch noch zwei Liter Wasser für ihn mit.

»Ist das Willi?«, hörte sie neben sich einen älteren Herrn fragen. Jana hatte ihn gar nicht kommen hören. Interessiert beobachtete der Senior James, dessen schwarzer Kopf immer wieder hinter den Wellen aufblitzte.

»Nein, das ist James«, antwortete Jana leicht belustigt. Wie kam der Mann auf den Namen Willi?

»Ach, gibt es jetzt auch eine Robbe namens James?«, fragte der nun.

Jana verstand nur Bahnhof. War der bekloppt?

»Das ist keine Robbe, sondern ein Hund«, erklärte sie.

»Wirklich?« Der Mann sah zweifelnd aufs Meer. »Sieht aber aus wie Willi!«

»Ist es aber nicht!« Allmählich wurde es Jana zu blöd.

»Ach!«

»Wer ist denn Willi?«, erkundigte sie sich.

»Das ist ein Heuler, der im Hörnumer Hafen wohnt«, erklärte der Mann. »Wenn man Fische ins Becken wirft, kommt er manchmal und zeigt sich.«

»Ein Heuler?«

»So nennt man männliche Seehunde«, belehrte sie der Herr und schaute sie durch seine brikettdicken Brillengläser mitleidig an. Wie konnte man nur so unwissend sein, schienen seine blassblauen Augen zu sagen.

»Ach so«, sagte Jana. Jetzt hatte sie kapiert. »Das da

draußen ist aber kein Seehund, sondern mein Neufundländer.«

Der Mann nickte. »Faszinierend!«, entfuhr es ihm.

»Aber ein See-Hund ist er natürlich trotzdem«, scherzte Jana.

Der Mann mit dem schütteren Haarring schaute so verständnislos, als hätte sie gerade Pommes in Flaschen bei ihm bestellt.

»Wie Sie sehen, liebt er das Meer«, fügte Jana erklärend hinzu.

Ihr Gegenüber verzog keine Miene, murmelte: » … schönen Tag noch …«, und setzte seinen Spaziergang Richtung Wenningstedt fort.

Beeindruckend humorlos, befand Jana.

Inzwischen hatte James sein Bad beendet und stieg wie der Adonis aus der Davidoff-Werbung aus den Fluten. Er schüttelte sein nasses Fell in der Sonne, wobei ihn ein kitschfilmreifer Regenbogen umgab. Zwei Hundedamen konnten nicht anders, als den Neufundländer schmachtend anzustarren. Ihre Besitzer auch.

»So ein schönes Tier«, entfuhr es einem von ihnen.

Ja, hübsch war er wirklich, mit seinem tiefschwarzen Fell und seinen leuchtenden Bernsteinaugen, dachte Jana. Mit nassem Fell konnte man sehen, wie muskulös und athletisch er gebaut war. Sein Fell machte ihn doppelt so dick …

Atemlos hechelnd stand James vor ihr und strahlte sie mit sandiger Schnauze glücklich an. Sie musste zugeben, dass sie von seiner Toughness beeindruckt und auch sehr gerührt war. Er war doch echt ein cooler Kerl. Jedenfalls absolut kein wasserscheues Weichei.

Sie klickte seine Leine wieder ein, schlenderte mit ihm am Wasser entlang und war fasziniert von dem milchigen Licht, das durch die Gischt schimmerte, in der sich die Sonne brach. Alles schien wie in Weichzeichner getaucht. Jana suchte sich einen der blau-weiß gestreiften Strandkörbe aus und breitete ihr Handtuch aus. Während sie ihre Tasche sortierte, ließ James sich im Sand in den Schatten fallen und nahm seine Schlafhaltung ein.

Es wehte ein leichter Wind, und Jana kuschelte sich in den Strandkorb. Die Wolken sahen aus wie Albino-Miniplis und jagten über den Himmel. Wie eine Völkerwanderung, grinste Jana. Das rhythmische Branden der Wellen und das Gekreische der Möwen wirkten einschläfernd meditativ, und Jana entspannte sich von Minute zu Minute mehr. So schlecht war es gar nicht, dieses Sylt, musste sie zugeben.

Direkt an der Treppe zum Strandübergang hatte sie einen Kiosk gesehen, der »Hundeeis« verkaufte, was auch immer das war. Jana beschloss, James eines davon zu spendieren und für sich einen Kaffee und ein Ciabatta zu holen. Das Eis war in Pappbecher gefüllt und wurde in den Geschmacksrichtungen »Rind« oder »Wildlachs« angeboten. Jana entschied sich für Rind, was anscheinend die richtige Wahl war, denn James fiel so gierig darüber her, als hätte er monatelang gehungert. Geschickt klemmte er das Eis zwischen seinen dicken Vorderpfoten ein und leckte den gefrorenen Fleischmatsch konzentriert aus dem Becher. Nicht nur Kinder liebten offensichtlich Eis, auch Vierbeiner waren

»addicted«, dachte Jana, die ihn belustigt beobachtete, während sie ihren Kaffee schlürfte.

Das Restaurant, das den Hundeeis-Kiosk betrieb, hieß Iismeer und lag an der Wenningstedter Kurpromenade. Es bot auch Eis für Menschen an, bio-zertifiziert und hundert Prozent ökologisch, wie Jana einem Flyer entnahm. Da musste sie nachher unbedingt mal hin.

Immer, wenn sie James zum Schwimmen begleitete, staunte sie, wie viel Aufmerksamkeit er erregte. Die Reaktionen, die er hervorrief, waren verblüffend: Spaziergänger blieben stehen, schauten ihn bewundernd an, lächelten verzückt und riefen »Der ist aber hübsch!« oder »Oh, ein Bär!«. Für Jana war es außerdem sehr ungewohnt, dass die Männer nicht auf ihren Busen guckten, der in ihrem knappen Bikini gerade eindrucksvoll zur Geltung kam, sondern auf ihren Hund.

»Was isst der denn so am Tag?«, fragte eine grauhaarige Dame interessiert, während James gründlich ihre Möpsin beschnüffelte. »Der braucht doch bestimmt eine halbe Kuh, oder?«

»Nein«, lachte Jana. »Zum Glück nicht! Er kriegt Trockenfutter und davon auch nur relativ wenig.« Da sie sich unsicher war, ob sie ihm vielleicht zu wenig zu fressen gab, nahm sie sich vor, später Nele dazu zu befragen.

Den Nachmittag verbrachten sie lesend, badend, dösend – und grabend, denn ein paar nervige Eigenschaften zeigte James doch noch: Nach dem Baden trottete er klatschnass mit Jana zum Strandkorb zurück und schüttelte sich grundsätzlich genau davor trocken, sodass sowohl ihr Handtuch als auch ihr Buch und sämtliche Utensilien Sand- und Salzwasser-gesprenkelt waren. Zu einer anderen Schüttelstelle war er partout nicht zu bewegen.

Außerdem unterbrach er regelmäßig seine Schattenschlaf-Einheiten, um rund um den Strandkorb tiefe Löcher zu buddeln. Der Sand flog in hohem Bogen, und man sah nur noch sein Hinterteil aus den tiefen Höhlen ragen, die er wie ein Schaufelbagger in rasender Geschwindigkeit ausgrub. Was das sollte, blieb Jana schleierhaft.

Gegen achtzehn Uhr läutete sie die letzte Schwimmeinheit des Tages ein. Das Wasser hatte erst sechzehn Grad und war furchtbar kalt, deshalb hatte sie selbst bislang davon abgesehen, in die Wellen zu springen, und sich damit begnügt, James zuzuschauen.

Aber nun lief auch sie ins Meer. Wenigstens einmal heute wollte sie gebadet haben.

Vor Kälte blieb ihr die Luft weg, nachdem sie mutig in eine brandende Welle geköpft war. Als sie durch die brodelnde Gischt wieder auftauchte und nach Luft japste, schwamm James aufgeregt fiepsend um sie herum, mit panisch aufgerissenen Augen. Anscheinend hatte er Angst um sie und wollte sie retten. Wie eine fehlgesteuerte Modelleisenbahn umkreiste er sie und versuchte, sie zurück an Land zu drängen. Er musste nicht lange kreisen: Das Wasser war so kalt, dass Jana schnell aufgab.

Nachdem sie aus den schäumenden Wellen gestiegen war und sich abtrocknete, bemerkte sie überrascht, wie sehr sie das Bad erfrischt hatte. Sie fror nicht, ganz im Gegenteil, und das brodelnde Salzwasser prickelte angenehm auf ihrer Haut nach. Was für ein Wohlgefühl! Kein Wunder, dass James hier so gerne schwamm.

Zurück am Strandkorb, zog Jana sich an und packte die Sachen zusammen. James buddelte derweil ein Riesenloch und wälzte sich anschließend in dem ausgehobenen Sandberg. Na prima! Jetzt sah er aus wie paniert. Und so sollte er jetzt in ihr Auto? Nass und komplett versandet? Missgelaunt brachte Jana ihren Kaffeebecher zurück zum Kiosk. »Na, der sieht ja super aus!«, rief ihr das Mädchen, das dort bediente, lachend entgegen. »Wie ein riesiges Wiener Schnitzel!«

»Ja, leider«, sagte Jana.

»Auf dem Campingplatz in Wenningstedt gibt es eine Waschbox«, verriet ihr das blonde Mädchen mit der strubbeligen Kurzhaarfrisur. »Trinken hilft« stand auf ihrem T-Shirt. Aber das war kein Hinweis auf ihren Alkoholkonsum, sondern der Aufruf einer Biolimonaden-Firma, die einen Teil ihres Umsatzes für den Erhalt des Regenwalds spendete.

»Echt?«, fragte Jana interessiert. »Was ist das denn?«

»So ein vergitterter Kasten, in den du den Hund einklicken und dann gründlich abduschen kannst«, erklärte das Mädchen, während sie den Tresen abwischte.

Jana schaute sie erstaunt an.

»Vor dem Fressnapf in Tinnum gibt es sogar eine Hundewaschanlage«, fuhr das Mädchen fort. »Mit Vorwäsche und Föhn!« Sie lachte, und dabei blitzten erstaunlich weiße Zähne auf. Jana wünschte, sie wäre auch noch mal zwanzig mit solchen Zähnen. Auch James hatte so strahlende Beißer …

»Dürfen Hunde hier eigentlich frei laufen?«, erkundigte sich Jana, die James vorsichtshalber wieder an die Leine geklickt hatte.

»Nein, hier nicht«, sagte das Mädchen. »Aber an allen anderen Hundestränden der Insel schon.«

»Aha«, entgegnete Jana enttäuscht.

»Aber noch haben wir ja Vorsaison, da sehen die Leute es auch hier nicht so eng«, ergänzte das Mädchen. »Du kannst mit dem Hund übrigens auch an den normalen Stränden spazieren gehen, wenn du ihn anleinst und an der Wasserlinie bleibst. Aber nur, wenn du von einem Hundestrand aus startest!«

»Danke«, sagte Jana. Mann, war das kompliziert mit so einem Tier. Und jetzt würde ihr der nasse Kerl auch noch die Rückbank versauen ...

5

Auf dem Wenningstedter Campingplatz reihten sich silberne Luxuscaravans neben altmodischen Wohnwagen und einfachen Zelten. Der Platz wirkte auffallend aufgeräumt und sauber. Im Gemeinschaftshaus gab es erstaunlich moderne Küchenzeilen, Spülbecken und Waschmaschinen. Jana war verblüfft. Mit dieser Infrastruktur ließ es sich vermutlich hervorragend campen. Wie es wohl war, seinen Urlaub hier zu verbringen? Abends in Bademantel und Schlappen zu den Duschräumen zu schlurfen und sein schmutziges Geschirr in einer großen Plastikbox zu den Spülbecken zu tragen?

Die Hundewäsche-Gitterbox stand auf einem Podest auf einer Wiese. Nachdem Jana James dort hineinbugsiert hatte, war er komplett eingeklemmt und konnte sich weder vor noch zurück bewegen. Jana nahm die Handdusche und spülte Salz und Sand aus seinem Fell – oder zumindest große Teile davon. James hielt geduldig still und schüttelte sich ausgiebig, nachdem sie ihn wieder aus der Box befreit hatte.

Wirklich eine prima Einrichtung. James sah aus wie neu.

Jana schüttelte die Decke, die ihre Rückbank geschützt hatte, aus, wobei sich mehrere Kilo Sand auf dem Boden verteilten, und warf James einen Tennisball ins Auto. Sofort sprang er hinein. Der Trick funktionierte offenbar immer – vorhin auf dem Strandparkplatz hatte es auch schon geklappt, obwohl es im Auto glühend heiß war.

Wieder zu Hause, registrierte Jana erstaunt, wie vorsichtig James sich in der Wohnung bewegte. So wild und ungestüm er am Strand getobt hatte, so vornehm und feinfühlig tänzelte er nun durch die Innenräume. Er riss nichts um, kaute nichts an, sprang nicht aufs Sofa und schnappte sich auch nichts vom Tisch. Er war das Gegenteil des sprichwörtlichen Elefanten im Porzellanladen, bewegte sich eher wie ein übergewichtiger Sumoringer, der versuchte, eine Ballerina zu sein.

Offenbar hatte ihn der Strandtag erschöpft, denn nachdem er seinen Napf leer gefressen hatte, ließ er sich auf den Rasen fallen und streckte sich mit einem tiefen Seufzer aus.

Jana fläzte sich auf die Lounge und schenkte sich ein Glas Rhabarberschorle ein. Was für ein schöner Tag das gewesen war. Nach der prallen Sonne am Strand war der schattige, nach Kiefernnadeln duftende Garten ein großer Genuss. Sie legte die Füße hoch, nahm einen Schluck Schorle und griff nach ihrem Handy, um Nele anzurufen. Als hätte sie es telepathisch gespürt, erschien in diesem Moment Neles Nummer auf dem Display.

»Hallo, Süße«, begrüßte ihre Schwester sie fröhlich. »Wie geht es euch? Klappt es einigermaßen?«

»Ja, alles klar. Wir waren den ganzen Tag am Strand.«

»Oh, wie schön!«

»James hat jetzt das Freischwimmerabzeichen«, fügte Jana lachend hinzu.

Auch Nele lachte.

»Ja, ich weiß. Der ist aus dem Wasser kaum mehr rauszukriegen, oder?«

»Er wurde schon mit einem Seehund verwechselt«, bestätigte Jana.

»Wirklich?« Nele lachte schon wieder. »Kein Wunder! Er hat ja sogar Schwimmhäute zwischen den Zehen!«

»Echt?«

»Ja! Musst du dir mal angucken! Das haben alle Neufundländer. Sind doch Wasserhunde. Die haben früher Fischer vor dem Ertrinken gerettet.«

»Oh«, sagte Jana erstaunt. »Ich schau nachher mal.«

»Kommt ihr denn klar?«, erkundigte sich Nele. »Kriegst du ihn gebändigt?«

»Am Anfang war es etwas hart«, gab Jana zu. »Aber inzwischen geht es. Am Halti ist er ganz zahm.«

»Ja, das Teil ist gut, oder?« Jana hörte, wie Nele etwas trank.

»Du könntest mir noch ein paar Befehle verraten«, sagte Jana.

»Er hört auf ›Sitz!‹, ›Platz!‹, ›Nein!‹, ›Aus!‹, ›Warte!‹ und ›Steh!‹, sagte Nele. »Und auf ›Gib!‹, wenn du ihm etwas wegnehmen möchtest.«

»Alles klar«, sagte Jana und hoffte, sich alle Kommandos merken zu können. »Wie geht es dir denn?« erkundigte sie sich.

»So lala«, antwortete Nele. »Mein Bauch ist so dick, dass ich mich kaum noch bewegen kann. Und meine Füße habe ich zuletzt vor vier Wochen gesehen.«

Jana lachte. »Wann ist denn der Termin?«, erkundigte sie sich.

»In einer Woche.«

»Hui, wie aufregend! Hast du Angst?«

»Na klar! Was glaubst du denn? Man presst ja nicht jeden Tag einen Fußball aus sich heraus!«

Jana musste schon wieder lachen.

»Aber wird schon alles gut gehen. Wir haben eine sehr nette Hebamme, und Tom kann schon fast besser hecheln als ich«, lachte nun auch Nele.

»Na, dann ist ja gut«, fand Jana.

»Ach so, bevor ich's vergesse«, fiel ihr plötzlich ein. »Was kriegt James denn eigentlich zu essen? Wirklich nur das Trockenfutter? Ist das nicht zu wenig?«

»Nee, das reicht eigentlich«, beschwichtigte sie Nele. »Aber du kannst ihm auch ab und an mal zwei große Dosen pro Tag geben. Oder eine gekochte Beinscheibe. Aber seine größte Liebe sind Zapfen!«

»Zapfen?« Jana glaubte, sich verhört zu haben.

»Ja, Tannenzapfen! Die kaut er leidenschaftlich gerne!«

Jana schaute erstaunt zu ihm rüber – und tatsächlich kaute er gerade konzentriert an einem Zapfen herum. Das war ihr vorher gar nicht aufgefallen.

»Du kannst damit auch mit ihm spielen«, fügte Nele hinzu. »Das liebt er!«

»Wie denn?«, fragte Jana.

»Du kannst sie mit dem Fuß kicken – oder sie zu ihm werfen.«

»Okaaaaay?« Die Vorstellung, mit Zapfen um einen riesigen Hund zu dribbeln, kam ihr doch etwas seltsam vor.

»Fahr doch morgen mal in den Hundeladen ›Pudels Kern‹ in Keitum«, schlug Nele vor. »Daniel, dem der Laden gehört, ist supernett und kompetent. An den kannst du dich auch wenden, wenn du mal Hilfe brauchst oder 'ne Frage hast.«

»Ah, gut«, fand Jana.

»Kauf James ein paar Ochsenziemer oder Pansen als Leckerlis oder Belohnung. Damit kriegst du ihn immer abgelenkt oder beschäftigt.«

»Okay«, sagte Jana. »Gibt's sonst noch was?«

»Tennisbälle!«, rief Nele. »Wenn du ihm die ins Wasser wirfst, kannst du ihn stundenlang beschäftigen.«

»Die Tennisballleidenschaft kenne ich schon«, sagte Jana und erzählte, wie die Frau am Shuttle sie mit den neongrünen Filzkugeln gerettet hatte.

»Mist! Daran hätte ich denken müssen«, sagte Nele beschämt. »Tut mir leid!«

»Egal, hat ja geklappt«, beruhigte sie Jana und berichtete von der Hundewaschanlage.

»Ja, die kenne ich«, sagte Nele. »Die ist super, oder?«

»Hm.« Jana nickte bestätigend, was Nele nicht hören konnte.

»Wenn dich der Sand und die Haare nerven, kannst du ihn auch scheren lassen«, schlug Nele vor. »Wie ein Schaf. Das haben wir schon öfter gemacht. Das findet er super, weil er sich danach viel besser fühlt. Ist ja auch echt 'ne Tortur, der dicke Pelz im Sommer.«

»Gute Idee.«

»Geh am besten zu ›Steffis Hundestudio‹ in Westerland, die kennt ihn schon«, riet ihr Nele. »Steffi ist supernett und ein echter Profi! Egal, ob Fünftausend-Euro-Weimaraner oder Hartz-4-Mischling, Zahnsteinentfernung oder Föhnfrisur, die kann alles, kennt alles und macht alles – und zwar richtig gut!«

Jana machte sich eine Notiz im Handy. Allmählich wurde der Input etwas viel. Too much information! Die Vorstellung von James mit Föhnfrisurtolle war allerdings genial. Wahrscheinlich sah der dann aus wie Elvis.

»Ich muss jetzt auflegen, Süße«, rief Nele plötzlich. »Mir kochen gerade die Nudeln über! Tschühüss!! Bussi!!«

Zack, weg war sie.

Jana lehnte sich zurück und leerte ihr Glas. Sie stand auf, sammelte unter James' neugierigen Blicken ein paar Tannenzapfen ein und tat so, als ob sie einen in seine Richtung kicken würde. James sprang sofort auf und hüpfte vor Aufregung auf und ab wie ein Flummi. Jana dribbelte links und rechts um den Zapfen herum und täuschte immer wieder an, gleich loszuschießen. James beobachtete hoch konzentriert ihre Füße und beantwortete jede ihrer Bewegungen mit einem kleinen Hüpfer, wie ein Torwart im Tor. Jana war entzückt. Das war ja wie ein Tanz. Belustigt schoss sie den Zapfen endlich in seine Richtung, den er mit dem Maul auffing und sofort zerbiss.

Mit dem Gefühl, im Grunde ein verhinderter Ronaldo zu

sein, schlenderte Jana in die Küche und stellte ihr Glas auf der Arbeitsplatte ab. Dabei blieb ihr Blick an der Visitenkarte von Dr. Konrad hängen. Mist! Den sollte sie doch noch anrufen. Aber auf ein Gespräch hatte Jana gerade überhaupt keine Lust. Sie zog ihr Handy aus der Tasche und tippte stattdessen eine SMS: »Hallo, Herr Dr. Konrad, es ist nur eine kleine Beule an der Stoßstange, aber damit kann ich leben. Alles in Ordnung also. Beste Grüße, Jana Mertens«. Zack! Abgeschickt. Das wäre erledigt. Erleichtert ging Jana zurück in den Garten, um James noch ein paar Zapfen zuzuspielen.

Nach dem ganzen Salzwasser und Sand überkam sie plötzlich große Lust auf etwas Süßes. Das Iismeer-Bio-Eis fiel ihr ein. Das wäre jetzt genau das Richtige, beschloss sie, schnallte James sein Halti um und machte sich mit ihm auf den Weg zur Promenade.

Die Auswahl war erstaunlich, und die Schlange vor der Tür sprach für sich bzw. für die Qualität: Vierundzwanzig verschiedene Sorten standen in weißen Kübeln bereit, Jana konnte sich gar nicht entscheiden. Sie wählte Dattel-Minze, Maracuja-Aprikose, Zartbitter-Chili und Ziege-Walnuss und setzte sich mit dem Becher auf eine Bank an der Promenade. James genoss das zweite Eis seines Tages, diesmal Wildlachs, das er zu ihren Füßen liegend hingebungsvoll aufleckte.

Während Jana die kühle Köstlichkeit löffelweise auf der Zunge schmelzen ließ, piepste ihr Handy: »Vielen Dank für die Info! Sehr nett von Ihnen. Darf ich Sie als Entschädigung wenigstens zum Essen einladen? Beste Grüße, FK«.

Das Kürzel stand offensichtlich für Frank Konrad. Zum Glück hatte er keinen Doppelnamen mit K, wie Karl oder Konstantin, grinste Jana. Das Kürzel FKK wäre in seiner Branche vermutlich nicht besonders förderlich ...

Essen gehen mit einem Wildfremden? Jana zögerte. Aber warum eigentlich nicht? Er kannte sicher ein gutes Lokal, und alleine essen gehen könnte sie in den kommenden zwei Monaten schließlich noch oft genug.

»O. k.«, schrieb sie deshalb mutig.

»Prima«, kam die Antwort. »Dann morgen um achtzehn Uhr in der Sansibar?«

»O. k.«, schrieb Jana wieder– bestürzend unoriginell. Die Sansibar kannte sie natürlich, war aber noch nie da gewesen.

»Perfekt. Ich freue mich!«

Jana klickte das Handy auf Ruhezustand und schob es zurück in die Tasche. Sie war sich nicht so sicher, ob auch sie sich freute.

Konzentriert widmete sie sich wieder dem spektakulär leckeren Eis und beobachtete die Paare, die an ihr vorbeischlenderten. Manche hielten Händchen, manche liefen Arm in Arm, und manche flanierten berührungslos nebeneinanderher. Jana versuchte, die Gesichter und Körperhaltungen zu dechiffrieren. Wer sah wirklich zufrieden aus? Welcher Mann machte seine Frau wohl glücklich – und umgekehrt? Jana meinte, es an den Mundwinkeln ablesen zu können. Besonders viele strahlende Duos konnte sie nicht ausmachen. Leider.

Sie dachte zurück an ihr eigenes erstes Verliebtheitsgefühl, damals, mit fünfzehn, als die Liebe noch ein undurchschaubares Mysterium war. Sie wohnte mit Nele und ihrer Mutter in einem kleinen Dorf nahe Hamburg. Ihre ersten Party-Ausflüge führten sie in die »Landjugend«-Disco. »Born for Cola-Korn« lautete damals die Devise. Wie aufregend es war, an der Tanzfläche zu stehen, ab und an ein paar linkische Dance-Steps zu versuchen, die ersten Schlucke ekliger Longdrinks (Bacardi-Cola, Fanta-Weinbrand oder Cola-Eierlikör – genannt »Blubberflutsch«) zu trinken und quer durch den Saal verschämt irgendeinen Jungen anzuhimmeln. Mit Hummeln im Magen wegen der vagen Vorstellung, was passieren könnte, wenn er sie küssen würde ...

Aber die Liebe hatte nicht gehalten, was sie ihr mit fünfzehn schwülstig versprochen hatte. Irgendwie waren alle Weichzeichner-Gefühle relativ schnell im Alltag gekippt. Schön, aber viel unspektakulärer, als sie es sich erträumt hatte.

Jana nahm noch einen Löffel Eis und ließ ihre bisherigen Beziehungen Revue passieren:

Das Kribbeln im Bauch, als Markus, ihr erster Freund, sie zum ersten Mal geküsst hatte. Feucht, ungestüm – aber trotzdem sehr aufregend. Es war Sommer, sie war sechzehn und hatte verschwommene erotische Fantasien von Knutsch-Exzessen bei Vollmond in gelben Kornfeldern. Die Vorstellung von dem, was dem Küssen folgen würde, ließ sie erwartungsvoll erschaudern ...

Leider war Markus viel zu verklemmt und spießig, um derlei Fantasien umzusetzen. Obwohl er erst knackige siebzehn war, besaß er schon zwei Lebensversicherungen und einen Bausparvertrag – und leider auch Hektor, den Cockerspaniel. Erste Liebe ohne erstes Mal. Die Liebe verpuffte, ohne dass sie miteinander geschlafen hatten, und Jana blieb etwas desillusioniert zurück.

Mit siebzehn verliebte sie sich in Jörg, einen pragmatischen Tischler mit Traumkörper und Til-Schweiger-Gesicht. Mit ihm hatte sie zum ersten Mal Sex, und der war sogar schön. So schön, dass Jörg sie heiraten und mit ihr nach Neuseeland auswandern wollte. Heiraten wollte sie damals noch nicht – und die Auswanderung beschränkte sich auf den Auszug bei ihrer Mutter und den Einzug in Jörgs kleine Wohnung. Jana genoss es, einen »Mann« zu haben, der jeden Abend nach Hause kam, und fühlte sich ungeheuer erwachsen. Jörg machte es ihr leicht: Wie ein Putzerfisch umsorgte er sie und las ihr jeden Wunsch von den Augen ab.

Mit der Zeit ging ihr jedoch seine geistige Schlichtheit zunehmend auf die Nerven: Unter »essen gehen« verstand er Dosenbier und Pommes und unter Fernsehen Sportschau und Dart-Wettkämpfe. Im Kino wollte er Rocky sehen, und Tanzen fand er unmännlich. Ihre Liebe hielt trotzdem fast fünf Jahre. In dem massiven Holzbett, das Jörg ihr zum Geburtstag gezimmert hatte, schlief sie heute noch. So schlecht war er gar nicht gewesen, dachte Jana wehmütig. Vielleicht hätte sie einfach bei ihm bleiben sollen. Er war dann tatsächlich irgendwann nach Australien ausgewandert und ... war Vater von vier Kindern geworden.

Nach Jörg kam Kai, ein hypochondrischer Fotograf, dessen Lieblingsmotiv sie war, wenn er sich nicht gerade wieder in seiner Verhaltenstherapie ausheulte. Jana pflegte seine eingebildeten Wehwehchen und hielt ihn für ungeheuer empfindsam, bis sie in seiner Dunkelkammer noch etliche Konkurrenzmotive entdeckte. Beziehungsmäßig war Kai ein totaler Schuss in den Ofen gewesen, musste Jana sich eingestehen …

Auf die Kai-tastrophe folgte eine verrückte Zeit voller Partys, durchtanzter Nächte, Affären und auch ein paar One-Night-Stands. Es waren ihre wilden Zwanziger, in denen sie sich selbst, ihren Körper und das Leben gründlich ausprobierte.

Mit Anfang dreißig wurde Jana ruhiger. Sie fühlte sich wieder bereit für eine längere Beziehung – und die trat mit Martin, einem Webdesigner, in ihr Leben. Auf der Geburtstagsparty einer Freundin blieb sie in seinen Augen hängen. Nach vier Monaten zog er bei ihr ein, und sie lebten fast sechs Jahre glücklich zusammen, bis Martin sie mit Michaela, ihrer damaligen Lieblingskollegin, betrog …

Tja, und nun Ole. Ihre bislang längste Beziehung, aus der die Luft entwichen war wie aus einem platten Fahrradreifen.

Nicht gerade eine berauschende Kollektion.

Würde das immer so weitergehen? Beziehungen mit einer Halbwertszeit zwischen drei Monaten und sieben Jahren? Niemals ankommen? Keine Aussicht auf Mr Right und den von ihr so geliebten Märchenschluss *»… und sie lebten glücklich und zufrieden bis an ihr Lebensende.«*?

Jana erschauerte. Sie rappelte sich auf, schmiss den leeren Eisbecher in den Müll und beschloss, noch ein bisschen auf der Promenade spazieren zu gehen.

Vor einer Boutique im Kursaalgebäude fiel ihr ein Streifenpulli ins Auge, der am Außenständer hing. Leider in Größe S – sie brauchte aber L oder XL. Neuerdings. Ihr Leben lang war an Jana alles normal gewesen: normal groß, normal gewichtig, normal hübsch. Doch seit ein paar Jahren hatte sie im Bauchbereich deutlich zugelegt. Weißwein-Wampe, nannte man die kleine Plauze, die genussfreudige Frauen ab vierzig oft vor sich hertrugen. Angeblich lag das am mit den Jahren immer träger werdenden Stoffwechsel – und den nahenden Wechseljahren. Und natürlich auch am Weißwein, den Jana tatsächlich gerne trank.

Sie griff sich den Pulli und betrat den Laden.

»Haben Sie dieses Shirt auch noch in größer?«, fragte sie die Frau hinter dem Tresen, die träge von ihrer Klatsch-Gazette hochguckte. »Moment, ich schaue mal«, sagte die dürre Blondine und machte sich auf den Weg zu einem Regal, das sie gründlich durchwühlte. »Nein, tut mir leid«, schloss sie ihre Inspektion mit einem entschuldigenden Lächeln ab. »Aber ich kann in unserer anderen Filiale anrufen. Die ist nur zwei Fuß-Minuten entfernt.«

»Gerne«, sagte Jana.

Die Blondine griff zum Hörer. »Steffi hier. Sag mal, habt ihr dieses weiß-blaue Streifenshirt von Qui noch in geräumig?«

Geräumig??? Jana glaubte, sich verhört zu haben.

Sie sah Steffi nicken. »Ist gut!« Sie hielt die Hand über die Muschel. »Möchten Sie schnell rüber in die andere Filiale gehen, oder soll ich das Shirt herbringen lassen?«, fragte sie Jana.

»Herbringen wäre toll«, antwortete Jana und bemühte sich, die beleidigende Klassifizierung zu verdauen. »Wie lange dauert das denn?«

»Zwei Minuten!« Alles dauerte bei der Blondine offenbar zwei Minuten. Kannte die keine anderen Zahlen?

»Okay. Ich setze mich so lange draußen auf die Bank«, nickte Jana.

Sie hatte gerade ein paar Messages auf ihrem Handy gecheckt, als eine kurzhaarige Frau mit roten Wangen angeradelt kam und der Blondine atemlos eine Tüte in die Hand drückte. »Danke, Birgit«, lachte die und winkte zu Jana herüber. »Ihr Shirt ist da!«

Im gnadenlosen Licht der Umkleidekabine machte Jana unfreiwillig Bestandsaufnahme ihres aktuellen körperlichen Status quo: Sie hatte unleugbar eine sogenannte Käferfigur, also einen dicken Bauch mit dünnen Armen und Beinen. Sie mochte ihr Spiegelbild kaum anschauen, denn sie hatte sich deutlich dünner in Erinnerung. Und jünger.

Body Shaming nannte man das, was sie hier gerade betrieb. Und das war eigentlich absurd – aber leider normal: Fast alle Frauen, die sie kannte, waren unzufrieden mit ihrem Körper – egal, wie dick, dünn oder durchtrainiert sie waren. Keine Einzige ihrer Freundinnen oder Kolleginnen fand sich rundum gut. Wie traurig, dachte Jana und versuchte deshalb, schöne Partien an sich zu entdecken.

Zufrieden war sie mit ihrem Busen – und ihrem Gesicht. Das war doch schon mal was. Bei Männern spielte der Bauch ja schließlich auch keine Rolle. Die trugen ihre Wampe in ernst gemeinten T-Shirts vor sich her, auf denen »Bier schuf diesen wundervollen Körper« oder »Ein Mann ohne Bauch ist wie eine Frau ohne Titten« oder »Das ist kein Bauch, das ist eine erotische Nutzfläche/ein Bratwurst-Friedhof/ein Feinkostgewölbe« stand.

Das Streifenshirt in Größe 44 saß zwar nicht so locker, wie es vermutlich sitzen sollte, aber Jana fand es süß und kaufte es trotzdem. Mit ihrer Beute in der einen und James' Hundeleine in der anderen Hand schlenderte sie zufrieden nach Hause.

Sie nahm noch eine heiße Dusche und ließ sich anschließend mit noch feuchten Haaren ins Bett fallen. James lag vor dem Fußende und schlief bereits tief und fest. Um nicht wieder mitten in der Nacht geweckt zu werden, hatte sie seine Matte gleich mit hochgenommen und vor ihrem Bett platziert. Außerdem fand sie das gemeinsame Übernachten extrem gemütlich. Daran könnte sie sich wirklich gewöhnen.

Komisch, bemerkte sie, als ihr die Augen zufielen. Sie hatte gar keine Angst so allein im fremden Haus, sondern fühlte sich im Gegenteil seltsam beschützt. »Gute Nacht, Dicker«, murmelte sie.

6

Am nächsten Morgen wurde Jana nicht nur von Vogelgezwitscher wach, auch ihr Handy piepste. Eine SMS von Ole ploppte auf: »Ich hab noch meinen Akkubohrer und meine Laufschuhe in der Wohnung. Wann kann ich die abholen?« Jana bekam einen Kloß in den Hals. Sie waren zwar friedlich auseinandergegangen, dennoch steckte sie die Trennung nicht einfach so weg.

Und warum brauchte Ole jetzt unbedingt seine Sportschuhe? Hatte er eine Neue und wollte für sie in Form kommen? Wollte er ihr mit dem Akku-Bohrer Regale zusammenschrauben? Falls er sich neu verliebt hatte, würde ihr das schon sehr wehtun. Eine Trennung wurde erst dann so richtig wahr, wenn einer von beiden einen neuen Partner hatte. Denn dann wäre er endgültig weg, und das war eindeutig eine Schmerznuance mehr.

Noch klammerte Jana sich an die Illusion, ihn zurückholen zu können, wenn sie wollte. Das Problem war nur: Genau das wusste sie nicht. Sie hatten im letzten Jahr beide keinerlei An- oder Ausziehung mehr füreinander empfunden. Jana versuchte, sich vorzustellen, wie es wäre, ihn jetzt wiederzusehen. Wäre das Prickeln nun auf wundersame Weise wieder da? Wäre wieder alles so wie früher? So wie am Anfang?

Wohl kaum ...

»Du kannst dir den Schlüssel bei Nele holen«, schrieb sie ihm. »Aber bitte auch wieder zurückbringen!«, fügte sie hinzu.

»Wo bist du denn?«, fragte er.

»Auf Sylt!«, schrieb Jana zurück. »Mit James.«

»Mit dem Hund? Du magst doch gar keine Hunde!?« Ole setzte ein Emoticon mit erstaunt-aufgerissenen Augen hinter das letzte Fragezeichen.

»James schon«, schrieb Jana.

»Das ist ja das Allerneueste!«

Darauf zu antworten hatte Jana keine Lust. Es stimmte ja. Ihre zart aufkeimende Zuneigung für den schwarzen Bären überraschte sie selbst. Aber sie konnte sich auch jederzeit wieder verflüchtigen.

»Ich melde mich mal, wenn ich zurück bin«, schrieb sie.

»Ja, mach das«, textete er zurück.

Leidenschaftsloser ging es kaum. Die Kommunikation dokumentierte eindrucksvoll, wie lauwarm ihre Gefühle füreinander geworden waren. Egal! Sie waren nicht mehr zusammen, und Jana konnte nicht erwarten, dass er plötzlich wieder Feuer und Flamme für sie war.

Sie schüttelte die beginnende Trübsal ab, stand auf und bemerkte leicht schockiert, dass James im Schlafzimmer, auf der Treppe und auch im Erdgeschoss eine beeindruckende Dreckspur aus Sand und Fell hinterlassen hatte.

Wenn das so weiterging, bräuchten sie in ein paar Tagen nicht mehr an den Strand zu fahren – dann hätten sie ihn hier im Haus!

Entnervt kramte Jana den Staubsauger aus der Abstellkammer und saugte das Haus einmal von oben bis unten durch. Na prima! Das würde ab heute wohl jeden Tag ihr Frühsport sein. Herzlichen Glückwunsch!

Übellaunig und vom Staubsaugen erhitzt, machte sie sich einen Kaffee und setzte sich damit auf die Terrasse. James, der aus dem Schlafzimmer vor dem Staubsauger geflohen war, lag im Garten und zerkaute genüsslich einen ersten Zapfen.

Vielleicht war das für ihn ja wie Koffein, überlegte Jana. Oder wie ein Joint. Vielleicht machte das Harz ja high oder bekifft, und er war deshalb so chillig …

Da James beschäftigt und augenscheinlich auch noch etwas müde war, nutzte Jana die Gelegenheit, kurz ohne ihn mit dem Auto einkaufen zu fahren. »Du kannst ihn unbesorgt im Garten lassen, wenn du mal was einkaufen musst«, hatte Nele ihr gesagt. »Der haut nicht ab.« Gesagt, getan! Im Auto zu warten wäre für ihn sowieso schon zu heiß.

Wie von Nele empfohlen fuhr Jana zuerst nach Keitum zum Hundeshop »Pudels Kern«. Sie parkte vor einem kleinen Rotklinker-Reetdachhaus und wunderte sich über die seltsamen Riesendreiräder, die vor der Tür standen. »Dog-Mobil« stand auf den großen Holzkisten, die jeweils zwischen die beiden Vorderreifen montiert waren.

Das Angebot erschlug Jana, kaum dass sie den Shop betreten hatte: eine gigantische Auswahl an Hundebetten,

Näpfen, Leinen, Halsbändern und Strandspielzeug und in der »Food«-Abteilung Merkwürdigkeiten wie Kabeljau-Taler, Elch-Burger, Lammohren mit Fell und selbst gemachte Wellness-Frikadellen. Das Universum der Hundebesitzer, eine vollkommen neue Welt für Jana.

Hinter dem Tresen stand ein junger, tätowierter Kerl mit umgedrehter Baseballkappe auf dem Kopf, der aussah wie der Zwillingsbruder von Justin Bieber. Ein solches Outfit hätte sie eher in Berlin erwartet als im beschaulichen Keitum, wunderte sich Jana verblüfft. »Kann ich dir helfen?«, fragte Justins Bruder und strahlte sie freundlich an.

»Was sind denn das für komische Fahrräder da draußen?«, erkundigte sich Jana.

»Das sind unsere ›Dog-Mobile‹«, erklärte er. »Speziell für uns gebaute Lasten-E-Bikes, die erschöpfte Hunde auch bei Gegenwind längere Fahrradtouren überstehen lassen.«

»Aha«, sagte Jana.

»Die kann man leihen«, fügte der junge Typ hinzu.

»Und wie funktionieren die Dinger?«, fragte Jana.

»Vorne ist ein achtzig mal sechzig Zentimeter großer Holzkasten angebracht«, erläuterte der Verkäufer. »Der Boden ist mit einer bequemen Matte gepolstert, und es gibt Sicherheitsgurte, mit denen man den Hund anschnallen kann.«

»Der Hund kommt also vorne in die Box?«, fragte Jana erstaunt.

»Genau!« Justin Zwo nickte.

»Und das funktioniert?«

»Sehr gut sogar«, strahlte der Cap-Träger. »Hunde lieben

die Mobile, weil sie darin nicht einfach nur hinterhergezogen werden wie im Anhänger, sondern vorneweg fahren. So haben sie das Geschehen im Blick und engen Kontakt zu Herrchen oder Frauchen.«

»Springen die da denn nicht dauernd raus?«

»Die Herrchen?«, lachte der Verkäufer.

»Nein, die Hunde!« Jana musste grinsen.

»Die sind doch angeschnallt! Das können die gar nicht«, sagte er.

»Aber die sind doch bestimmt total schwer zu treten«, sagte Jana.

»Im Gegenteil«, klärte ihr Gegenüber sie auf. »Die haben einen extrastarken Elektromotor und fahren sich ganz leicht. Das ist bei unseren Windverhältnissen wirklich ideal!«

»Cool! Das muss ich mal ausprobieren«, befand Jana. »Ich habe nämlich einen Neufundländer, der nicht so lange Strecken bewältigt.«

»Oh, einen Neufi, die sieht man hier selten! Ja, dafür ist das DM super«, bestätigte der tätowierte Kerl. »Damit kann man bis zu hundert Kilo schwere Hunde durch die Gegend fahren«.

»James wiegt fünfundsechzig Kilo, dann passt das ja ...«, überlegte Jana.

»James?«, hakte der Justin-Klon überrascht nach. »Der Hund von Nele und Tom?«

»Ja, genau«, sagte Jana – nun genauso überrascht. »Kennst du ihn? Beziehungsweise Nele und Tom?«

»Ja klar!«, lachte er. »Die kaufen hier regelmäßig ein. Ich bin Daniel.« Er reichte Jana die Hand.

»Jana«, sagte Jana und schüttelte sie. »Ich bin Neles Schwester.«

»Lustig«, fand Daniel.

»Und du machst hier mit James Urlaub?«, fragte er.

»Ja, so kann man es auch ausdrücken«, antwortete Jana. »Ich passe hier zwei Monate auf ihn auf, weil Nele und Tom ihr erstes Kind bekommen.«

»Wie schön!«, fand Daniel. »Grüß sie mal ganz herzlich von mir!«

»Mach ich!«

»Du kannst dich immer gerne an mich wenden, wenn du irgendwelche Fragen hast«, bot Daniel ihr an.

»Super!«, freute sich Jana und betrachtete das Dosenangebot. »Was würdest du ihm denn als Dosenfutter empfehlen? Eigentlich kriegt er nur Trockenfutter …«

»Das hier«, sagte Daniel und stellte vier Dosen der Marke Terra Canis auf den Tresen. »Das ist ein super Produkt. Wird in einer kleinen Metzgerei in Süddeutschland hergestellt. Sozusagen Hausmannskost für Hunde. Nur beste Zutaten in Lebensmittelqualität. Könnte man auch selber essen«, lachte er.

»Rind mit Zucchini, Kürbis und Oregano«, »Huhn mit Pastinaken, Löwenzahn und Brombeeren«, »Kaninchen mit Zucchini, Aprikose und Borretsch«, las Jana auf den Dosen und bekam selbst Appetit. Vier Euro sollte eine Dose kosten – ganz schön teuer!

»Und hier hast du noch ein paar Ochsenziemer! Damit

ist er lange beschäftigt.« Daniel legte ein paar braune Stangen auf den Tresen, die bestialisch stanken.

»Ochsenziemer? Die hat Nele mir auch empfohlen.« Jana schaute die länglichen braunen Striemen, die aussahen wie ein Hybrid aus Gürtel und Peitsche, skeptisch an. »Was ist das denn eigentlich?«

»Das willst du gar nicht wissen«, zwinkerte Daniel ihr zu. »Das sind getrocknete Bullenpenisse«, schob er nach, und Jana wurde etwas übel. Kaninchenohren mit Fell, Rinderlunge, getrocknete Geschlechtsteile von Weidetieren – war die Hundewelt nicht ein bisschen pervers?

»Die wirken wie eine Zahnbürste«, referierte Daniel und schwenkte dabei eine der bizarren Stangen. »Die sind so zäh und hart, dass die Hunde ewig daran rumkauen. Dadurch werden die Zähne gereinigt und Ablagerungen entfernt. Außerdem wird das Zahnfleisch massiert und die Kaumuskulatur gestärkt.«

»Du bist aber gut informiert«, staunte Jana.

»Klar! Ich hab ja selber Hunde und biete hier im Laden nur an, was ich an denen getestet und für gut befunden habe!«

»Toll«, fand Jana, bezahlte ihre Ausbeute, verabschiedete sich und fand es sehr beruhigend, eine Anlaufstelle gefunden zu haben, falls sie mal ernsthafte Probleme mit James bekommen sollte.

Sie warf die Tüte mit den Dosen und den beiden Ziemern auf den Rücksitz und machte sich auf den Weg zu Feinkost Meyer, dem berühmtesten Luxussupermarkt Sylts. »Den musst du dir unbedingt mal ansehen«, hatte Nele ihr geraten. »Das Angebot ist echt pervers!«

Vor Feinkost Meyer parkten ausschließlich Autos der obersten Preisklasse. Verblüfft stellte Jana ihren schraddeligen Benz dazu und senkte dadurch den Durchschnittswert der hier stehenden Fahrzeuge um mindestens dreißigtausend Euro.

Neugierig stieg sie aus und betrat staunend das Shoppingparadies der Reichen und noch Reicheren: Im Eingangsbereich fanden sich ein Sansibar-Shop, ein Fischstand mit Hummersalaten und Kaviar, ein Bäcker und eine Sushibar. In der Einkaufszone warteten frisch gepresste Fruchtsäfte und eine riesige Gemüseabteilung, hinter der sich endlose Regalreihen auftaten, die alles boten, was der verwöhnte Feinschmeckergaumen begehrte. Auch die Preise waren erstklassig: Jana kam es vor, als wäre hier alles dreimal so teuer wie anderswo. Wenn die Sylter Angebotspalette für Vierbeiner schon beeindruckend umfangreich war, dann toppte dieser Laden für menschliche Bedürfnisse alles, was Jana bislang gesehen hatte.

Erschlagen von dem gigantischen Angebot, kaufte sie nur zwei Flaschen Aufwind-Grauburgunder von Hensel, ein paar frische Tomaten, einen Topf Basilikum und eine Packung Salzbrezeln. Fast vierzig Euro musste sie dafür berappen, was ihr extrem viel vorkam. Dafür hatte sie vorgestern bei Aldi einen ganzen Einkaufswagen vollgeshoppt.

Jana parkte den Wagen auf der Kiesauffahrt, ging zum Haus und öffnete die Haustür. James sprang sie so freudig an, als hätte er sie jahrelang nicht gesehen, und stellte seinen Schwanz auf Propellerantrieb. Jana streichelte ihm liebevoll den Kopf. Irgendwie gewann sie den haarigen Kerl mittlerweile lieb.

Sie warf ihm einen der Ziemer in den Garten und beobachtete amüsiert, wie er hektisch hinterhersprang und ihn dann hingebungsvoll zerschredderte.

Der Himmel hatte sich bewölkt. Es war zwar noch angenehm warm, aber die Sonne brannte nicht mehr so gnadenlos auf sie herab. Ein, zwei Tage Urlaubsentspannung würde sie sich und James noch gönnen, bevor sie sich um ihre Job- und Lebenssituation kümmern musste.

Jana legte sich mit ihrem Dora-Heldt-Buch auf die Lounge, las, döste und dachte an ihr abendliches Date, auf das sie eigentlich gar keine Lust hatte. Eine verkrampfte Konversation mit einem geleckten Anwalt – darauf konnte sie gut verzichten. Aber die Sansibar interessierte sie schon. Vielleicht war dort ja gerade irgendeiner der zahlreichen Promis zu Gast, deren zweites Zuhause das Restaurant angeblich war, hoffte sie, und außerdem sollte dort auch ein guter Hundestrand sein. Heute war Reichen-Stalking und Schnösel-Small-Talk angesagt, beschloss sie, klappte das Buch zu, drehte sich auf die Seite, zog die Wolldecke hoch und schlief unter herrlichem Vogelgezwitscher ein.

Kurz nach siebzehn Uhr brach sie auf, verstaute James, ließ Wenningstedt hinter sich und brauste Richtung Rantum. James, dessen Zähne sich dank des von ihm in Rekordzeit zerkauten Ziemers in hervorragendem Zustand befinden mussten, hatte sich auf der Rückbank zusammengerollt. Jana drehte das Radio auf. »Can't Stop the Feeling«

von Justin Timberlake tönte aus den scheppernden Lautsprechern, und Jana wippte auf ihrem Sitz auf und ab und sang laut mit. James schien ihre Darbietung nicht zu stören, und wenn doch, ließ er sich zumindest nichts anmerken. Sie brausten auf der Landstraße durch eine eindrucksvolle Dünenlandschaft, die gar nicht zu enden schien. Links konnte man das Meer sehen, rechts wiesen große Schilder immer wieder auf Restaurants hin, die offenbar in den Dünen lagen: Strandoase, Tadjem Deel, Samoa Seepferdchen ... und schließlich flatterten die schwarzen Fahnen mit dem berühmten Sansibar-Säbel-Logo vor ihr auf, und sie bog in den dazugehörigen Parkplatz ein.

Sie ließ James aus dem Auto springen und schlenderte mit ihm den Schotterweg zum Kultrestaurant hoch. James schnüffelte links und rechts an den Heckenrosen und wollte sichtbar gerne zu den Kaninchen abzischen, die er in der Dünenlandschaft vermutete. Er zerrte furchtbar an der Leine und erwürgte sich dabei fast selbst, aber Jana traute sich mittlerweile zu, ihn zu halten, und wollte ihn für das kurze Stück zum Restaurant nicht mit dem Halti quälen. »Langsam, James, langsam!«, rief sie ihm beschwörend hinterher, während er sie den Kiespfad hochzerrte und dabei immer wieder röchelnd hustete, weil ihm das Halsband den Kehlkopf einschnürte.

Was sollte eigentlich so toll daran sein, mit einem Hund spazieren zu gehen?, fragte sie sich. Was fanden die Leute bloß daran? Überhaupt dieses dauernde Kümmern: Jeden Tag raus – ob es regnete oder schneite. Immer organisieren, wenn man ins Kino oder in den Urlaub wollte. Täglich füttern. Für Jana, die sich ihr Leben lang nur um sich selbst gedreht und keine Kinder hatte, war das sehr ungewohnt. Verantwortung für ein anderes Wesen hatte sie noch nie übernehmen müssen. Und sie war froh, diese Bürde in ein paar Wochen wieder los zu sein.

Die »Sansibar« war kein Protzpalast, sondern zu Janas Überraschung eine sympathisch-schlichte, eher unspektakuläre Holzbude, die in den hohen Dünen wie eine Skihütte in den Bergen aussah. Von einem Tisch auf der überdachten Veranda erhob sich ein Mann im rosa Polohemd und mit dunkler Piloten-Sonnenbrille und winkte ihr zu. Während sie sich näherte, kam ihr Dr. Konrad entgegen, nahm die Sonnenbrille ab und reichte ihr die Hand.

»Frau Mertens, wie schön! Ich freue mich, dass Sie es einrichten konnten.«

Meine Güte, wie förmlich, dachte Jana, schüttelte seine Hand und murmelte: »Gerne.«

»Wow, ist das Ihr Hund?«, fragte Dr. Konrad beeindruckt und deutete auf James.

Jana nickte.

»Ein Rüde?«

»Ja«, antwortete Jana.

»Dann geht's«, sagte Dr. Konrad und führte Jana zum Tisch. »Ich habe nämlich auch einen Hund, besser: eine Hündin – und Paula ist extrem zickig zu anderen Hündinnen.« Er deutete auf eine bildschöne Weimaranerin, die sich unter dem Tisch gerade interessiert aufsetzte.

»Hallo, Paula«, begrüßte Jana ihre vierbeinige Tischnachbarin und erntete dafür einen abfälligen Blick aus den eisblauen Augen der adelig aussehenden Hundedame. Arrogantes Vieh, dachte Jana, James hingegen schien begeistert. Ungewohnt schüchtern und vorsichtig schnüffelte er an ihr herum und legte sich dann so artig zu Janas Füßen, als ob er seine gute Erziehung (die es ja gar nicht gab) betonen wollte.

»Wie der Herr, so's Gescherr«, sagte man doch, fiel Jana ein. Wenn James Paula mochte, konnte auch ihr Besitzer nicht ganz unsympathisch sein ...

Jana setzte sich und taxierte ihn. Ihr Gegenüber hatte eindrucksvoll dichtes, leicht gewelltes Haar, ziemlich schmale Lippen, und seine Schläfen waren leicht ergraut. Jana schätzte ihn auf Mitte vierzig. Er sah gut aus, ziemlich kernig, tatsächlich ein bisschen wie Bradley Cooper, und sein Aftershave, das zu Jana rüberwehte, duftete teuer und angenehm dezent. Aber am auffälligsten waren seine Hände, mit denen er gerade sein iPhone in einer Tasche verstaute. Schlanke, feingliedrige Finger, kräftige Handrücken und vorbildlich manikürte Fingernägel. Jana liebte schöne Männerhände.

Sie hatte keine Ahnung, wie man sich mit einem Anwalt unterhielt und wie die Gesprächsetikette unter Advokaten so war. Sie hatte privat noch nie einen getroffen – diese Spezies Mensch war ihr vollkommen fremd. Aber sie würde das Gespräch ja auch gar nicht navigieren müssen, beschloss sie. Sie hatte ihm den Schaden erlassen – das war Entgegenkommen genug. Den Small Talk überließ sie nun gerne ihm.

Die Kellnerin reichte ihnen die telefonbuchdicke Speisekarte, und Brad-Konrad erkundigte sich, ob sie einen Aperitif wollte.

»Nein danke, ich muss ja noch fahren«, lehnte Jana ab. »Ich nehme lieber ein Glas Wein zum Essen«, überlegte sie laut.

Brad-Konrad lächelte und nickte. Er war anscheinend einverstanden.

Jana blätterte sich durch den Speisekarten-Koloss. Die ersten sechs Seiten enthielten Gerichte, der Rest bestand aus Wein. Interessiert studierte sie das Angebot, während sie James' warmes Fell an ihren Füßen spürte, was sie seltsam schön fand. Sie waren Verbündete irgendwie – sie und der schwarze Bär ...

Jana schlug die Seiten vor und zurück. Meine Güte, klang das alles lecker. Sie konnte sich gar nicht entscheiden.

»Die Tataki Thuna Roll mit Sashimi und asiatischem Salat ist sehr empfehlenswert«, sagte Brad-Konrad lächelnd, der sie beim ratlosen Durchblättern beobachtet hatte.

»Ah«, sagte Jana. »Klingt gut! Das nehme ich.«

»Dazu passt der Riesling von Weil perfekt«, schob er nach. »Wollen wir eine Flasche nehmen? Oder mögen Sie lieber Rotwein?«

»Gerne den Riesling«, entschied Jana. Sie hatte zwar keine Ahnung, wer »Weil« war, beschloss aber, Brads Tipp zu befolgen.

»Es ist wirklich sehr nett, dass Sie auf eine Schadensregulierung verzichten«, bedankte sich Brad, nachdem die Kellnerin den Wein serviert und eingeschenkt hatte, und erhob sein Glas.

»Auf einen schönen Abend!« Brad stieß sein Glas an Janas, nickte ihr zu und nahm einen Schluck.

Auch Jana trank aus ihrem Glas und war überrascht, wie köstlich der Wein war. Sie wollte gerade einen Konversationsversuch starten, als die Kellnerin mit der Bestellung kam: ein Holzbrett mit einer Sushirolle darauf, dazu gegrillter Fisch, Salat und Dips. Die Servicekraft wünschte Guten Appetit, und Bradley breitete die Serviette auf seinem Schoß aus. Jana wünschte ebenfalls Guten Appetit und lächelte ihm freundlich zu. Er bedankte sich.

Das rosa Polohemd fand sie wirklich albern. Bestimmt so ein Porsche-Schnösel, der sich den Hund passend zur Farbe der Wohnzimmer-Lounge ausgesucht hatte. Sicher hatte er eine dürre Modelfrau und zwei Bilderbuchkinder, fantasierte sie. Oder er war schwul. Das konnte natürlich auch sein. Es war ein Spleen von Jana, sich immer sofort Geschichten zu den Menschen auszudenken, denen sie begegnete.

Das großartige Essen und der Wein taten ihre Wirkung. Jana wurde von Alkohol stets extrem quasselig und hatte immer weniger Bedenken, ihr Gegenüber, das ihr trotz Polohemd sekündlich sympathischer wurde, verbal zu belästigen.

Sie kamen ins Gespräch über die Sylter Restaurants, die verschiedenen Hundestrände der Insel und schließlich über Hundefilme. Hundefilme waren natürlich nicht Janas Spezialität, da sie Hunde bislang ja nicht besonders gemocht hatte. Mit Grausen erinnerte sie sich trotzdem an die riesige Bordeauxdogge aus »Scott und Huutsch«. Wie und mit wem sie in dem Film gelandet war, wusste sie nicht mehr. In »Ein Hund namens Beethoven« hatte Nele sie mal geschleppt. Die Eigenarten des Bernhardiners kamen ihr in Bezug auf James gerade sehr bekannt vor.

»›Marley & ich‹ hat mich sehr beeindruckt«, schwelgte Brad. »Aber die Szene, wo er eingeschläfert wird, konnte ich kaum ertragen.«

»Hm«, nickte Jana, die den Film nicht gesehen hatte.

»Aber noch trauriger war dieser Film mit Richard Gere, wo der Hund am Bahnhof wartet! Wie hieß der noch?«, überlegte ihr Gegenüber.

»›Hachiko‹!«, rief er plötzlich, sichtlich stolz auf seine cineastischen Kenntnisse. »Da habe ich geheult«, gab er zu, was Jana sehr überraschte. War er doch nicht so ein knallharter Jura-Schnöseltyp?

»Wollen wir uns nicht lieber duzen?«, bot er plötzlich an. »Das ›Sie‹ ist immer so fürchterlich steif!«

»Sehr gerne«, stimmte Jana zu.

»Ich bin Frank«, sagte Brad und stieß sein Glas an ihres.

»Jana, angenehm«, antwortete sie.

»Hast du Lust, mit den Hunden gleich noch eine Runde an den Strand zu gehen? Paula muss sich dringend noch ein bisschen bewegen ...«

»Gerne«, sagte Jana. »James auch!«

Als er sich auf dem Tisch abstützte, um auf dem Boden nach Paulas Leine zu greifen, fiel Jana auf, dass er keinen Ehering trug. Sie beschloss, ihn nach seinem Beziehungsstatus zu befragen – und möglichst auch nach seiner sexuellen Orientierung.

Über einen schmalen Holzsteg schlenderten sie durch die Dünen runter ans Meer, wobei James durchgehend Paulas Hintern beschnüffelte und dadurch ungewohnt langsam ging. Am Strand ließen sie die Hunde frei, die sich blendend verstanden und tobend und spielend durch den Sand jagten.

Was machte sie hier eigentlich?, schoss es Jana kurz durch den Kopf, als Frank James und Paula Stöckchen ins Meer warf: Sie spazierte mit zwei tobenden Riesenkötern am Strand entlang und diskutierte mit einem Wildfremden über Hundefilme. Hätte ihr das vor ein paar Wochen jemand prophezeit, sie hätte ihn für verrückt erklärt.

7

Die Abendstimmung tauchte den Horizont in milchiges lilafarbenes Licht, die Wellen brandeten in langsamem Rhythmus an den Strand.

»Willst du nicht die Schuhe ausziehen?«, fragte Frank und streifte seine grellweißen Stan-Smith-Sneaker ab. »Ich liebe es, barfuß zu gehen und den Sand unter den Fußsohlen zu spüren – du nicht?« Er lachte sie an. Diese Augen! Diese Zähne! Ein kurzer Stromstoß durchzuckte Jana. »Doch! Klar!«, stotterte sie und zog ihre Birkenstocksandalen aus. Barfuß schlenderten sie am Meeressaum entlang Richtung Norden.

Frank machte gerade drei Wochen Urlaub auf der Insel, um seine Scheidung zu verarbeiten, erfuhr Jana.

»Im Grunde war Paula schuld«, erzählte Frank.

»Paula?«, fragte Jana überrascht.

»Ja, ich hatte als Kind selbst einen Hund, den ich sehr geliebt habe, und wollte meinen Kindern das auch ermöglichen. Ich finde es wichtig, dass Kinder mit Tieren aufwachsen und den Bezug zur Natur nicht ganz verlieren«, erklärte er. »Gerade in einer Großstadt.«

Jana nickte zustimmend. Das fand sie auch. Die beiden Katzen, die ihre Mutter ihr zugestanden hatte, hatten sich zwar nach kurzer Zeit selbstständig gemacht und nur noch sporadisch vorbeigeschaut, dennoch hatten sich Jana die Erlebnisse mit ihnen tief eingebrannt. Sie erinnerte sich noch gut an das beruhigende Schnurren und die warmen Katzenkörper auf ihrem Bauch …

»Susanne war von Anfang an dagegen«, fuhr Frank fort. »Sie mochte Paula nicht und fand sie auch zu gefährlich für unsere Kinder.«

»Zu gefährlich?«, echote Jana und schalt sich im Geiste dafür. Ihre Kommunikationsfähigkeit rutschte leider zuverlässig auf Dreijährigen-Niveau ab, wenn sie jemanden interessant fand.

»Sie hatte Angst, dass Paula plötzlich ausrasten und die Kinder beißen könnte«, erklärte Frank. »Ständig hat sie mir neue Zeitungsartikel vorgelegt, in denen Kinder von Hunden angefallen wurden.«

»Aber das waren doch meistens Pitbulls oder Kampfhunde«, gab Jana zu bedenken.

»Wir waren mit den Kindern sowieso sehr vorsichtig«, grübelte Frank, und sein Gesicht verdüsterte sich. »Paula durfte nicht ins Kinderzimmer, und es war immer einer von uns dabei, wenn die Kleinen mit ihr gespielt haben.«

Missgelaunt kickte er einen Stein ins Meer.

»Irgendwann hat Susanne mich vor die Wahl gestellt: der Hund oder wir!«

»Krass«, staunte Jana.

»Ich fand das so scheiße von ihr, dass ich mich von ihr

getrennt habe. Nicht wegen Paula, sondern wegen ihr. Charakterlich ging das gar nicht.«

Das erinnerte Jana an ein Facebook-Posting, das unlängst die Runde gemacht hatte. Darin hatte ein Mann eine Tier-Annonce aufgegeben:

> »Meine Freundin mag meinen Beagle Molly nicht. Also muss ich ihr ein neues Zuhause suchen. Sie ist reinrassig und kommt aus einer wohlhabenden Gegend, seit vier Jahren lebt sie bei mir. Sie liebt es zu spielen, ist aber noch nicht komplett ausgebildet. Sie hat lange Haare und legt großen Wert auf ihre Nägel, die sie sich immer machen lässt. In der Nacht will sie nicht schlafen, das holt sie dann nach, wenn ich zur Arbeit fahre. Sie hat hohe Ansprüche und isst nur das beste und teuerste Essen. Sie begrüßt dich nie an der Tür nach einem langen Tag. Sie baut dich nicht auf, wenn du am Boden zerstört bist. Sie beißt zwar nicht, kann aber der Teufel in Person sein. Also, hat jemand Interesse an meiner zwanzig Jahre alten, eingebildeten, selbstsüchtigen, bösen und geldgeilen Freundin? Dann komm vorbei, und hol sie ab! Ich und mein Hund möchten so schnell wie möglich ein neues Zuhause für sie finden.«

Frank kannte das Posting auch, und sie lachten beide darüber. »Das hätte ich damals auch gerne gemacht«, gab er zu.

Damit Frank sich in seinem Schmerz nicht so alleine fühlte und eventuell dachte, sie würde ausschließlich auf der Sonnenseite des Lebens herumtanzen, offenbarte Jana ihm ihre Trennung, ihre überraschende Kündigung und ihre Verzweiflung darüber.

»Tja, die Mechanismen von Liebe sind unergründlich ...«, philosophierte er. »Erst ist sie plötzlich da, und dann ist sie plötzlich weg!«

Jana war sich nicht sicher, ob die Liebe in Bezug auf Ole jemals wirklich da gewesen war, nickte aber trotzdem zustimmend.

»Und wie machst du das mit James in Hamburg? Ist die Stadt für so einen großen Hund nicht ungeeignet?«, wollte Frank wissen.

»Das ist nicht mein Hund«, sagte Jana, erklärte ihre Situation und verriet, dass Nele und Tom bis vor einem Jahr auf dem Land gewohnt hatten und demnächst in ein Eigenheim am Stadtrand ziehen würden, damit ihr Kind in frischer Luft aufwuchs und James wieder mehr Auslauf hatte. »Die Wohnung in Eppendorf liegt außerdem im Erdgeschoss und hat einen großen Garten«, schob sie erklärend nach, damit Frank kein falsches Bild von den beiden bekam.

»Dieses tägliche Gassi-gehen-Müssen, nervt dich das denn gar nicht?«, fragte Jana, die an ihr Erlebnis mit James am Eppendorfer Baum zurückdenken musste. »Ich verstehe wirklich nicht, was so toll daran sein soll, sich 24/7 von einem hektischen Fellwesen durch die Gegend ziehen zu lassen ...«

Frank lachte. »Das kannst du erst verstehen, wenn du deinen Hund liebst!«

Er schaute sie lächelnd an. »Freust du dich, wenn James herumtollt und Spaß hat?«

»Ja, schon ...«, gab Jana zu.

»Liebst du ihn?«

»Wen?«

»Na, James!« Er deutete auf den schwarzen Riesen, der gerade freudig durchs Wasser sprang.

»Das ist doch nicht mein Hund!«

»Ich weiß. Trotzdem: Liebst du ihn?«

»Quatsch!«, antwortete Jana.

»Schon klar«, schmunzelte Frank.

»Wenn du jetzt so lange auf Sylt bist, könnten wir uns doch noch mal treffen«, schlug Frank zum Abschied vor, als sie wieder bei der Sansibar angekommen waren. »Unsere Hunde verstehen sich ja bestens.«

Er wies mit dem Kopf zu James und Paula, die Seite an Seite, glücklich hechelnd, vor ihnen standen. Nass, sandig und ausgetobt.

»Sehr gerne«, sagte Jana und meinte es auch so.

Sie umarmten sich zum Abschied. Wie gut sich seine kräftigen Arme anfühlten, bemerkte Jana. Viel zu lange war sie nicht mehr so richtig umarmt worden.

»Hat mich sehr gefreut«, lächelte Frank sie an, und Jana bemerkte erst jetzt die grünen Sprengsel in seinen braunen Augen. Wie Sternenfunken.

»Mich auch«, murmelte sie heiser und etwas verlegen.

Beschwingt schlenderte sie mit James, der artig neben ihr hertrottete und dem die Kaninchen nun vor Erschöpfung egal waren, den Kiesweg hinunter zum Auto. Auf der Rückfahrt nach Wenningstedt reflektierte sie den Nachmittag.

Sie hatte Hundebesitzer bislang nie gemocht. In ihren Augen waren das spießige Funktionsjackenträger, einsame

Omis oder verschrobene Junggesellen, die keine Kinder hatten und sich stattdessen ein devotes Kuscheltier zulegten, das sie in der Regel vollkommen überfütterten.

Sie dachte an Frank und Daniel und auch an die Frau, die ihr vor dem Shuttle mit dem Tennisball ausgeholfen hatte, und beschloss, ihre Meinung zu revidieren. Waren Hundebesitzer nicht viel sozialer und menschlicher als andere? Wer sich selbstlos um ein Tier kümmerte und dessen Liebe wichtiger fand als ein sauberes Auto oder eine saubere Wohnung, konnte ja nur sympathisch sein.

Sie wunderte sich außerdem darüber, wie schnell man an der Seite eines Vierbeiners ins Gespräch kam. Mit Hund wurde man dauernd angesprochen – erst recht mit einem so hübschen wie James. Im Grunde der ultimative Trick für einsame Singles, fand Jana und beschloss, künftig jeder alleinstehenden Freundin die Anschaffung eines Hundes zu empfehlen.

Zu Hause machten Jana und James es sich im Wohnzimmer bequem. Jana schaltete den Fernseher ein, und James kletterte zu ihr aufs Sofa und legte den Kopf auf ihren Schoß. Wie gemütlich!

Sie fühlte sich weder einsam noch allein. Obwohl sie es de facto ja eigentlich war. Aber der riesige James, der genauso schwer war wie sie, schien energetisch ein gleichwertiges Gegenüber zu sein.

Plötzlich fiel ihr auf, dass sie sich heute noch gar nicht die Hände gewaschen hatte. Bedeutete das, dass ihr Unterbewusstsein beschlossen hatte, James nicht mehr als gefährliche Parasitenschleuder zu betrachten? Sie lächelte in sich hinein und strich ihm über den Kopf.

Sie kuschelte sich in die Kissen und klappte ihren Laptop auf. Mal sehen, was das Netz an Wissenswertem über den eindrucksvollen Wasserhund, der ihr zu Füßen lag, zu bieten hatte:

»Der kraftvolle Hund mit den braunen Augen und dem dichten Fell stammt von der Insel Neufundland im Nordosten Kanadas«, erfuhr sie. »Mit viel Kraft und Ausdauer unterstützte das intelligente Tier die Fischer beim Einholen der Netze, brachte wertvolles Treibgut zurück und rettete einigen Schiffbrüchigen das Leben.«

Wie edel! Beeindruckt zollte Jana der offenbar äußerst altruistischen Rasse Respekt und las weiter, dass Napoleon Bonaparte von einem Neufundländer namens »Boatswain« aus dem Wasser gerettet worden sein soll, als er 1815 von der Insel Elba floh.

Interessant. Ohne James' Urahnen hätte es den kleinwüchsigen Diktator also gar nicht mehr gegeben. Das hatte man ihr im Schulunterricht verschwiegen.

»Trotz seiner imposanten Statur gehört der Neufundländer zu den gutmütigsten aller Hunderassen«, behauptete die Website. »Er ist ein wunderbarer vierbeiniger Kamerad und Familienhund. Aus der längst vergangenen Zeit als Hirtenhund ist ein gewisser Revierinstinkt geblieben, der ihn Haus und Hof bewachen lässt. Stärker hat sich aber seine große Vorliebe für das Wasser gehalten.«

Das hatte Jana gestern deutlich gemerkt. Obwohl die Liebe zum Wasser bei einem Neufi keineswegs selbstverständlich zu sein schien. Jana erinnerte sich noch gut daran, wie James Nele, Tom und sie als Inseln benutzt hatte, als sie ihm als Welpen in einem Baggersee das Schwimmen beibringen wollten. Jana hatte danach überall am Körper rote Striemen von seinen Krallen gehabt. Es war schwierig gewesen, Ole von dem Verdacht abzubringen, sie hätte sich heimlich in einem Sadomaso-Klub amüsiert.

»Der Neufundländer ist nicht gerade ein Muster an Unterordnungswilligkeit«, wusste die Website, und dieser Einschätzung stimmte Jana hundertprozentig zu. »Aber mit konsequenter Erziehung wird er ein folgsamer Gefährte. Sein Mut paart sich nicht mit Aggressivität, und er ist in der Regel freundlich zu Menschen und Artgenossen, was sich schon in seinem gutmütigen Blick widerspiegelt. Selbst ein nicht ganz unerfahrener Anfänger kann mit dem bärenähnlichen Hund gut umgehen.«

»Na, da habe ich ja Glück gehabt,« dachte Jana. Es lief ja auch wirklich gerade ganz gut mit ihnen.

»Weniger lauffreudige Besitzer profitieren davon, dass sich der Neufundländer auch mit kürzeren Spaziergängen zufriedengibt. Sonne und Wärme schätzt er nur in Maßen.«

Sie würde also nicht stundenlang mit ihm rennen müssen, um ihn zu verausgaben, stellte Jana erleichtert fest. Und dass ihm schnell zu heiß wurde, hatte sie ja sowieso schon bemerkt.

»Eine Besonderheit ist das wasserfeste Fell des Neufundländers. Das dichte, wasserabstoßende Stockhaar fühlt sich stets etwas ölig an. Es sollte deshalb mehrmals in der Woche gebürstet werden.«

Deshalb hatte Nele also die Bürsten in seine Equipment-Tasche gepackt, wurde Jana klar, und sie war sich nicht ganz sicher, ob sie wirklich Lust hatte, den schwarzen Riesen jeden Tag zu frisieren.

Genug gelesen. Sie klappte das Laptop zu. James drehte sich neben ihr wohlig brummend auf den Rücken und gab mit angewinkelten Vorder- und Hinterpfoten seinen Bauch zum Streicheln frei. Wie ein riesiges, haariges Baby sah es nun aus, das gefährliche Raubtier. Jana streichelte ihm den Bauch und war gerührt von dieser totalen Vertrauens- und Unterwerfungsgeste.

Ihr fielen vor Müdigkeit die Augen zu. Höchste Zeit, ins Bett zu gehen. Jana schälte sich aus dem Sofa und machte sich auf den Weg ins Obergeschoss. James sprang auf und folgte ihr. Wo er gelegen hatte, befand sich jetzt eine mittelgroße Sanddüne.

Mitten in der Nacht wurde Jana durch lautes Japsen und hektisches Atmen geweckt. Besorgt schaute sie zu James, der zwar ausgestreckt auf dem Boden lag, aber winselte und mit seinen Pfoten zappelte. Sie wollte gerade das Licht anmachen und ihm zu Hilfe eilen, als sie begriff, dass er träumte. »Alles gut, Jamie«, flüsterte sie ihm beruhigend zu und streichelte seinen Kopf. Er verstummte und atmete wieder ruhiger.

Was das wohl für ein Traum gewesen war? Bestimmt hatte er gerade Möwen gejagt. Oder Tennisbälle. Mit einem Lächeln auf den Lippen legte Jana sich zurück auf ihr Kissen.

8

Wieder wurde Jana vom Piepen einer SMS geweckt. Doch diesmal war sie nicht von Ole, sondern von Frank. »Habt ihr Lust, heute Mittag am Hundestrand bei der Buhne 16 mit uns spazieren zu gehen?« Na, der gab ja Gas!

Spontane Freude breitete sich in Jana aus. Frank mit den schönen Händen! Würde er ihre nächste Beziehung werden? War er Mr Right? Jana verlor sich in rosa Tagträumen. Aber er hatte doch Kinder! Und die Scheidung war auch noch nicht durch. Das war garantiert wieder ein Kandidat aus der Kategorie »kompliziert«. Jana ermahnte sich, vernünftig zu bleiben, und rappelte sich aus dem Bett hoch.

Ihr erster Blick am Morgen galt neuerdings James. Es war so schön, nicht alleine im Zimmer aufzuwachen. Sie hockte sich neben ihn und streichelte zärtlich seinen wuscheligen Kopf, dankbar für seine stille, bescheidene Begleitung. Wenn er schlief, dann schlief er; wenn er aß, dann aß er; wenn er spielte, dann spielte er. Jana hatte das Gefühl, sein Leben fand ausschließlich im Hier und Jetzt statt – aber sie konnte sich natürlich auch täuschen. Seine unbeschwerte Energie und Fröhlichkeit taten ihr jedenfalls definitiv gut. Er ließ sie besser schlafen, und sie fühlte sich nicht mehr einsam.

Liebevoll strich sie über seine riesigen schwarzen Pfoten. Es war schon seltsam, dass der Mensch so wilde, stolze Tiere domestiziert hatte und dass eines davon hier vor ihrem Bett lag ...

»Guten Morgen, mein Dicker«, flüsterte sie und ging hinunter, um zu frühstücken. Wieder war alles voller Sand und Haare, wieder saugte sie einmal quer durchs Haus. Hielt wenigstens fit, tröstete Jana sich.

Kurz vor elf startete sie das alte »Was ziehe ich bloß an?«-Spiel und war fasziniert, wie zuverlässig sie eine Outfit-Lähmung bekam, wenn sie jemandem gefallen wollte. Was sie auch anzog, es sah alles irgendwie bescheuert aus. Außerdem war ihr Fundus relativ beschränkt. Sie hatte sich aus Hamburg überwiegend praktische Klamotten mitgenommen, weil sie sich im Traum nicht hatte vorstellen können, auf der verhassten Insel in irgendeine amouröse Verwicklung zu stolpern.

Sie entschied sich für ein schlichtes dunkelblaues T-Shirt mit V-Ausschnitt, Jeans und Birkenstocksandalen. Nicht besonders sexy, aber wenigstens auch nicht overstyled. Mit Franks vermuteten Modelfreundinnen konnte sie sowieso nicht mithalten. Sie hatte sich für ihre dreiundvierzig Jahre zwar sehr gut gehalten, aber der Lack fing deutlich zu blättern an: erste graue Haare, erste Fältchen um die Augen und eben das kleine Bäuchlein, das in letzter Zeit hartnäckig in ihrer Körpermitte festsaß.

Jana tuschte sich die Wimpern, trug Lippenstift auf,

tupfte sich ein paar Tropfen ihres Shiseido-Lieblingsparfüms »Féminité du Bois« an den Hals und band die Haare zum Pferdeschwanz zusammen.

Sie war eine Make-up-Legasthenikerin und schaffte es schon ihr ganzes Leben lang nicht, sich professionell zu schminken. Mehr als Kajal und Wimperntusche war nicht drin, wobei sie sich bei Letzterem immer dieses Tuschding in die Augen stach. Sie hatte auch noch nie eine Frisur gehabt. Ihre Haare saßen nie so wie bei anderen Frauen, fand sie.

James' Outfit war wesentlich schneller perfektioniert: Jana schnallte ihm einfach nur sein Halsband um, und fertig war er. Eigentlich sehr praktisch, Hund zu sein, überlegte sie. Zumindest entfiel die tägliche Kleiderfrage. Und gut angezogen war man trotzdem …

Um kurz nach zwölf fuhr sie in Kampen auf den Parkplatz der Buhne 16. Sie hatte mit Frank verabredet, sich direkt an der berühmten Strandbar zu treffen.

Als ob er seine neue Freundin schon riechen würde, zog James wie verrückt an der Leine, sodass Jana ihm das Halti umband. Der Weg durch die Dünen schien nicht enden zu wollen, und sie gratulierte sich selbst, das Teil mitgenommen zu haben und den Schotterpfad dadurch in halbwegs moderatem Tempo zurücklegen zu können. Sie wäre Frank ungerne atemlos und vollkommen verschwitzt gegenübergetreten.

Frank saß an einem Tisch im Sand und nahm gerade einen Schluck aus einem Glas mit grüner Flüssigkeit, als Jana um die Ecke kam und den Gastrobereich des kultigen Surf-

Bistros betrat. Sehr lässig war es hier, was Jana auf Anhieb gefiel: Grau verwitterte Holztische standen im Sand, chillige Musik tönte aus den Boxen, und die Atmosphäre war unkompliziert, locker und easy. Cooler Surfer-Lifestyle eben.

Frank hatte sie entdeckt und winkte sie freudig an seinen Tisch.

»Die Jungs haben gerade frische Makrelen gefangen«, empfing er sie, nachdem er sie mit Küsschen links und rechts begrüßt hatte. »Die legen sie gleich auf den Grill! Musst du unbedingt probieren!«

»Die Jungs?«, fragte Jana erstaunt, während sie sich auf der Holzbank niederließ, die aus einem durchgesägten Baumstamm bestand.

»Ja! Die Buhne wird von drei Brüdern betrieben, die den Laden in den Siebzigern gegründet haben«, erläuterte Frank und strahlte sie an. »Inzwischen sind sie selbst über siebzig, tuckern aber immer noch fast jeden Tag aufs Meer, um Makrelen zu angeln.«

»Cool«, fand Jana. »Die probiere ich gerne.«

»Solltest du auch«, riet Frank. »Die nehmen die Fische noch auf dem Boot aus und machen sie grillfertig – etwas Frischeres hast du garantiert noch nie gegessen!«

»Toll«, fand Jana

»Ich sage Uwe mal eben Bescheid«, meinte Frank und stand auf. Uwe war ein weißhaariger Herr in ausgebleichtem T-Shirt, der unter einer Überdachung vor einem großen Grill stand.

»Und was trinkst du da?«, fragte Jana, als Frank zum

Tisch zurückkam, und zeigte auf die grüne Flüssigkeit in seinem Glas.

»Gin Basil! Das ist Gin mit püriertem Basilikum, Limone und Zucker. Schmeckt superlecker!«, schob er hinterher. »Und ist gesund. Sonst wäre die Queen nicht so quietschfidel.«

Jana verstand nur Bahnhof und guckte ihn fragend an.

»Na, die trinkt doch angeblich jeden Tag ein Gläschen Gin«, erklärte Frank. »Willst du mal probieren?« Er schob ihr sein Glas hin.

Jana nahm einen Schluck. War aus einem Glas trinken nicht ein bisschen wie küssen? »Schmeckt wie Pestoschorle!«, befand sie, woraufhin Frank laut auflachte.

»Pestoschorle! Wie geil!«

Jana freute sich, dass sie ihn erheitern konnte, und nahm noch einen Schluck. Gar nicht mal so schlecht.

»Und was kann ich dir holen?«, fragte Frank ganz gentlemanlike. »Möchtest du auch so einen? Oder lieber einen Hopfen-Smoothie?«

»Hä?«, fragte Jana begriffsstutzig.

»Die Hipster-Bezeichnung für Bier«, grinste Frank, sichtbar stolz über seinen Bekloppte-Getränkenamen-Konter.

»Ach so«, Jana lachte. »Nee danke! Ich nehme lieber einen Cappuccino.« Alkohol vor achtzehn Uhr machte sie müde. Und müde wollte sie jetzt nicht sein. »Und eine Rhabarberschorle bitte«, rief sie ihm hinterher, als er aufstand und sich auf den Weg zur Bestellausgabe machte.

Heute trug er beige kurze Hosen und Flipflops. Leider

auch das scheinbar unvermeidliche rosa Polohemd. Das würde sie ihm schon noch abgewöhnen, beschloss Jana. Sein Hintern war jedenfalls knackig, befand sie zufrieden, als er die Treppe hochstieg.

Die Makrelen mit selbst gemachtem Kartoffelsalat, die Frank kurz danach an ihren Tisch brachte, waren tatsächlich unglaublich köstlich. Festes weißes Fleisch, das sich problemlos von den Gräten lösen ließ. Der Fisch schmeckte überhaupt nicht tranig, wie sie es sonst von Makrelen kannte. »Rifftiff lecker«, grinste sie Frank begeistert mit vollem Mund zu. Der nickte nur bestätigend, weil er sich ganz auf das Filetieren seiner zweiten Makrele konzentrierte.

Nach dem Essen gingen sie mit den Hunden am Meeressaum Richtung Kampen spazieren, und Jana ließ sich von der Brandung immer wieder ihre nackten Füße überspülen. Hier war doch FKK-Zone, überlegte sie. Ob sie Frank zum Nacktbaden überreden sollte? Dann wüsste sie zumindest gleich, woran sie war. Sie grinste in sich hinein, verwarf die Idee aber wieder angesichts der kalten Wassertemperatur.

Die beiden Hunde tobten begeistert über den Strand und jagten Möwen. Jana genoss die Unterhaltung mit Frank. Sie redeten über Hundeerziehung, Lieblingsspeisen und peinliche Partyerlebnisse. Er war wirklich äußerst charmant und witzig. Ab und an legte er wie aus Versehen den Arm um ihre Taille, was Jana sehr genoss. Sowohl ihr Gespräch als auch die Blicke, die sie sich zuwarfen, wurden immer flirtiger.

Ein dunkelhäutiger Mann in Jeans und weißem T-Shirt kam ihnen entgegen.

»Wie nennt man Afrikaner jetzt eigentlich politisch korrekt?«, fragte Jana in eine Gesprächspause hinein, weil ihr gerade nichts Besseres einfiel und sie das kurze Schweigen zwischen ihnen verlegen machte.

»Fremdkontinentale Mitbürger mit Migrationshintergrund?«, schlug Frank vor.

»Und wie bezeichnet man seine Hautfarbe? Schwarz oder farbig darf man ja nicht mehr sagen, oder?«, hakte Jana nach.

»Maximal pigmentiert?«, überlegte Frank.

»Genial!«, prustete Jana. Wie schön, dass er so viel Humor hatte.

Vor der Holztreppe des Kaamps7 hielten sie an, um auf die Hunde zu warten, die am Strand gerade eine Taube jagten. Frank drehte sich zu ihr und setzte zu einem Kuss an, als die Taube panisch Kurs auf die offene Eingangstür des Restaurants nahm. Die beiden Hunde stürmten die Treppe hoch und stürzten in das Lokal wie ein mobiles Einsatzkommando. Fliegende Klamotten, umfallende Tische, klirrendes Besteck, kreischende Gäste. James und Paula bildeten einen Tornado mit Dominoeffekt, überall, wo sie entlangrasten. Ihr Auftritt im Restaurant dauerte nur ein paar Sekunden, und schon waren sie wieder draußen. Zum Glück war nichts kaputt, stellten Jana, Frank und der Besitzer erleichtert fest, und Jana war erstaunt, wie locker die Menschen auf Sylt solche Hundeattacken offenbar nahmen.

»Hunde sind hier in den Restaurants mittlerweile fast lieber gesehen als Kinder«, wusste Frank. »Kinder sind laut, lärmen rum, verbreiten Unruhe, rennen durch den Laden, stören die anderen Gäste, schmeißen ihre Gläser um, verschmieren die Servietten und kleckern mit dem Essen. Hunde legen sich in der Regel einfach unter den Tisch. Das ist vielen Gastronomen lieber.«

»Aber das haben unsere Hunde doch auch gerade getan«, lachte Jana.

»Klar, aber das war doch eine Ausnahme. Sonst verhalten sich Hunde im Restaurant ja eher ruhig.«

Jana stimmte ihm zu, wunderte sich aber dennoch über Franks Kinderaversion. Für ihren Geschmack klang das eine Spur zu genervt. Er hatte doch schließlich selber Kinder ...

Aber egal, sie trauerte dem Fast-Kuss hinterher. Der Moment war vorbei und ließ sich nicht so einfach wiederholen. Als hätte er einen wichtigen Termin verpasst, schaute Frank plötzlich erschrocken auf seine Uhr. »Du, ich muss los! Ich habe vollkommen die Zeit vergessen. Soll ich euch mitnehmen? Ich habe hier oben geparkt«, bot er an.

»Gerne«, freute sich Jana. »Ich habe mein Auto auf dem Buhne-Parkplatz stehen. Könntest du uns da absetzen?«

»Na klar!«

Sie gingen über die Terrasse des Kaamps7 auf den kleinen Parkplatz. Frank klickte auf seinen Autoschlüssel, und die Blinker seines schwarzen Porsche Cayenne leuchteten kurz auf. Das Auto war ihres Wissens sauteuer, und Jana war beeindruckt davon, dass es Frank offenbar nicht störte, dass James und Paula, die nacheinander auf die Rückbank sprangen, die edlen beigen, lederbezogenen Sitzflächen in eine Sandwüste verwandelten. Angenehmerweise schien er nicht an seinem Besitz zu hängen, was für Jana nur den Rückschluss zuließ, dass Geld für ihn kein Problem war. War der Cayenne dreckig, kaufte er sich vermutlich den nächsten oder ließ das Auto von Angestellten reinigen. Wie schön wäre es, dachte sie, sich zur Abwechslung mal in einen vermögenden Mann zu verlieben, statt immer nur in mittellose Free Lancer. Während der Porsche sich auf dem Schotterweg durch die Dünen arbeitete, tagträumte Jana von Urlauben auf einer Jacht im Mittelmeer, Winterferien in der Karibik, einer hellen Wohnung mit Elbblick, teuren Dinners und edlen Klamotten. Sie würde Franks Kreditkarte schon zum Glühen bringen ...

»Das müssen wir unbedingt wiederholen«, sagte Frank, als sie sich zum Abschied im Auto umarmten. »Ich melde mich!«

»Mach das!«, sagte Jana, hauchte ihm einen Kuss auf die Wange und stieg aus. Sie ließ James hinausspringen, warf die Tür zu, und Frank brauste davon.

Jana schlenderte über den Parkplatz zum Auto und schwebte auf Wolke sieben. Was für ein schöner Nachmittag! Sie konnte sich kaum noch erinnern, wann sie mit Ole zuletzt so leichte und verzauberte Stunden erlebt hatte. Es war schon Jahre her.

Dabei war Frank eigentlich gar nicht ihr Typ, aber war es nicht höchste Zeit, mal den Typ zu wechseln? Ihr bisheriges Beuteschema hatte ihr jedenfalls noch nicht viel Glück gebracht ...

»You're just to good to be true, I can't take my eyes off you ...« Jana wippte auf dem Fahrersitz beschwingt zu dem Siebziger-Discoknaller mit, der aus ihrem Radio schepperte, als sie Richtung Wenningstedt nach Hause sauste.

9

Blut! Das, was Jana da gerade auf dem Fußboden entdeckt hatte, war eindeutig Blut! Und ebenso eindeutig hatte der Fleck die Form einer Tatze. Sie wollte gerade mit ihrem Teebecher auf die Terrasse gehen, als sie die rote Pfotenspur auf dem Wohnzimmerparkett entdeckte. Schnell eilte sie in den Garten und rief nach James, der sich die rechte Hinterpfote leckte.

Offenbar hatte er sich eine Muschel oder eine Glasscherbe in die Pfote getreten, was für ein jäher Absturz aus den rosa Wattewolken, auf denen Jana nach dem traumhaften Nachmittag schwebte.

Wann war denn das bloß passiert? Auf dem Parkplatz? Am Strand und im Auto war ihr gar nichts aufgefallen ...

Sie ging zu James, streichelte sanft seinen Rücken und versuchte, seine Hinterpfote anzuschauen. Doch jedes Mal, wenn sie auch nur in die Nähe seines Hinterbeins kam, zog er die Lefzen hoch und knurrte. Jana bekam Angst. Da kam sie wieder zum Vorschein, die unberechenbare Bestie! Das Animalische im Tier. So ging es jedenfalls nicht, und das

Ganze einfach so lassen konnte sie auch nicht, als sie James durch den Garten humpeln sah. Er blutete immer noch.

Das Problem war nur: Es war schon nach neunzehn Uhr. Schnell googelte Jana die Nummer des »Pudels Kern«, doch es nahm keiner ab. Auch Frank, Nele und Tom waren nicht zu erreichen. Ihr blieb also nichts anderes übrig, als den tierärztlichen Notdienst zu googeln. Ein Dr. Kretschmann in List hatte heute Bereitschaft.

Kurz entschlossen zog Jana James ins Auto und brauste Richtung Inselnorden.

Im Wartezimmer zitterte der große Kerl am ganzen Leib und quetschte sich eng an Janas Bein. Hatte er tatsächlich Angst? Roch oder spürte er, was seinen Artgenossen hier passiert war? Lag das in der Luft?, überlegte Jana, während sie ihre Adressdaten auf ein Klemmbrettformular schrieb.

Die Tür zum Behandlungszimmer öffnete sich, und eine Frau mit einem Katzenkorb ging hinaus. Ein langer, drahtiger Endfünfziger erschien im Türrahmen, nickte Jana, die alleine im Wartezimmer saß, auffordernd zu: »Der Nächste bitte!«

Mit seinen schmalen Lippen, dem schütteren grauen Haarkranz und dem humorlosen Gesichtsausdruck sah der Tierarzt aus wie ein Mathelehrer, fand Jana. Ungeduldig beobachtete er, wie Jana versuchte, James Richtung Behandlungszimmer zu ziehen. Vermutlich brannte gerade sein Abendessen an, schmunzelte Jana.

James bremste Janas Bemühungen mit allen vieren ab und weigerte sich, den Behandlungsraum zu betreten. Stur blieb er vor der Zimmertür sitzen und bewegte sich nicht mehr. Ein versteinerter Berg. Dr. Kretschmann fackelte nicht lange, griff von oben in James' Halsband, zog es so hoch, dass James röchelte, und schleifte ihn brutal ins Behandlungszimmer. Musste er derart unsensibel sein? James knurrte, fletschte die Zähne und versuchte, nach der Hand des Tierarztes zu schnappen, schaffte es aber nicht. »Wieder so ein verzogenes Vieh«, schimpfte Dr. Kretschmann, schloss die Tür, holte einen Maulkorb aus einem Schrank und band ihn James mit zackigen Handgriffen um. Wie der wohl mit seiner Frau umging, fragte sich Jana, während sie seine ruppigen Bewegungen verfolgte. Besonders zartfühlend war das jedenfalls nicht.

»Ein Hund darf sich nicht weigern, ein Tierarztzimmer zu betreten. Und knurren und schnappen darf er erst recht nicht!«, kritisierte Dr. Kretschmann, krempelte seine Ärmel hoch und stellte sich hinter James' Rücken. »Das Tier braucht dringend Dominanz«, verkündete er und hebelte James mit einem geübten Griff auf die Seite, um ihn anschließend unter vollem Körpereinsatz niederzuringen. James zappelte panisch, schnappte und versuchte immer wieder, sich aufzurichten, doch aus dem Haltegriff des Arztes gab es kein Entrinnen. James jaulte erbärmlich und entleerte vor Angst seine Blase.

Sprachlos vor Entsetzen stand Jana daneben und wusste nicht, was sie tun sollte. Noch nie hatte sie James' Bernsteinaugen so geschockt und voller Panik gesehen. Ein gelber See ergoss sich über das Linoleum, und Dr. Kretschmann fluchte angewidert. Jana war vor Schock wie erstarrt.

Stolz über seinen Sieg richtete sich der Arzt auf und erklärte: »Neufundländer sind gefährliche Molosser, die eigentlich in den Zwinger gehören!«

»Molosser?« Jana verstand nur Bahnhof.

»Das ist in der Kynologie der Oberbegriff für massige und muskulöse Hundetypen«, erklärte der brutale Arzt. »Sie müssen ihn dringend dominieren, sonst wird er unberechenbar!«

James zitterte am ganzen Körper, wehrte sich aber nicht mehr, als Dr. Kretschmann seine Pfote inspizierte, reinigte und desinfizierte und ihm schließlich einen blauen Pflasterverband anlegte.

»Es ist nur ein relativ kleiner Schnitt«, erläuterte Dr. Kretschmann. »Die Lederhaut an den Pfotenballen heilt sehr schnell. Übermorgen können Sie den Verband entfernen, dann müsste alles wieder in Ordnung sein.«

Er wusch sich die Hände und setzte sich an seinen Schreibtisch.

»Ich möchte aber, dass Sie einen Wesenstest mit ihm machen. Ich gebe die Meldung morgen zum Ordnungsamt. Für das Gutachten ist dort Frau Marquardt zuständig. Sie müssen Ihren Hund innerhalb von vier Wochen prüfen lassen. Sollte das Gutachten negativ ausfallen, wird er im schlimmsten Fall beschlagnahmt. In jedem Fall aber darf er dann das Haus ohne Maulkorb, Leine und blaues Warn-Halsband nicht mehr verlassen.« Er schaute Jana emotionslos an.

»Und Sie müssten einen Führerschein machen, der Sie zum Führen eines als gefährlich eingestuften Hundes berechtigt!«, ergänzte er.

Jana war schon wieder sprachlos. Das konnte ja wohl alles nicht wahr sein!

So ein widerlicher Mistkerl! Aggression rief Aggression hervor, das war doch ganz klar. Und James hatte nicht damit angefangen, sondern dieser vermutlich drastisch untervögelte Sado-Arzt. Jana ärgerte sich die Platze, dass sie vor dem Termin ihre Adressdaten aufgeschrieben und James' Hundepass vorgelegt hatte. Den behielt der Mediziner nun nämlich als Pfand ein.

»Sie bekommen ihn wieder, wenn Sie mir die Unbedenklichkeitsbescheinigung vorlegen«, sagte er und steckte den Pass in eine Schublade seines Schreibtisches.

»Gerade Frauen übernehmen sich oft mit diesen Modehunden und denken, das wären kuschelige Teddybären«, dozierte er in oberlehrerhaftem Tonfall. »Sie können nicht mit ihnen umgehen, dann werden die Hunde wild und landen schließlich im Tierheim. Oder beim Abdecker!« Jana kam es vor, als wenn er sich an ihrer immer stärker werdenden Antipathie regelrecht weidete.

»Aber zum Glück gibt es ja Männer wie Sie, die den Bestien mal so richtig zeigen, wo der Hammer hängt!«, zischte sie und platzte fast vor Wut. Jetzt bloß nicht ausflippen, beschwor sie sich, sonst behält dieser Sadist James gleich hier. Und sie vermutlich auch.

»Sechzig Euro bekomme ich von Ihnen«, forderte der Mediziner und hatte die Ironie ihrer Worte offenbar nicht mitbekommen.

Jana pulte die Scheine aus ihrem Portemonnaie und reichte sie ihm wortlos rüber.

Der Arzt nahm sie entgegen und legte sie in eine Schatulle. »Brauchen Sie eine Quittung?«

»Nein danke!«, sagte Jana knapp.

Dr. Kretschmann erhob sich und öffnete die Tür des Behandlungsraumes. »Wenn sich die Wunde entzünden sollte, kommen Sie bitte wieder. Dann muss er ein Antibiotikum kriegen.«

Wiederkommen würde sie garantiert nicht. Das wusste Jana jetzt schon.

»Auf Wiedersehen«, sagte Dr. Kretschmann und reichte ihr selbstgefällig die Hand. Die fühlte sich bestimmt wie ein Schraubstock an, fürchtete Jana. Sie guckte zu Boden, tat so, als hätte sie die Geste übersehen, und umfasste stattdessen mit beiden Händen James' Leine, der gar nicht schnell genug aus der Tür kommen konnte.

So ein Arschloch! Das war ja alles nicht zu fassen! Wütend knallte sie die Autotür zu, nachdem James, ohne eine Sekunde zu zögern, hineingesprungen war. Jana schleuderte einen hasserfüllten Blick Richtung Praxis.

Da sie sich vor Ärger kaum beruhigen konnte, rief sie auf dem Rückweg Frank an, um ihm von dem Missgeschick zu erzählen. Sie erwischte aber nur seine Mailbox, auf die sie nicht sprach, weil sie befürchtete, ihre Stimme würde vor Zorn zittern.

Zu Hause trank Jana erst mal ein Glas Weißwein auf ex, um sich wieder zu beruhigen. Was war da denn gerade passiert? Es kam ihr vor wie im Film. James war sofort auf seine Matte gehumpelt und rührte sich nicht mehr.

Zum Trost für das traumatische Erlebnis servierte Jana

ihm eine Dose Terra Canis. Doch James rührte das Futter nicht an. Auch als sie sich über den Napf beugte, Essgeräusche vortäuschte und, »Soll ICH das essen?« ausrufend, Futterneid zu provozieren versuchte, zeigte er kein Interesse. Anscheinend stand er immer noch unter Schock.

»James-chen, Süßer«, flüsterte Jana ihm ins Ohr, während sie seinen weichen Haarflaum streichelte. »Es tut mir so leid! Das wollte ich nicht!« Mit warmen Augen sah er sie an, als würde er verstehen. Und verzeihen. Jana kamen die Tränen.

Sie war noch nie für ein anderes Lebewesen verantwortlich gewesen. James lieferte sich ihr vollkommen aus, und sie hatte gefälligst dafür zu sorgen, dass es ihm gut ging. Das hatte sie heute nicht getan! Sie hatte versagt, und zwar komplett. Sie schwor sich, dass so etwas nie wieder vorkäme.

Höchste Zeit, Nele darüber in Kenntnis zu setzen, fiel ihr ein, und sie griff nach ihrem Handy.

»Shit«, rief Nele, als Jana ihr von Tierarzt und Test berichtete. »Das ist ja echt doof! Tut mir wirklich leid, dass du jetzt so einen Ärger mit James hast. Frag mal Daniel. Der kann dir sicher einen Trainer nennen.«

»Hat James denn grundsätzlich ein Problem mit Tierärzten?«, erkundigte sich Jana. »Er hat am ganzen Körper gezittert, als wir die Praxis betraten.«

»Ja, schon«, gab Nele zu. »Als Welpe ist ihm mal eine Kralle gezogen worden, und der Tierarzt hatte damals zu spät bemerkt, dass die Betäubung nicht gegriffen hat. Seitdem hat er Angst.«

»Der Arme!« Jana, die immer noch neben James saß, strich ihm mitleidig über den Kopf.

»Er lässt sich auch nicht gerne von Fremden anfassen«, gestand Nele. »Wir haben in der Erziehung leider einiges verabsäumt. Tut mir echt leid. Aber es ist ja auch unser erster Hund«, schob sie entschuldigend nach.

»Ach, von mir lässt er sich aber ganz gerne streicheln«, lachte Jana. »Ich sitze gerade neben ihm.«

»Du bist ja auch keine Fremde!«, warf Nele ein. »Was ist denn, wenn er diesen Test nicht besteht?«

»Dann muss er eventuell einen Maulkorb tragen«, sagte Jana. »Und im Worst-Case-Szenario wird er euch weggenommen.«

»Aha«, sagte Nele und klang abgelenkt. »Du, entschuldige, ich muss jetzt auflegen. Tom kommt gerade nach Hause, und das Essen steht auf dem Tisch! Viel Glück morgen!«

Morgen? Nele schien durch ihre Schwangerschaftshormone bedenklich verwirrt. Hatte sie den Ernst der Lage begriffen? Die Hormone machten ja angeblich high. Und Jana wollte sie in ihrem Zustand auch nicht weiter mit Horrorszenarien belasten. Am besten würde sie morgen noch mal mit Tom darüber sprechen.

Sie stand auf und schenkte sich ein Glas Mineralwasser ein. So ein Stress! Am liebsten hätte sie diesen bekloppten Arzt angezeigt. Vielleicht konnte man ihn wegen Gewaltanwendung verklagen? Frank war doch Anwalt, schoss es ihr plötzlich durch den Kopf. Der müsste das ja wissen. Kurz entschlossen wählte sie seine Nummer. Er nahm wieder nicht ab. Seltsam.

Wo war er bloß? Warum rief er sie nicht an oder schickte zumindest eine WhatsApp-Nachricht? Ein bisschen fühlte sie sich, als wäre sie mit ihrer gerade aufkeimenden Verliebtheit gerade vor die Wand gefahren. Glücksrausch interruptus.

10

Über Nacht war James' Appetit anscheinend doch noch zurückgekehrt, denn als Jana am nächsten Morgen verschlafen ins Wohnzimmer taumelte, war der Napf leer. Erleichtert spülte sie ihn aus. Wenigstens hatte er nicht auch noch einen Magen-Darm-Infekt oder so. Sie fühlte sich mit der Verantwortung für so ein Tier sowieso schon überfordert, wenn James jetzt auch noch krank werden würde, hätte sie das doch sehr belastet ...

Es war ein warmer, ziemlich windiger Tag mit leicht bedecktem Himmel, und Jana überlegte, wie sie ihn heute am besten gestalten sollten. Strand und Schwimmen fielen wegen James' Pfote aus, und auch lange Spaziergänge wären wohl eher ungünstig. Sie konnten also mit dem Auto durch die Gegend fahren und die Insel erkunden oder sich einen ruhigen Tag im Garten machen. Plötzlich fielen Jana die coolen »Dog-Mobile« ein, die sie vor »Pudels Kern« entdeckt hatte. Das wäre doch für heute genau das Richtige! James könnte vorne in der Kiste dösen und seine Pfote schonen, während sie ihn über die Insel radelte.

Gedacht – getan. Erfreut über ihre geniale Idee packte

Jana ein paar Picknicksachen in einen Beutel, stopfte James' Leine, Kotbeutel und Halti dazu und brauste mit ihm zum Hundeshop.

Nur noch ein einziges Dog-Mobil war zu mieten – Glück gehabt. Während Daniel das Fahrrad präparierte und mit Matte und Klick-Gurt ausstattete, erzählte Jana ihr vom Tierarzthorror.

»Den kennen wir. Das ist ein verknöcherter Tierrassen-Nazi!«, schimpfte Daniel. »Der hasst alle Mischlinge. Und große Hunde auch. Warum bist du bloß zu dem gegangen?«

»Er hatte Notdienst«, stammelte Jana. »Ich hatte versucht, euch zu erreichen, aber ihr hattet schon zu. Und ich wusste nicht, wohin.«

»Nächstes Mal rufst du mich auf dem Handy an, wenn du Hilfe brauchst«, sagte Daniel und schrieb seine Nummer auf einen Zettel. »Hier!« Er reichte ihn an Jana, die ihn dankbar entgegennahm.

»Dr. Kretschmann will, dass ich mit James einen Wesenstest mache«, gestand Jana.

»Ach du Scheiße!«, rief Daniel aufgebracht. »Dieses frustrierte Arschloch! Der liebt es, Frauen zu terrorisieren. Aber mach dir keine Sorgen. Ich kann dir die Nummer von Ben geben, das ist der beste Tierpsychologe und Verhaltenstrainer der Insel. Der kennt diese Frau Marquardt, glaube ich, ganz gut. Der wuppt das schon mit dir!« Daniel nickte ihr aufmunternd zu.

»Klasse! Schreib die Nummer doch gleich hier dazu«, schlug Jana vor und gab ihm den Zettel zurück.

»Schade, dass Boy gerade im Urlaub ist«, meinte Daniel.

»Der ist ausgebildeter Tierpsychologe und hätte euch sicher helfen können.«

»Boy?«, fragte Jana verständnislos.

»Mein Mann«, strahlte Daniel. »Wir sind seit drei Monaten verheiratet!« Stolz hielt er ihr seine rechte Hand entgegen, an der ein goldener Ehering blinkte. Der war Jana vorher gar nicht aufgefallen.

»Schön«, stotterte sie verlegen. Daniel war also schwul. Wieso merkte sie so was bloß nie? Ihr fiel Homosexualität immer erst dann auf, wenn sie in Leuchtreklame direkt vor ihren Augen präsentiert wurde. Aber wieso hieß der Boy? Hatte das auch mit seinem Schwulsein zu tun? Jana kam sich plötzlich sehr alt vor. Altmodisch ...

»Falls du dich über seinen Vornamen wunderst«, schien Daniel ihre Gedanken zu lesen. »Boy ist ein ganz alter friesischer Männervorname. Wird nur leider mittlerweile extrem selten benutzt ...«

»Ach so«, stotterte Jana und fühlte sich irgendwie ertappt.

»Wann kommt Boy denn wieder?«, erkundigte sie sich.

»Erst in vier Wochen. Der wandert gerade durch Peru. Digital Detox! Ohne Handy und Internet und so.«

»Aha«, sagte Jana. »Aber in vier Wochen ist es zu spät. Da muss dieser blöde Test ja schon erledigt sein.«

»Eben«, sagte Daniel und kritzelte eine weitere Zahlenkombi auf den Zettel. »Hier ist noch die Nummer von Dr. Müller, einem sehr guten Tierarzt. Zu dem gehe ich mit Fritz und Fanny auch.«

»Fritz und Fanny?«, fragte Jana.

»Ja, meine beiden Golden Retriever.«

»Passiert das denn oft, dass Hunde zu Wesenstests verdonnert werden?«, erkundigte sich Jana.

»In letzter Zeit ist es hin und wieder vorgekommen«, sagte Daniel. »Gerade auf Sylt reagiert man mittlerweile allergisch auf Hundehalter, die ihre Vierbeiner nur aus Modegründen kaufen und sich überhaupt nicht um korrekte Erziehung scheren.«

»Und wie läuft so ein Test ab?«, wollte Jana wissen.

»Das weiß ich auch nicht so genau«, sagte Daniel. »Frag am besten mal Ben. Soweit ich weiß, werden Verhaltenseigenschaften und Charakter der Hunde überprüft. Ich glaube, es werden bestimmte Situationen durchgespielt, bei denen der Hund nicht ausflippen darf.«

Das konnte ja heiter werden, dachte Jana, nachdem sie sich von Daniel verabschiedet hatte und sich auf den Sattel des Dog-Mobils schwang. Schon in der kurzen Zeit, die sie James jetzt betreute, war er ja ein paarmal ausgeflippt. So ein Mist!

Missgelaunt bog sie in den Kirchenweg ein und nahm Kurs auf den Campingplatz Wenningstedt. Von hier aus sollte es einen Waldweg geben, der in die alte Eisenbahntrasse nach List mündete, den schönsten Fahrradweg der Insel, der mitten durch die Kampener und Lister Dünenlandschaft führte. Früher hatte es auf der Insel eine Eisenbahn gegeben, die von Nord nach Süd pendelte. Die ehemaligen Gleise hatte man in einen Fahrradweg umgewandelt, der zu den meistfrequentierten Strecken auf Sylt gehörte.

Sie legten die ersten Meter zurück, und Jana war überrascht, wie leicht sich das schwere Teil treten ließ. James saß vorne im Kasten und schaute fassungslos. Mit heraushängender Zunge hechelte er hektisch und beobachtete das Geschehen vor sich. Die Geschwindigkeit war dieselbe, als ob er rennen würde, aber er bewegte sich ja gar nicht. Das war sicher sehr strange für ihn, noch anders als im Auto, da er im Kasten ja alles roch, alles sah und den Fahrtwind im Fell spürte.

Immer wieder schaute er mit leicht panischem Blick zu Jana, die ihn mit dem vor sich hin gesäuselten Mantra »Alles gut, mein Dicker!« beruhigte. Zum Glück blieb er sitzen und entspannte sich sekündlich mehr und mehr. Er hielt die Schnauze in den Fahrtwind und schien den Ausflug irgendwann auch zu genießen.

Das seltsame Gefährt und der schwarze Bär, der vorne aus der Kiste schaute, erregten viel Aufmerksamkeit, und Jana amüsierte sich über die absurde Umkehrung, dass nun der Mensch das Tier transportierte.

Sie radelten am Campingplatz vorbei Richtung Kampen, und beide genossen die Stille und die Kühle des kleinen Waldstückes, durch das sie gerade fuhren. James hechelte vor sich hin, und Jana dachte belustigt, dass dieses Hechelgeräusch gerade der neue Grundrhythmus ihres Lebens war. Wie ihr eigener Herzschlag begleitete es sie 24/7, und hatte sogar eine ähnliche Taktung.

In Kampen ließen sie die berühmte Uwe-Düne, den höchsten Punkt der Insel, von der aus man einen fantastischen Rundumblick haben sollte, links liegen und radelten durch die wunderschöne Heidelandschaft Richtung Dünengürtel.

Immer höher und eindrucksvoller wurden die Dünen. Im Süderheidetal bog Jana nach links auf eine sehr marode Straße ab, die durch die Lister Dünenlandschaft zum berühmten Strandrestaurant Wonnemeyer führen sollte, von dem sie schon viel gehört und gelesen hatte. Eine so schlechte Straße war Jana noch nie unter die Räder gekommen. Sie bestand quasi nur aus Schlaglöchern, Rissen, Steinen und Hubbeln. Vermutlich sanierten die Sylter sie absichtlich nicht, um das Naturschutzgebiet zu schonen, vermutete Jana. Die Porsches durften hier nämlich nur mit Tempo dreißig durchrauschen, und wenn sie schneller fuhren, brachen die Achsen. Ein kluges Lehrstück für so manchen Angeber-Schnösel, grinste Jana. Wie viele der Rosa-Polohemd-Träger hier wohl schon eine Reifenpanne gehabt hatten?

Berauscht von der umwerfenden Natur, die sich ihr hier bot, trat sie in die Pedale: Weite, mit Heidekraut bewachsene Täler und beeindruckend hohe Dünen wechselten sich ab. Zum Teil waren sie unbewachsen, und der helle Sand blendete in der grellen Sonne wie Schnee. Wie eine Miniausgabe der Alpen kam es Jana hier vor. Oder wie auf dem Mond.

Sie sah das lila Gebäude des Wonnemeyer schon von Weitem. Es lag idyllisch mitten in den Dünen. Jana bog links auf einen Schotterweg ein, radelte einen Hügel hoch und schloss das DM vor der großen Holzterrasse an. Aus den Lautsprechern plätscherte Loungemusik, und die Atmosphäre war angenehm lässig. In einer Ecke ganz am Ende der Terrasse wurde gerade ein Tisch im Schatten frei, den Jana mit James im Schlepptau sofort besetzte. Wie immer war sie fasziniert, wie artig sich James sofort unter den Tisch legte und sich nicht mehr rührte. Als ob er zu einem schwarzen Flokati mutierte, sobald sie ein Restaurant betraten. Das hatte Nele wirklich gut hingekriegt.

Der Ausblick in die Dünenlandschaft war einmalig, und Jana genoss den leichten Wind, der erfrischend mit ihren Haaren spielte. Völlig geflasht von der Natur, der Luft und der Lässigkeit der Location, in der sie gerade saß, bemerkte Jana, dass sie drauf und dran war, sich in die Insel, die sie so gehasst hatte, rettungslos zu verlieben.

Sie legte die Füße auf einen Stuhl, lehnte sich zurück, blätterte durch die Karte und bestellte eine Fischsuppe, die sehr lecker war. Nachdem sie ihren Standort gegoogelt hatte, beschloss sie, auf dem Deich noch weiter zum Lister Hafen zu fahren.

Der Radweg, der am Ellenbogen, der äußersten Landzunge von Sylt, die wie ein Arm ins Meer ragte, entlangführte, war wunderschön: endlose Weite, ein ruhiges Binnenmeer und grüne Schafwiesen.

Vom gleichbleibenden Rhythmus des Pedaletretens in Trance geschaukelt, verlor sie sich in Spekulationen darüber, wie sich die Schafe dort auf den Wiesen wohl fühlten. Waren sie glücklicher als Menschen, weil es total meditativ war, den ganzen Tag nur zu äsen und zu dösen? War das am Ende vielleicht viel besser, als im Optimierungswahn dauernd irgendwelchen Konsumgütern oder Karrieresprüngen hinterherzujagen? War es spirituell, sich der Menschenrasse so auszuliefern? Vielleicht wurden alle weisen Menschen im nächsten Leben als Tiere wiedergeboren – spann Jana ihren Gedanken weiter –, um den höheren Sinn der Unterwerfung zu begreifen und dadurch den nächsten Schritt zur Erkenntnis zu machen?

Sie hatte noch nie so intensiv mit einem Tier zusammengelebt wie in den vergangenen Tagen mit James und fand es ungeheuer wertvoll, sich mit dieser stummen Spezies zu beschäftigen. Sie musste lernen, mit einem völlig fremden Wesen zu reden, ohne mit ihm reden zu können. Wie kommunizierte man eigentlich richtig mit Tieren? Hunde sprachen mit den Augen, hatte Jana gehört, und die von James waren ja auch tatsächlich umwerfend ausdrucksvoll.

Dennoch fand sie es superschade, dass er nicht sprechen konnte. Denn sie hatte den Eindruck, dass er viel von dem, was sie sagte, durchaus verstand. Es wäre ja immerhin möglich, dass er nach fünf Jahren Wohngemeinschaft mit Menschen deren Sprache zumindest teilweise decodieren konnte. Schon so manches Mal hatte Jana den Eindruck, er bekäme viel mehr mit, als man gemeinhin vermuten würde.

Sie beschloss jedenfalls, weiterhin munter auf ihn einzureden, und fing auch gleich damit an: »Guck mal, Jamie! Die Schafe!« Doch er hatte sich auf die Matratze auf dem Boden gekuschelt und hob nur träge die Augenlider.

Der Deichweg endete direkt am Hafenbecken, wo Jana von den vielen Goschlokalen, -läden und -ständen erschlagen wurde. Überall prangte das rote Label, der totale Goschalarm. Jana kam es so vor, als hätte die Fischbrötchenkette das Hafengelände wie ein Bakterium besiedelt. Für andere Restaurants blieb jedenfalls nicht mehr sehr viel Platz.

Jana schloss das DM an einen Laternenpfahl, schlenderte mit James über den Hafenplatz und lief direkt in die Arme von Michaela Werner, ihrer ehemaligen Lieblingskollegin!

Jana hatte sie sofort wiedererkannt, obwohl sie sie fast acht Jahre nicht mehr gesehen oder von ihr gehört hatte.

»Jana! Mensch, das gibt's doch gar nicht!«, lachte Michaela und umarmte sie stürmisch.

»Michi! Aber wirklich ...«, stammelte Jana und stellte fest, dass sich die Umarmung erstaunlich angenehm anfühlte. Vorsichtig, irgendwie. Doch Michis viel zu schweres Parfüm verursachte Jana eine kurze Übelkeit. Hatte sie immer schon diese Vorliebe für dramatische Düfte gehabt? Und wie sah sie überhaupt aus?

Die ehemals glänzenden braunen Locken waren hellgrau und stumpf geworden, tiefe Schatten lagen unter ihren Augen, und stark zugenommen hatte sie offenbar auch. Außerdem trug sie schreckliche Ökoklamotten, wie Janas Outfit-Schnellcheck ergab: geblümte Leggings, darüber ein lila Schlabbergewand und an den Füßen ausgelatschte Trekkingsandalen. Nicht besonders sparkling. Komisch, dabei war sie damals in der Redaktion stets die Stylishste gewesen, die ultimative Trendsetterin.

»Wie lustig, dass wir uns hier treffen!«, rief Michaela begeistert.

»Finde ich auch«, bestätigte Jana. »Was machst du denn hier, ich dachte, du lebst in New York?«, brachte sie in der piepsigen Tonlage heraus, auf die ihre Stimme immer sprang, wenn sie verunsichert war. Dabei wollte sie doch cool wirken – nach allem, was Michaela ihr angetan hatte.

»Nee, bin schon seit drei Jahren zurück in Deutschland«, winkte Michaela ab. »Und du? Was machst du hier? Urlaub?«

»Genau«, sagte Jana. Sie hatte keine Lust, Michaela über die wahren Gründe ihres Syltaufenthalts aufzuklären.

»Ist das dein Hund?«, fragte Michaela erstaunt und streichelte James den wuscheligen Kopf.

»Ja«, behauptete Jana knapp.

»Meine Güte, ist der süß!« Michaela schaute James verzückt an.

»Aber du mochtest doch nie Hunde?«

»Jetzt schon!«, lachte Jana und tätschelte James, mit dem sie sich plötzlich wie ein eingeschworenes Team fühlte. Die Umstände ihrer Teilzeit-Frauchenschaft gingen Michaela nichts an, fand sie.

»Krass«, meinte Michaela. »Und dann gleich so ein Riese!«

»Und was machst du auf Sylt?«, wechselte Jana das Thema. »Wohnst du jetzt hier?« Zuzutrauen wäre es ihr. Michaela hatte schon immer in den Top-Locations gewohnt. Vielleicht hatte ihr Mann ja ein Haus hier.

»Ich gebe einen Yogakurs in der Klappholtal-Akademie«, erklärte Michaela. »Ich bin seit gestern hier.«

»Du gibst einen Yogakurs?«, fragte Jana erstaunt und glaubte, sich verhört zu haben. »Hast du umgeschult?«

»Ja, aber das ist eine längere Geschichte. Muss ich dir ein andermal erzählen. Jetzt bin ich gerade total in Eile, weil ich eine Freundin zum Bahnhof bringen muss. Ich hab nur schnell noch ein paar Fischbrötchen für sie geholt.« Michaela hielt eine Goschtüte hoch.

»Aber vielleicht nach meinem Kurs mal im Spices im Arosa in List? Kennst du das? Das macht ja jetzt der Tim Raue! Superleckere asiatische Kreationen!« Sie zwinkerte Jana zu.

»Gerne«, sagte Jana. »Willst du mir deine Nummer geben?« Sie fischte ihr Handy aus der Tasche.

»Ich hab immer noch dieselbe Nummer wie früher. Hast du sie noch eingespeichert?«

»Ja, hab ich sogar.« Jana lachte. »Ich hab meine auch behalten.«

»Echt? Na, dann ist ja alles klar. Ich hab dich auch nicht gelöscht!« Michaela zwinkerte ihr zu, gab ihr links und rechts ein Küsschen auf die Wange, winkte im Weggehen über die Schulter und rief: »Bis bald, Hase!«

Jana kaufte sich einen Cappuccino und setzte sich auf eine Bank. Wie lustig, Michaela nach so langer Zeit wiederzutreffen, dachte sie und spulte gedanklich die Zeit zurück.

Es war inzwischen neun Jahre her, dass Michaela als neue Ressortleiterin in die Redaktion gekommen war, in der Jana damals arbeitete. Schnell hatten sie sich angefreundet und waren innerhalb kürzester Zeit unzertrennlich geworden. Fast jede Mittagspause und zahllose Abende verbrachten sie miteinander.

Jana hatte Michaela damals sehr bewundert, denn sie hatte etwas ungewöhnlich Verwegenes an sich. Auf jeden Fall war sie viel tougher, cooler und zielstrebiger als Jana.

Ein Alphatier, das sich nahm, was es wollte: in der Liebe, im Job, im Leben. Jana liebte Michis trockenen Humor und lauschte atemlos den Schilderungen ihrer oft bizarren sexuellen Abenteuer.

Nicht selten hielten sie sich in Michaelas Büro vor Lachen den Bauch, weil sie sich gegenseitig alles – aber auch wirklich alles – gestanden: die richtige Haarlänge bei Intimfrisuren, die besten Dispo-Überziehungstricks, ihre kleinsten Ängste und ihre exaltiertesten Träume.

Jana erzählte Michaela auch viel von Martin, ihrem damaligen Freund, schwärmte von seinen sexuellen Fähigkeiten, klagte über seinen Freiheitsdrang und übersah das gefährliche Glimmen, das in Michaelas Augen aufflammte. Michaela half ihr durch die Hügellandschaft dieser Beziehung und baute sie mit derben Witzen oder lebensklugen Ratschlägen wieder auf.

Und dann kam die Party eines gemeinsamen Freundes, die Jana absagen musste, weil sie mit Grippe im Bett lag. »Geh doch mit Martin«, schlug sie Michaela am Telefon vor. Das war der Anfang vom Ende! Am nächsten Morgen beichtete ihr erst ein leichenblasser Martin und kurz danach am Telefon eine heulende Michaela, dass sie miteinander im Bett gelandet waren, etwas füreinander empfanden und auch nicht wüssten, wie es nun weitergehen solle.

Für Jana brach eine Welt zusammen. Wie konnten die beiden ihr das antun? Von Michaela war sie noch enttäuschter als von Martin, denn Michi war ihre Seelenverwandte gewesen. Jana hatte sich von ihr unendlich verraten gefühlt.

Sie verkroch sich wochenlang bei Nele, schaltete ihr

Handy aus und heulte so viele Tränen, dass man damit locker das örtliche Hallenbad hätte füllen können. Michaela sprach tausend Entschuldigungen auf ihre Mailbox, schickte SMS-Romane und stand sogar zweimal vor der Tür. Aber Jana wollte ihre »War nicht geplant, ist einfach so passiert«-Erklärung nicht hören. Michaela war zu weit gegangen. Niemals konnte Jana ihr das verzeihen.

Ihr im Job weiter zu begegnen, hatte Jana damals nicht ertragen. Sie kündigte, wechselte zur Konkurrenz und quälte sich dort mit der »Warum?«-Frage: Warum kam Martin nicht zurück? War Michaela besser im Bett? Es gab tatsächlich einen betrunkenen Abend, an dem Jana zum Hörer griff und Martin genau das fragte. Er legte auf.

Noch lange hatte Jana gehofft, er würde eines Tages mit einem Riesenstrauß Rosen vor der Tür stehen und sie um Verzeihung bitten. Doch dieser Tag kam nicht.

In den nächsten Monaten machte Michaela eine steile Karriere, wurde Chefredakteurin, heiratete einen schwerreichen Immobilienmakler und zog nach New York. Sie schwamm im Geld und erklomm steile Jobgipfel. Ab und an erschien ihr Foto in der Society-Spalte irgendwelcher Zeitungen.

Jana hingegen kam im Schneckentempo wieder zu sich, und Ole, ihre neue Liebe balsamierte ihr Herz. Nur manchmal, in stillen Stunden, zuckte der Schmerz noch auf, wie wenn man Eis an einen empfindlichen Zahn hielt. Führte Michaela das tollere Leben? Machte sie alles richtig? War Jana der Amboss-Typ und Michaela der Hammer? Neid war ein fieses Gefühl. Es nagte von innen an den Eingeweiden und hinterließ ätzende Spuren von Zweifel.

Michi Schlechtes wünschen konnte Jana zu dieser Zeit richtig gut, aber nach und nach erkannte sie, dass Rache kein besonders effizientes Prinzip war. Zahn um Zahn machte am Ende nur zahnlos, sonst nichts.

»Stell deine Feinde auf eine Bühne, und wünsche ihnen alles Gute« oder »Erst wenn du nicht mehr hasst, sondern segnest, bist du frei«, rieten die Bücher, die sie damals las. Jana segnete Michaela nicht. Sie wurde ihr einfach irgendwann egal. Sie und der Schmerz verblassten mehr und mehr wie ein am Horizont verschwindendes Schiff.

Und nun stand Michaela ihr plötzlich gegenüber, hier auf Sylt und gerade jetzt. Wollte ihr das Universum damit etwas sagen? Kam nun die große Vergangenheitsaufarbeitung, damit Jana ihr zukünftiges Leben etwas klarer gestalten würde?

Wie es Michaela wohl ergangen war? Besonders glücklich hatte sie jedenfalls nicht ausgesehen. Aber Janas Leben war aktuell ja auch kein Popkonzert. Sie war neugierig auf Michaelas Werdegang, sowohl emotional als auch beruflich. Noch immer fühlte sie Konkurrenz zu ihr. Wie lange dauert es zu vergeben? Wann ist Schmerz verjährt? Welche Halbwertzeit haben Enttäuschungen?

Jana erhob sich, schmiss den Cappuccinobecher in den Müll und schlenderte mit James in Richtung des Fähranlegers der Sylter Autofähre. Sie spazierten auf der Hafenmole entlang, und James, für den das Wasser offenbar so verlockend wie ein blutiges Rumpsteak war, zerrte wieder mal mit aller Kraft an der Leine. Doch mittlerweile wusste Jana, in welchem Winkel sie sich dagegenstemmen musste, um ihn zu halten und zu bändigen.

»Frische Krabben direkt vom Kutter!« Das Schild sprang Jana in die Augen, und sie beschloss, den Krabbenkutter zu suchen. Dazu stieg sie eine Treppe hinab, die auf einen Holzsteg im Hafenbecken führte, an dem mehrere Kutter vertäut lagen. Weil sie einen Stein in ihren Birkenstocksandalen hatte, ließ sie die Leine für einen Moment locker, und – SPLASH! – schon war James ins Hafenbecken gesprungen.

Kopfüber!

Und war verschwunden!

Dieses Mistvieh! Das hatte ihr nach dem Michaela-Flashback jetzt gerade noch gefehlt! Fassungslos lief Jana an den Rand des Stegs und sah James' Kopf zu ihrer Erleichterung in der Mitte des Beckens wieder auftauchen. »James!! Hierher!!« In ihrem strengsten und lautesten Kommandobrüllton befahl sie ihn zu sich. Doch James dachte gar nicht daran. Überglücklich, endlich Abkühlung zu erfahren und wieder in seinem geliebten Meer zu planschen, schwamm er im Kreis. Fröhlich drehte er seine Runden und sah dabei wirklich aus wie der berühmte Sylter Heuler Willi.

Panisch fingerte Jana eines der Trockensalami-Würstchen aus ihrer Tasche, die sie für Notfälle stets bei sich trug, und wedelte damit durch die Luft. Das Würstchen oder sein Duft weckten zum Glück James' Interesse, und Jana dirigierte ihn zu einem schmalen Ableger des Holzstegs, der tiefer im Wasser lag. Sie legte sich bäuchlings auf den Steg, streckte ihren rechten Arm ins Wasser und bildete mit der

Hand einen Tritt für seine Hinterpfote. Zum Glück kapierte James ihren Plan und hievte sich auf die Planken, wobei sich die Krallen seiner Vorderpfoten so tief ins Holz bohrten wie Bergsteiger-Spikes.

Klitschnass, aber mit glücklichem Strahlen in den Augen stand James wieder auf dem Steg und schüttelte sich so ausgiebig, dass Jana danach aussah, als hätte sie sich in ihren Klamotten unter die Dusche gestellt. Sie wischte sich das Salzwasser aus dem Gesicht und war extrem erleichtert, dass das Abenteuer gerade noch mal gut gegangen war. Gut, dass das nicht im Hörnumer Hafenbecken passiert war, wo der echte Willi schwamm. Dann hätten die Touris dort vermutlich angefangen, James mit Heringen zu füttern, und er wäre nie wieder aus dem Wasser gekommen.

Ängstlich sah sie sich um. Hoffentlich hatte die Aktion niemand mitbekommen, dann wäre sicherlich die nächste Anzeige fällig – und das Bestehen des Wesenstests in unerreichbare Ferne gerückt. Doch niemand schien von James' akrobatischer Sprungeinlage Notiz genommen zu haben. Zumindest hatte sich keine Schaulustigengruppe an der Kaimauer gebildet – und die Polizei war auch noch nicht angerückt. Jana war sich auch gar nicht sicher, ob Baden im Hafenbecken für Hunde wirklich verboten war. Aber sie hatte weder Zeit noch Lust, sich weiter mit dem Thema auseinanderzusetzen, griff eilig nach James' Leine und dirigierte ihn die Treppe zur Mole hoch. Bloß weg hier!

James' Verband war zwar nass geworden, aber immerhin nicht abgegangen, stellte Jana erleichtert fest, als sie zurück zum Fahrrad gingen. Salz desinfiziert ja, beruhigte sie sich und nahm sich vor, seine Wunde zu Hause sofort zu reinigen und neu zu verbinden.

Nass und anscheinend überaus zufrieden über sein unerwartetes Abenteuer, igelte James sich auf dem Rückweg auf dem Boden des Kastens ein. Wie klein sich dieser riesige Hund machen konnte, wunderte Jana sich. Zusammengerollt wie eine Lakritzschnecke schlief er tief und fest, während sie ihn auf der ehemaligen Bahntrasse zurück nach Wenningstedt radelte.

Immer wieder kramte Jana auf der Rückfahrt ihr Handy aus der Tasche, um zu gucken, ob Frank angerufen oder sich sonst wie gemeldet hatte. Janas Laune sank in den Keller. Hatte sie etwas falsch gemacht? Etwas Verkehrtes gesagt? Roch sie schlecht, oder stach an ihr irgendein abstoßender Makel ins Auge, der ihr selbst noch gar nicht aufgefallen war?

War es symptomatisch gewesen, Michaela wieder zu treffen, um sie daran zu erinnern, dass sie in der Liebe sowieso kein Glück hatte?

Vielleicht war es ja auch ganz gut, dass sie sich nicht mit Verliebtheit ablenken konnte, schließlich hatte sie jede Menge Probleme zu lösen: Sie musste einen neuen Job finden und schauen, dass ihr Leben irgendwie weiterging. Allerdings hatte sie aktuell noch nicht den blassesten Schimmer, wo sie beruflich künftig unterkommen könnte.

Wie war das noch? Wenn er sich nicht meldet, hat er kein Interesse, und jegliche Interpretationen und Spekulationen waren sinnlos? Vielleicht sollte Jana das einfach akzeptieren, auch wenn sie es nicht verstand. Fakt war unumstößlich, dass er anrufen würde, wenn er wirklich etwas von ihr wollte.

Und er rief nicht an.

Enttäuscht trat Jana etwas kräftiger in die Pedale.

Es war später Nachmittag, als sie mit James wieder vorm »Pudels Kern« parkte.

»Ist ja irre«, lachte Daniel, als Jana ihm von James' Badeausflug erzählte. »Der Kerl ist ja echt klasse!«

Bewundernd schaute er James an.

»Das Blöde ist nur, dass ich jetzt seinen Verband wechseln muss«, maulte Jana. »Der ist nämlich total nass geworden.«

»Das ist doch kein Ding«, sagte Daniel. »Komm mal mit rein. Das mach ich dir schnell!«

Das ließ Jana sich nicht zweimal sagen und folgte ihm in den Laden. Daniel legte eine Decke auf den Boden und befahl James, »Platz« zu machen. Artig folgte er dem Kommando und legte sich hin.

»Am besten hältst du sein Hinterbein hoch, während ich den Verband austausche«, schlug Daniel vor. Doch als Jana nach seinem Bein griff, schnappte James nach ihrer Hand. Gerade noch rechtzeitig konnte sie sie wegziehen.

»So ein Mistvieh!«, schimpfte Jana, die einen Riesenschreck bekommen hatte. Eine tiefe Bisswunde wäre das Letzte, was ihr jetzt noch fehlte. »Vielleicht hat der doofe Tierarzt doch recht gehabt.«

»Beruhig dich«, beschwor Daniel sie, stand auf, ging ins Lager und kam mit einem Stoff-Maulkorb zurück. Es war eine Art sehr breiter Riemen mit einem Klettverschluss, den man um die Schnauze schnallte, eng zog und hinter dem Kopf befestigte. Nicht so ein dramatischer Stahlkorb wie bei Dr. Kretschmann. James ließ sich das Teil brav anlegen, und Daniel bat Jana, mit den Händen seine Schnauze zu umfassen. »Keine Angst, es kann nichts passieren. Der Maulkorb ist absolut sicher.« Zögerlich legte Jana ihre Hände um James' Maul, der heftig aus den Nasenlöchern schnaufte, weil er seine Zunge nicht zum Hecheln raushängen lassen konnte. Seine Augen signalisierten Angst und Panik, und er tat Jana leid. »Alles gut, mein Dicker«, versuchte sie, ihn zu beruhigen.

»Beruhigen bewirkt genau das Gegenteil«, belehrte Daniel sie. »So denkt er, dass gar nichts gut ist, weil du so seltsam auf ihn einredest. Besser ist, du strahlst aus, dass die Situation ganz normal, ja sogar langweilig ist, und sagst gar nichts.«

Langweilig fand Jana es hier zwar gerade nicht, aber sie bemühte sich, locker und cool zu wirken. Dank des Maul-Klammergriffs hielt James erstaunlich still, und Daniel konnte den Verband zügig wechseln. »Die Wunde sieht gut aus! Hat gar nicht mehr genässt oder geblutet. Übermorgen ist das bestimmt verheilt«, diagnostizierte er.

»Und warum sollte ich seine Schnauze umfassen?«, wollte Jana wissen.

»Der Schnauzengriff ist eine Dominanzgeste«, klärte Daniel sie auf. »Wenn du mit der rechten Hand von oben um seine Schnauze fasst und leicht zudrückst, bist du dominant, und er wird duldsam und unterwürfig. Das funktioniert eigentlich immer!«

»Oh«, sagte Jana. »Wie toll!«

»Ja, und so einfach«, lächelte Daniel, und Jana meinte einen Anflug von Stolz in seinem Gesicht zu erkennen. »Mutterhündinnen machen das mit ihrem Maul bei den Welpen und bringen sie so dazu, brav zu sein und das Quatschmachen zu lassen.«

»Das merk ich mir«, rief Jana begeistert.

»Aber du musst trotzdem was tun! Das geht nicht. James muss sich schon anfassen lassen!«

Jana nickte betreten.

»Ruf mal nachher Ben an, und mach möglichst schnell einen Termin aus«, riet Daniel ihr, als sie sich verabschiedeten. Jana versprach es.

Auf dem Nachhauseweg klingelte ihr Handy. Frank! Jana fuhr vor Schreck fast auf die andere Straßenseite. Jetzt meldete er sich also doch noch. Aufgeregt nahm sie ab.

»Hallo, schöne Frau«, meldete Frank sich galant. »Sorry, dass ich mich nicht gemeldet habe, aber ich musste kurz nach Hamburg zurück, um in meiner Kanzlei ein paar Sachen zu regeln. Wie geht es dir?«

»Und dein Handy hast du auf Sylt gelassen? Warum hast du denn nicht wenigstens mal 'ne kurze WhatsApp geschickt?«, lag Jana auf der Zunge. Aber sie verkniff sich den Vorwurf. Bissige Klammerattacken kamen bei Männern ja bekanntermaßen nicht besonders gut an. Besser wäre es, so zu tun, als sei nichts gewesen. Als hätte sie nicht alle drei Sekunden auf ihr Handy geguckt und sich alle möglichen Erklärungen überlegt.

»Bestens!«, zwitscherte sie deshalb fröhlich. Er sollte bloß nicht denken, dass sie ihn vermisst hatte.

»Hast du Lust, morgen mit uns durch die Braderuper Heide zu spazieren?«, fragte Frank.

Janas Herz machte vor Freude einen kleinen Hüpfer.

»Willst du was gelten, mach dich selten«, hatte ihre Oma immer gesagt. Sollte sie nicht besser auch mal keine Zeit haben? Sodass er um sie kämpfen musste und sein Jagdinstinkt angestachelt wurde. Nein, sie hatte keine Lust auf Spielchen und Taktierereien, beschloss sie und sagte so unbeteiligt wie möglich: »Klar, gerne.«

Sie verabschiedeten sich und waren für den nächsten Tag auf dem Parkplatz an der Straße M.-T.-Buchholz-Stich um fünfzehn Uhr verabredet.

Jetzt nur noch den Trainertermin vereinbaren, fiel Jana ein, und sie tippte Bens Nummer in ihr Handy.

»Ja, bitte?«, meldete sich eine schroffe, leicht heisere Stimme, die irgendwie unsympathisch klang.

Jana stellte sich vor und erläuterte das Problem.

»Das ist nicht gut!«, kam es vom anderen Ende der Leitung. »Mal sehen, was ich tun kann. Ich schaue mir das Tier morgen erst mal an. Könnt ihr um elf Uhr hier sein?«

»Kein Problem«, sagte Jana.

»Gut, dann bis morgen!«, sagte Ben. »Wir treffen uns auf dem Agility-Trainingsgelände in Keitum. Weißt du, wo das ist?«

»Das finde ich schon«, sagte Jana und wunderte sich etwas, dass er sie einfach duzte. »Bis morgen!« Sie hatte zwar keine Ahnung, was Agility war, aber das würde sie ja morgen unweigerlich herausfinden.

Alles erledigt! Erleichtert warf Jana sich auf die Terrassenlounge und genehmigte sich ein kühles Bier. James schlief vor seinen geliebten Zapfen. Irgendwo spielte jemand Klavier, und auf dem Nachbargrundstück rief eine Frau in breitestem Kölsch immer wieder: »Isch glaub es nisch! Isch GLAUB es nisch!« Und lachte dabei. Es klang nach einer gelungenen Geburtstagsüberraschung.

Oder einem Heiratsantrag.

Jana nahm einen großen Schluck aus der Flasche. Was für ein Tag! Wieder einmal. Langweilig wurde es in ihrer sechsbeinigen Wohngemeinschaft jedenfalls nicht.

11

Um elf Uhr fuhr Jana nach Keitum zum Agility-Trainingsplatz. Es war stark bewölkt, sehr windig, und immer wieder prasselte ein Regenschauer nieder. Das konnte ja heiter werden.

Jana stieg aus und suchte den Trainer. Der stand in der Mitte der Wiese und diskutierte gerade mit dem Frauchen eines kleinen Foxterriers, der unruhig an seiner Leine auf und ab sprang. Jana ging auf die beiden zu.

Ben trug einen olivgrünen Militäroverall, ein Piratentuch um die Stirn und abgelatschte Chucks an den Füßen. Sein Outfit erinnerte an eine Mischung aus Surfer, Billig-Rambo und Survival-Camp-Trainer. Jana musste sich das Lachen verkneifen. Welchem Film war der denn entsprungen?

»Hallo, ich bin Jana«, platzte sie in das Gespräch und hielt Ben ihre Hand hin.

»Moin«, antwortete der knapp und nahm ihre Hand nicht. »Wartest du bitte noch eine Minute? Ich bin gleich für dich da.«

Etwas verprellt zog Jana ihre Hand zurück. Wie bestellt

und nicht abgeholt stand sie nun neben den beiden und schaute sich um: eine große Wiese, an deren Rand eine kleine Hütte stand. Auf dem Rasen lagen diverse Hürden, Wippen, Hütchen und Slalomstangen. Außerdem flatterte eine Stoff-Tunnelröhre im Wind.

»Moin, Jana!« Ben hatte sein Gespräch beendet, kam zu ihr und reichte ihr die Hand. Sie fühlte sich hart und rau an, und sein Schraubstockgriff zerquetschte ihr fast die Finger.

»Aua!«, rief sie empört, entriss Ben reflexartig ihre Hand und schüttelte sie schmerzerfüllt aus.

Der murmelte: »Sorry«, und schaute sie verächtlich an. »So eine Memme!«, war in seinem Blick zu lesen. Offensichtlich kamen nur die Harten in seinen Garten.

Es war Abneigung auf den ersten Blick. Woran liegt es, dass man manche Menschen von der ersten Sekunde an nicht mag und sich in andere sofort verliebt? Magie? Chemie? Tausend kleine Signale und Duftstoffe, die das Gehirn in Sekundenbruchteilen scannt? Frühe traumatische Prägungen? Hatte sie eine unerkannte Allergie gegen Möchtegern-Chuck Norrisse? Egal. Die Pflicht rief.

»Dann hol die Bestie doch mal aus dem Auto«, schlug das Chuck-Imitat vor.

Jana ging zu ihrem Benz und tat wie ihr geheißen. Neugierig sprang James heraus und sprintete zu Ben, der in die Hocke gegangen war, um ihn zu begrüßen.

»Da bist du ja, du Rabauke«, sagte er zu James und kraulte seinen Nacken. James wedelte dabei mit dem Schwanz, als wäre der ein Propeller. »Rabauke« – das war ja immerhin ganz süß, dachte Jana ein bisschen besänftigt.

Im Gegensatz zu Jana schien James Ben zu mögen. Welchen Befehl Ben auch aussprach, um James' Erziehung zu testen – James gehorchte. Der totale Musterschüler. »Streber«, dachte Jana und fand es etwas verräterisch, dass er sie so schnell links liegen ließ. Er schien sich komplett in Ben verliebt zu haben. Zumindest konnte Ben wenigstens gut mit Hunden und schien auch die nötige Autorität auszustrahlen. Das war schon mal gut. Wäre beruflich ja auch ziemlich unpraktisch, wenn nicht, dachte Jana sarkastisch.

»Die Grundbefehle kann er ja«, befand Ben. »Nun geh bitte mal mit ihm an der Leine, damit ich mir ein Bild machen kann.«

Jana klickte die Leine an James' Halsband und marschierte Richtung Wiesenmitte. Leider funktionierte der Spaziergang nicht besonders gut. Ständig preschte James los, brach nach links und rechts aus und zog Jana hinter sich her, die ihn verzweifelt zurückzerrte und immer wieder »Fuß!« brüllte.

»Du bist total verspannt!«, sagte Ben, als sie wieder bei ihm ankamen und Jana erschöpft nach Luft schnappte. »Das merkt der Hund! Lass doch mal locker!«

Toller Tipp, du Arschloch, ärgerte sich Jana im Stillen. Am liebsten hätte sie ihm eine geknallt.

»Wenn ich lockerlasse, reißt er sich los und zischt ab«, erwiderte sie mit zusammengebissenen Zähnen.

»Geh noch mal mit ihm!«, befahl Ben, und das Schauspiel wiederholte sich.

»Was ist denn mit dir los? Warum bist du so verkrampft?«, wollte Ben nun von ihr wissen.

»Was meinst du denn damit?«, fauchte Jana wütend. »Ich bin überhaupt nicht verspannt!«

»Das Problem bei auffälligen Hunden liegt meist am anderen Ende der Leine, beim Herrchen oder Frauchen«, dozierte Ben und lächelte dabei unangenehm besserwisserisch. »Wenn ein Hund auffällig wird, liegt das in der Regel an Fehlern in der Erziehung und der fehlenden Kenntnis der Halter über den Charakter ihres Hundes. Die Rasse spielt dabei so gut wie keine Rolle.«

»Aha!«, sagte Jana und überlegte, Ben zu erzählen, dass James gar nicht ihr Hund war. Aber das würde die ganze Sache vermutlich nur noch mehr verkomplizieren. Vielleicht müssten dann die wirklichen Halter, sprich Nele und Tom, anreisen, und das war ja momentan nicht möglich.

»Und bei dir sehe ich, dass du nicht genug Sicherheit ausstrahlst«, fuhr Ben fort. »Der Hund glaubt, er müsse dich beschützen, und das ist fatal.«

»Hmpf«, machte Jana mürrisch.

»Was war denn der Grund für den Wesenstest?«, erkundigte sich Ben. »Warum hat Kretschmann den verordnet?«

Jana deutete auf James' verbundene Pfote und erzählte von James' Tierarztangst, seinem Zittern und Schnappen.

»Das hat vermutlich nichts mit einem charakterlichen Defekt zu tun. Das ist ein Trauma, und das können wir wieder ausheilen. Aber schnappen darf er natürlich nicht. Und er muss sich überall anfassen lassen! Ist dir sonst noch etwas an ihm aufgefallen?«

»Er legt sich mit anderen Rüden an«, überlegte Jana.

»Gleichgeschlechtliche Unverträglichkeiten sind als

normales Verhalten unter Caniden anzusehen«, referierte Ben, »sofern diese nicht ausarten.«

»Meine Güte, wie hochtrabend der redet«, dachte Jana. Vermutlich ein Abendschüler, der einem jetzt seinen mühsam angearbeiteten Bildungsstand um die Ohren hauen musste.

»War er an der Leine, als er sich mit dem anderen Rüden angelegt hat?«, erkundigte sich Ben.

»Ja«, bestätigte Jana und dachte mit Grauen an das schreckliche Erlebnis im Lehmweg zurück. »Ich hatte ihn extra in den Sitz befohlen, damit der andere Rüde problemlos vorbeikommt. James hatte ihn schon von Weitem angeknurrt.«

»Siehst du? Genau das war vermutlich der Fehler!«, rief Ben so erfreut, als hätte er gerade die Formel für Zeitreisen gefunden. »Der Hund glaubte erstens, er müsse dich beschützen, weil du durch den Sitz-Befehl und das Warten Angst vor dem anderen Hund ausgestrahlt hast, was ja auch stimmte. Und zweitens war er durch die Leine in seiner Bewegungsfreiheit eingeschränkt, was ihn panisch und aggressiv gemacht hat. Wärst du locker geblieben und hättest ihn freigelassen, wäre vermutlich gar nichts passiert.«

»Aber ich konnte ihn in der Stadt doch nicht einfach freilassen!«, protestierte Jana.

»Stimmt«, gab Ben zu. »Ich wollte damit auch nur sagen, dass das Ganze wohl eher an der Gesamtsituation gelegen hat als an einem chronisch-aggressiven Defekt des Hundes.«

Jana nickte. Immerhin hielt Ben James offenbar nicht für gefährlich.

»Fällt dir sonst noch etwas ein?«, fragte Ben.

»Er hat seinen eigenen Kopf!«, sagte Jana.

»Inwiefern?«

»Wenn er schwimmen will, dann macht er das, egal, ob ich das will oder nicht«, gestand Jana und erzählte Ben eine erfundene Variante von James' Schwimmausbruch, die am Hundestrand spielte anstatt im Lister Hafenbecken.

»Das geht natürlich nicht«, fand Ben. »Du musst ihn jederzeit abrufen können, und er muss dir bedingungslos gehorchen!«

»Träum weiter«, dachte Jana.

»Ist er sehr schreckhaft?«, erkundigte sich Ben. »Hat er einen ausgeprägten Jagdtrieb? Gibt er Sachen nicht wieder her?«

Das konnte Jana zum Glück alles verneinen. Sie kam sich vor wie bei einem Quiz.

»Kannst du ihm sein Futter wegnehmen? Oder einen Knochen?«

Auch das war kein Problem. »Ja, das geht«, antwortete sie.

»Das ist schon mal gut«, befand Ben.

»Wie funktioniert das denn nun mit diesem Wesenstest?«, fragte sie im Gegenzug, um Bens inquisitorische Befragung zu unterbrechen.

»Als Wesenstest bezeichnet man eine standardisierte Prüfung mit sogenannter ›Inaugenscheinnahme‹ des Hundes«, dozierte Ben und setzte sich auf eine Kiste. »Ziel des Tests ist es, Besonderheiten im Verhalten des Hundes zu erkennen, um beurteilen zu können, ob er zu gefährlicher Aggression neigt.«

Jana setzte sich auf die Wiese, James ließ sich neben ihr nieder mit seinem üblichen Donnergroll-Ächzer.

»Die Gutachterin prüft besonders die Reaktion des Hundes auf Reize, die bekanntermaßen Aggressionsverhalten auslösen könnten«, fuhr Ben fort und genoss es sichtlich zu reden. »Ein bestimmtes Maß an Aggressionsverhalten ist natürlich normal, und ein Hund, der in bedrohlichen Situationen knurrt oder bellt, ist nicht automatisch gefährlich. Beim Wesenstest geht es darum, diejenigen Hunde herauszufiltern, die in bestimmten Situationen vollkommen ausrasten und nicht mehr zu bändigen sind.«

»Und was sind das für Situationen?«, fragte Jana ängstlich und dachte an James' Ausraster mit dem Boxer im Lehmweg.

»Ein Hund muss gegenüber Joggern, Radfahrern, rennenden Kindern und ängstlichen Personen souverän bleiben«, zählte Ben auf und machte dabei ein gelangweiltes Gesicht. »Wenn ein Mensch auf ihn oder sein Herrchen zuläuft, darf er kein Angriffs- oder Verteidigungsverhalten zeigen.«

»Und wenn jemand auf sein Frauchen zuläuft?«, versuchte Jana, witzig zu sein, doch Ben verzog keine Miene und verdrehte nur genervt die Augen.

»Er muss seinen Ball, Knochen, Beute oder Spielzeug auf Befehl jederzeit an sein …« Ben schaute Jana direkt an und zeichnete mit seinen Fingern Anführungszeichen in die

Luft. » … Frauchen abgeben und darf sich bei Beute-Zerrspielen nicht zu heftig in das Spiel hineinsteigern.«

»Was für ein Idiot«, dachte Jana und fragte sich im Stillen, was wohl Beute-Zerrspiele waren. Hoffentlich wollte Ben das nicht mit ihr spielen.

»Außerdem muss man ihn, wie schon gesagt, überall anfassen können: an den Ohren, den Zähnen, dem Hinterteil und natürlich auch an den Pfoten.«

»Hm«, sagte Jana skeptisch. »Das wird schwierig.«

»Nichts ist unmöglich«, schmetterte Ben ihr entgegen und klang dabei wie ein drittklassiger Motivationscoach.

»Wichtig ist auch, wie der Hund reagiert, wenn man ihm direkt in die Augen guckt, mit der sogenannten Drohfixierung. Senkt er dann den Blick? Wird er aggressiv? Und so weiter und so fort …«, beendete Ben seinen Vortrag.

»Puh«, sagte Jana und fühlte sich jetzt schon erschöpft. »Das ist ja schlimmer als meine Abiturprüfung!«

»Ja, auch die Bildungselite braucht ab und an mal meine Hilfe«, schmunzelte Ben selbstgefällig.

»Und bei dem Gutachten testet die Gutachterin dann alle Punkte nacheinander durch, oder wie darf ich mir das vorstellen?«, fragte Jana.

»Genau«, bestätigte Ben und nickte. »Du, James, Frau Marquardt und ein paar Helfer kommen morgens hierher, und dann geht es in vier Abschnitten ans Eingemachte: Zuerst geht es um den Hund-Mensch-Kontakt, dann um den Hund-Umwelt-Kontakt, dann um den Hund-Hund-Kontakt und zu guter Letzt um den allgemeinen Gehorsam.«

»Helfer?«, fragte Jana irritiert.

»Ja. James muss ja mit Menschen und Hunden konfrontiert werden, die er noch nicht kennt«, erklärte Ben.

»Und was machen die dann mit ihm?« Jana wurde flau. So ernst hatte sie sich die Situation gar nicht ausgemalt.

»Stell es dir wie eine Theateraufführung vor«, riet Ben. »Jemand wird James an der Rute anfassen oder ihm die Hand auf den Rücken legen. Es wird ihn jemand anstarren. Ihm werden Jogger oder Rollstuhlfahrer entgegengeschickt. Eine Fahrstuhlsituation, wo er mitten in einer Menschengruppe steht, wird simuliert. Er wird angeschrien und mit einem Stock und einem brennenden Feuerzeug bedroht. Ein Regenschirm wird plötzlich vor ihm aufgespannt, er muss an der Leine an einem klingelnden Fahrrad und einem plötzlich hupenden Auto vorbeigehen und wird mit einem anderen Rüden konfrontiert. Und so weiter und so fort ...«

»Wie furchtbar!«, rief Jana und war ehrlich erschüttert. »Der Arme! Das ist ja der reinste Psychoterror! Da würden ja sogar die meisten Menschen ausflippen!« War Ben ein Sadist? Waren die hier auf der Insel alle komplett bescheuert?

»Klingt ganz schön heftig, ich weiß«, gab Ben zu. »Aber wir haben ja noch vier Wochen Zeit, euch darauf vorzubereiten!« Er grinste Jana aufmunternd an.

Dann fügte er hinzu: »Es muss dir aber klar sein, dass mindestens die Hälfte der Arbeit bei dir liegt. Du als Hundehalterin musst jederzeit in der Lage sein, sein Aggressionsverhalten zu unterbinden, sodass keine Belästigung oder Gefährdung von Menschen und Artgenossen auftreten oder Situationen eskalieren können.«

»Herrje ...«, seufzte Jana und schaute hoffnungslos auf

James, der friedlich wie ein Lämmchen auf dem Boden lag. Wie sollte sie das denn schaffen?

Als hätte Ben ihre Gedanken gelesen, sagte er: »Eine ›blitzsaubere‹ Unterordnung ist nicht nötig, aber es muss deutlich werden, dass der Halter auf seinen an- und abgeleinten Hund einwirken kann.«

Jana schluckte.

»Er muss kommen, wenn du ihn rufst, und natürlich einigermaßen normal an der Leine gehen«, ergänzte Ben. »Du musst natürliche Autorität, Souveränität und Dominanz ausstrahlen, sonst merkt der Hund das und nimmt dich nicht ernst. Ich habe nicht das Gefühl, dass du das schon kannst. Aktuell hast du irgendwie keinen Drive!«

ZACK! Schon wieder so eine Unverschämtheit! Hatte der einen Knall? War er ein Frauenhasser?

Als Hausaufgabe verordnete Ben ihr, »Pfötchen geben« zu trainieren. »Erst wenn er dir seine Pfote gibt und du sie festhalten darfst, ist das Ziel erreicht«, befahl er. »Dadurch lernt er, sich anfassen zu lassen.«

»Pfote geben, wie lustig«, dachte Jana. Da schnappte das blöde Vieh doch sofort.

»Du solltest ihn zusätzlich auch oft bürsten«, ergänzte Ben. »Da muss er sich auch unterordnen!« Er reichte Jana zum Abschied die Hand und nahm ihre wieder in den Schraubstock. »Wird schon werden! Und muss es auch: Frau Marquardt ist in letzter Zeit nämlich extrem streng. Wahrscheinlich hat sie vom Veterinäramt neue Auflagen bekommen.«

Fix und fertig brauste Jana nach Hause. Sie schäumte vor

Wut. Dieser vollkommen absurde Test. Nirgendwo auf Sylt gehorchten die Hunde, sie zerrten ständig an ihren Leinen. Und ausgerechnet an James wollte man nun ein Exempel statuieren. Unfassbar! Und dann dieser idiotische, selbstgefällige Ben! Von diesem Indiana-Jones-Double für Arme musste sie sich doch nun wirklich nichts sagen lassen. Der war komplett humorbefreit und offenbar bis ins Mark frustriert. Eigentlich war er wie Dr. Kretschmann in Jung, fand sie. Aber was sollte sie tun? Sie brauchte ihn und war auf ihn angewiesen. Wenn sie bei Ben das Handtuch warf, nähme man ihr James vermutlich sofort weg, befürchtete sie.

Viel zu schnell raste sie Richtung Wenningstedt. Als sie in Westerland an einer Ampel ihr Handy checkte und dadurch den Sprung von Grün auf Rot verpasste, hupte ein BMW-Fahrer hinter ihr ununterbrochen, als wäre er gerade auf seiner Hupe kollabiert. Jana zeigte ihm den Zeigefinger und grinste in den Rückspiegel. Nicht pöbeln, sondern überlegen lächeln, war die Devise wirklich souveräner Menschen, fand sie. Und der Zeigefinger galt ja schon länger als der Mittelfinger der Trendelite.

Zu Hause rödelte sie sich erst mal einen starken Kaffee aus der Nespresso-Maschine. Sie hatte noch eine Stunde bis zu ihrem Date mit Frank und musste sich dringend abregen. Vielleicht hatte er ja eine gute Idee, wie sie aus dieser absurden Nummer wieder rauskäme.

Sie ging unter die Dusche, und das warme Wasser, das wie eine sanfte Massage auf sie einprasselte, beruhigte und besänftigte sie. Sie würde jetzt gleich Frank wiedersehen –

dagegen war doch alles andere ziemlich egal. Frank würde schon eine Lösung finden.

Zufrieden und voller Vorfreude trocknete sie sich ab und schminkte sich.

Sie sah Franks schwarzen Cayenne schon von Weitem und bog mit klopfendem Herzen neben ihm auf den Parkplatz ein. Als Frank ihr Auto sah, lächelte er sie durch die Scheibe der Fahrertür an und stieg aus, um sie in den Arm zu nehmen.

»Wie schön! Ich freue mich«, raunte er dabei in ihr Ohr.

Janas Puls begann zu rasen. Es fühlte sich an, als würden fünfzehn Packungen Brausepulver auf einmal in ihrem Bauch aufschäumen. Symptome, die ihr gut bekannt waren und die sie viel zu lange nicht mehr gespürt hatte.

Das Date mit Frank war der totale Kontrast zu dem, was sie am Vormittag erlebt hatte. Wenn Ben Yin war, war Frank Yang. Wenn Ben Nacht war, war Frank Tag. Wenn Ben salzig war, war Frank süß. Größer könnte das emotionale Gefälle, das die beiden in ihr hervorriefen, kaum sein. Franks Lächeln, seine weißen Zähne, der Duft seiner Haut, der ihr bei der Umarmung kurz in die Nase wehte ... Jana hatte nicht gedacht, dass ihr Wiedersehen eine solche Reaktion in ihr hervorrufen würde. Frank war sparkling, löste ein Prickeln in ihr aus, und an Ben wollte sie jetzt überhaupt nicht mehr denken.

Auch James schien sich sehr über Paula zu freuen und schnupperte aufgeregt an ihr herum. Ob er ihr wohl von seinem Tierarzterlebnis erzählte und dabei so tat, als wäre er halb umgekommen, damit sie seine Tapferkeit bewunderte? Ob er mit seinem Kopfsprung ins Lister Hafenbecken prahlte? Paula schaute ihn jedenfalls sehr aufmerksam an …

Sie spazierten einen schmalen Pfad durch die Heide Richtung Watt, während die Hunde vor ihnen spielten und tobten. Jana erzählte Frank von James' Verletzung, dem Tierarzt, dem Wesenstest und ihrer Idee, den Arzt zu verklagen.

»Das ist ja unfassbar«, empörte sich Frank. »Schade, dass ich nicht da war. Ich hätte dir einen guten Tierarzt nennen können.«

»Ja, schade«, bestätigte Jana und meinte es im doppelten Sinne.

»Aber verklagen würde ich den nicht. Das bringt nur noch mehr Ärger. Lass uns lieber zusehen, dass James diesen Test schafft.«

»Uns« – er hatte »uns« gesagt! Janas Herz machte einen Sprung. »Yes, we can«, schien es zu rufen. Die Zukunft war rosarot und bestand aus drei Buchstaben: UNS!

Immer wieder legte Frank beim Gehen seinen Arm um ihre Schulter oder ihre Taille, was Jana sehr genoss und ihr Aufregungslevel stetig erhöhte.

Nach dem Spaziergang lud er sie auf einen Drink in die Vogelkoje ein, ein idyllisches Restaurant mitten im Wald bei Kampen. Es hatte wieder aufgeklart, und die Temperatur war angenehm mild, deshalb nahmen sie auf der Gartenterrasse Platz, wo überall Kerzen brannten und aus den umliegenden Bäumen exotische Vögel zwitscherten. Jana fand es unglaublich romantisch, und der Sauvignon Blanc, den Frank souverän bestellt hatte, versetzte sie in einen äußerst angenehmen Schwebezustand.

Vergessen waren jeglicher Stress und Ärger. Während Frank irgendetwas erzählte und sie mit strahlenden Augen anflirtete, überlegte Jana, wie es wohl wäre, mit ihm zu schlafen. Sie hatte seit einer gefühlten Ewigkeit keinen Sex mehr gehabt. Die letzten beiden Jahre mit Ole hatte totale Flaute im Bett geherrscht, und vorher war es auch nicht besonders spannend gewesen.

Sie betrachtete Franks braun gebrannte Hände. Wie er sie wohl streicheln würde? Wie sich seine Hände auf ihrer Haut anfühlen würden? Ihr wurde heiß, und sie versuchte, sich wieder aufs Gespräch zu konzentrieren.

War sie verliebt? Oder waren ihre Gefühle nur Einbildung, weil sie sich nicht mit ihren eigentlichen Problemen auseinandersetzen wollte und es einfacher war, sich in einen vermeintlichen Verliebtheitsrausch zu flüchten? Sie kannte Frank ja schließlich gar nicht, und normalerweise sprang sie nicht so schnell an.

Jana nahm noch einen Schluck Wein und schob ihren desillusionierenden Selbstreflexionsanfall beiseite. Ihre körperlichen und emotionalen Reaktionen waren eindeutig. Sie war verliebt. Es hatte sie voll erwischt, ob sie wollte oder nicht.

Und sie wollte ja. Hoffentlich kamen sie heute einen Schritt weiter bzw. sich näher. Es sah ja ganz so aus. Voller Vorfreude leerte sie ihr Glas, und Frank schenkte ihr sofort nach.

Er stellte die Flasche zurück in den Kühler und schaute plötzlich erschrocken auf seine Uhr. »Es ist ja schon kurz vor neun!« Hektisch winkte er nach dem Kellner. »Sorry, Jana, ich muss los! Tut mir wirklich leid, aber mit dir vergisst man total die Zeit!«

Als sie sich am Auto verabschiedeten, hauchte Frank ihr einen Kuss auf die Wange, ganz dicht an ihrem Mund. Sie spürte seine Bartstoppeln, roch sein herrliches Aftershave und war im siebten Himmel. Mit Schmetterlingen im Bauch und einem Glücksgefühl wie als Kind beim Geburtstag schwebte sie Richtung Wenningstedt. Sie nahm noch mal die Strecke über Braderup, weil der Mond, Vollmond natürlich, gerade so schön aufging. Auf der Wattseite konnte man ihn wunderbar sehen.

Selten hatte Jana den Mond so groß und honiggelb erlebt. Wie ein riesiger oranger Frisbee schob sich der Trabant aus dem Meer den Himmel hoch und verlieh der spiegelglatten Nordsee dabei einen silbrigen Schimmer. Beeindruckt bog Jana in der Braderuper Heide auf einen schotterigen Feldweg ein, um das Schauspiel besser genießen zu können.

Über den Feldern und Wiesen lag milchiger Nebel, und Jana wollte plötzlich unbedingt wissen, wie sich das im Freien anfühlen und riechen würde. James schlief erschöpft auf der Rückbank, aber sie stieg aus und ging ein paar Schritte den Weg hinunter. Sie hörte Grillen zirpen und wie Kühe, die neugierig an den Zaun gekommen waren, ihren Atem ausstießen und Gras kauten.

Friedliche, unendlich schöne Kuhgeräusche. Der Schotterweg war noch warm unter ihren bloßen Füßen und so unbefahren, dass sie sich einfach auf den Boden setzte. Nur sie und die Natur, die sie in ihre Arme nahm wie ein lang vermisstes Kind.

Jana saß da ganz alleine mitten auf dem Weg und war einfach nur glücklich. Fasziniert und demütig angesichts dieses Schauspiels, der Geräusche, der Farben ... des Wunders überhaupt ...

12

ZZONGG! Laut scheppernd fiel die Haustür ins Schloss. Hinter ihr! Und sie stand draußen und war NACKT! Es war etwa drei Uhr nachts, und Jana fiel partout nicht ein, wie sie sich aus dieser absurden Situation befreien könnte.

Vor einer Minute war sie von James' Gejaule und Gefiepe mitten aus dem Tiefschlaf gerissen worden. Vollkommen benommen hatte sie sich aus dem Bett geschält, um nach ihm zu sehen, und ihn jaulend unten vor der Eingangstür gefunden, an der er hektisch mit seiner Pfote kratzte. Offenbar wollte er raus. Oder stand ein Einbrecher vor der Tür? Besuch? Frank?

Jana sprintete die Treppe hinunter und öffnete die Tür, durch die James sofort wie eine gesengte Sau abzischte. Voller Schreck sah sie, dass sie das Gartentor offen gelassen hatte, und machte einen Schritt aus der Tür, um es zu schließen, bis ihr einfiel, dass sie ja nackt war. Und da passierte es: Die Tür fiel hinter ihr ins Schloss!

Entsetzt stand sie im Eingang und konnte vor Schreck nicht klar denken. Außerdem fror sie erbärmlich. Was sollte sie denn jetzt machen? Und wo war James? Sie bedeckte mit dem rechten Arm ihren Busen und mit der linken Hand ihre Scham und lief erst mal zum Gartentor, um es zuzumachen. Die Kieselsteine der Auffahrt piksten dabei so schmerzhaft in ihre Fußsohlen, dass sie am liebsten laut aufgeschrien hätte.

Kaum hatte sie das Tor geschlossen, eilte sie auf Zehenspitzen um das Haus herum in den Garten. Zum Glück schien der Mond hell, und sie entdeckte James unter einer Kiefer, wo er sein Geschäft verrichtete. Offenbar hatte er Durchfall. Wahrscheinlich hatte er auf dem Nachmittagsspaziergang zu viele Kuhfladen oder Pferdeäpfel gegessen.

Was sollte sie jetzt bloß tun? Nackt auf der Straße zur Polizei gehen? Oder einen Schlüsseldienst anrufen, der sie dann unbekleidet vor ihrer Haustür finden würde? Aber anrufen womit? Ihr Handy war ja drinnen!

Jana wurde immer kälter, und sie trat nervös von einem Fuß auf den anderen. Es blieb keine andere Möglichkeit, sie musste bei einem der Nachbarn klingeln. Aber bei wem? Sie entschied sich für das Haus nebenan, aus dessen Garten neulich so ein fröhliches Gelächter zu ihr rübergeweht war. Wo man lachte, wohnten vermutlich keine Mörder, beruhigte sie sich.

Frierend und zähneklappernd huschte sie über die Straße zum Nachbarhaus und klingelte an der Tür. Hoffentlich wohnte da kein Perverser, der sie gleich ins Haus ziehen und zu einer Sexorgie zwingen würde, betete sie.

»Haddet jeklingelt?«, hörte sie direkt über sich eine Frau fragen. Die Stimme kam aus dem offenen Fenster im Dachgeschoss.

»Ja!«, rief Jana von unten.

Es dauerte eine endlose Minute, bis in der oberen Etage das Licht anging und kurz darauf die Außenlaterne über dem Eingang, wodurch Jana unangenehm beleuchtet wurde. Sie hörte, wie der Schlüssel im Schloss gedreht und die Tür geöffnet wurde. Vor ihr stand eine Frau um die vierzig, im Bademantel, mit verwuschelten Haaren und offen stehendem Mund.

»Äh?«, stotterte die Frau angesichts Janas Nacktheit und war kurz davor, die Tür wieder zu schließen, als Jana panisch »Nein, machen Sie nicht wieder zu!« rief. Die Frau schaute sie mit großen Augen an.

»Ich bin Ihre Nachbarin und habe mich gerade ausgesperrt, weil ich den Hund rausgelassen habe«, erklärte Jana und hoffte, dass das in den Ohren der Frau nicht vollkommen durchgeknallt klang.

Die Frau brach in schallendes Lachen aus, woraufhin auch Jana grinste. »Un isch dacht schon, dä Thomas hätt' eene Affäre«, japste sie.

»Komm Se doch rinn, Sie Ärmste! Isch hol Ihnä een Bahdemandel!«, rief sie und verschwand im Haus.

Dankbar huschte Jana durch die offene Tür ins Warme und stand daraufhin hilflos im Flur.

Ihre freundliche Retterin kam mit einem Bademantel zurück, in den Jana sich sofort kuschelte. Welch eine Wohltat!

»Isch mach Ihnä schnell een Tee!«, bestimmte die Frau, ging in die Küche und schaltete dort das Licht an. »Sie sinn ja janz durchjefroren!«, rief sie aus der Küche. Jana folgte ihr.

»Setzen Se sisch doch«, schlug die Frau vor, während sie einen Wasserkocher befüllte.

»Vielen Dank«, sagte Jana und setzte sich. »Ich sollte mich vielleicht mal vorstellen: Mein Name ist Jana Mertens, und ich bin die Schwester von Nele und Tom, denen das Haus neben Ihnen gehört.«

»Ach, Nele und Tom, datt ist ja schön«, rief die Frau erfreut und reichte ihr die Hand. »Isch bin die Judda! Der Thommas und ich, wir ham dieset Haus auch von meenen Eltern jeerbt. Und mit Ihrer Schwester und deren Mann ham wir schon oft zusammen jesessen. Sehr nette Leute sind datt!«

Jana schmunzelte im Geiste über Juttas heftigen Kölner Akzent. Aber sie waren wirklich sehr freundlich und lustig, die Rheinländer, musste sie zugeben. Genau, wie man gemeinhin behauptete.

Jutta hängte einen Teebeutel in einen Becher, goss ihn mit heißem Wasser auf und stellte ihn vor Jana hin. »Möchten Se Zucker dazu?«

»Nein danke! Sehr nett!«, lehnte Jana ab. »Das ist wirklich total lieb, dass Sie mich hier mitten in der Nacht aufnehmen«, sagte sie gerührt und schlürfte am dampfend heißen Tee.

»Schon jut«, winkte die Frau ab. »Ich konnte eh nit schlafe, weil dä Thomas schon wiedda so jeschnarcht hät.«

Sie lachte. Jana auch.

»Möjense auf dä Schreck vielleicht eene Schnaps?«

»Ich weiß nicht«, zögerte Jana.

»Ach komm Se! Datt wird uns juttun!«

»Na gut«, willigte Jana ein, die den Vorschlag ihrer Retterin aus Höflichkeit nicht ablehnen wollte.

Jutta stand auf, ging ins Wohnzimmer und kam mit einer durchsichtigen Flasche zurück.

»Datt ist die beste Birne, die ett jibbt«, sagte sie strahlend, holte zwei Schnapsgläser aus dem Schrank und schenkte sie voll.

»Erst mal die Luft aus den Gläsern lassen«, lachte sie, setzte sich, nahm ein Glas und prostete Jana zu. »Wollen wir du sagen? Isch bin die Judda!« Sie stieß ihr Glas gegen Janas, die es gerade etwas verdattert erhoben hatte.

»Gerne«, erwiderte Jana. »Ich bin Jana!« Lächelnd probierte sie einen vorsichtigen Schluck. Der Obstler war wirklich erstaunlich lecker und rann angenehm warm ihre Kehle hinunter.

»Un jetzt fraachste dich vermutlisch, wie lange de hier mit der Alden noch sitzen musst und wie de wieder in dein Haus kommst«, zwinkerte Jutta ihr zu und schenkte ihnen großzügig nach.

»Quatsch«, lachte Jana, schon leicht beschwingt von der Birne in ihrer Birne. »Ich finde es superlieb von dir, dass du mir hilfst.«

»Und die Birne tut wirklich gut!«, fügte sie hinzu und nahm einen großen Schluck.

»Jana, hömma!«, sagte Jutta und beugte sich mit Verschwörermiene zu ihr rüber. »Isch kann dir verrahde, datt under de Blumenkübel neben eurer Haustüre een Zweitschlüssel lieseht!« Triumphierend grinste Jutta sie an. »Den hat dat Nele da deponiert – für alle Fälle. Und dat is jetzt jawoll so een Fall!« Sie lachte mit heiserer Stimme.

Jana stimmte ihr zu.

Was für ein Glück im Unglück! Jana konnte es kaum fassen. Da hatte sie genau beim richtigen Haus geklingelt. Nicht auszudenken, wenn sie zu einem anderen Nachbarn gegangen wäre und von dort aus den Schlüsseldienst hätte rufen müssen. Sie hätte Jutta küssen können.

Zwei Schnäpse später verabschiedete sie sich herzlich von ihrer neuen Freundin, versprach, den Bademantel am nächsten Tag gewaschen zurückzubringen und ihre Retterin plus Gatten in den nächsten Tagen auf ein paar Gläser Wein einzuladen. Wo auch immer.

Es war halb fünf und fast schon wieder hell, als sie endlich ins Bett und sofort in einen tiefen Schlaf fiel. Was für ein Ritt!

13

Am nächsten Morgen erwachte Jana mit Kopfschmerzen. Es war bereits elf, und die Sonne brannte ihr durch die offene Gardine ins Gesicht. Es würde ein heißer Tag werden.

Über Nacht hatte sie ihr Handy auf lautlos gestellt, damit sie nicht ständig durch die Signaltöne eintreffender Mails, SMS oder Instagram-Posts, Facebook-Messages oder WhatsApp-Nachrichten geweckt wurde. Nach einem Blick aufs Display stellte sie erfreut fest, dass Frank ihr geschrieben hatte: »Guten Morgen, schöne Frau!«, stand da in einer weißen WhatsApp-Blase. »Das war ein sehr schöner Abend gestern. Bis morgen habe ich Besuch aus München, aber hast du Lust, übermorgen an den Rantumer Hundestrand zu gehen?«

Janas Stimmungsbarometer stieg blitzartig von null auf hundert, und auch die Kopfschmerzen verflüchtigten sich. Wenn sie ehrlich war, hatte sie sich schon gewundert, warum er die romantische Stimmung zwischen ihnen gestern Abend nicht ausgenutzt hatte, um sie zu küssen. Der kleine Mr Hyde in ihr hatte fiese Zweifel gesät und ihr »Der steht nicht auf dich! Vergiss es!« ins Ohr geflüstert.

Doch der stets optimistische, zuversichtliche Dr. Jekyll hielt mit »Der springt eben nicht einfach so von einer zur anderen. An einer reinen Bettgeschichte hat er offenbar kein Interesse, sonst hätte er dich schon längst flachgelegt und wäre danach auf Nimmerwiedersehen verschwunden« dagegen. »Der hat total ernsthafte Absichten, ist aber noch in seine Scheidung verstrickt und will es langsam angehen lassen. Wahrscheinlich möchte er seiner Gefühle für dich ganz sicher sein, bevor er loslegt!«

Mr Hyde daraufhin: »So ein Quatsch! Der kann doch zehn an jedem Finger haben. Wenn er nicht mit dir knutscht, findet er dich unsexy!«

Dr. Jekyll: »Halt die Klappe! Du hast ja keine Ahnung!«

Mr Hyde: »Oh là, là, Baby! (Lüsternes Lachen) Wenn du da mal nicht falschliegst. Willst du mal runterkommen?«

Jana schaltete das Kopfkino aus, machte sich einen Kaffee und schlurfte auf die Terrasse. Auch James schien noch etwas mitgenommen von ihrem nächtlichen Abenteuer und ließ sich träge auf einem Schattenplatz im Garten nieder.

Ziemlich widerwillig inspizierte Jana seine Hinterlassenschaft von gestern Nacht. Er hatte tatsächlich Durchfall. Na prima! Und wie bekam sie diesen Riesenmatschhaufen jetzt weg? Mit einer Schaufel schüttete sie erst mal Sand darüber, bis es nicht mehr so stank, holte eine Tüte aus der Küche und versenkte den Matschberg einfach darin. Puh! Erledigt!

Wie sollte sie den heutigen Tag verbringen? Strand fiel aus wegen Durchfall und Verband, und für eine weitere Fahrradtour fühlte sie sich gerade viel zu schlapp.

Sie könnte also im Garten mit den Übungen für den Wesenstest beginnen. Was hatte Ben noch mal befohlen? Sie sollte mit ihm Pfötchen geben üben – und ihn bürsten. Zum Bürsten hatte Jana absolut keine Lust und beschloss spontan, James scheren zu lassen. Dann würde er auch nicht mehr so viel hecheln, weil ihm nicht mehr so warm wurde, und das Thema »Bürsten« entfiel für den Rest ihrer Zeit als Dogsitter. Begeistert von ihrer Idee griff sie zum Telefon.

»So kurzfristig haben wir eigentlich nie Termine, die werden bei uns vier bis fünf Wochen im Voraus gebucht«, erfuhr sie von Steffi aus dem »Hundesalon Sylt«.

»Eigentlich« klang schon mal gut, fand Jana.

»Aber du hast Glück«, sagte Steffi dann auch fröhlich, »gerade hat mein Mittagstermin abgesagt. Wann könntet ihr hier sein?«

»Sofort«, sagte Jana und saß im Grunde schon im Auto.

»Jetzt geht's dir an den Pelzkragen, mein Süßer«, rief sie zu James nach hinten, als sie nach Westerland düsten. Was für ein Kalauer!

»Na, James?«, begrüßte Steffi den Neufundländer. Er war mit Nele und Tom schon einmal bei ihr gewesen, und Steffi erinnerte sich offenbar an ihn.

»Dann wollen wir mal!«

Sie dirigierte James auf einen Stahltisch, den sie elektronisch hochfuhr, nachdem sie ihn mit einem Halsband an einem Träger, der über seinem Kopf befestigt war, arretiert hatte. So fixiert konnte er weder ausweichen noch vom Tisch springen. Auch unter seinem Bauch zog Steffi einen Stoffgurt durch und befestigte ihn an dem Träger, damit der Hund sich während der Schur nicht einfach setzen konnte.

James hechelte zwar aufgeregt, schien aber nicht weiter beunruhigt.

»So, mein Süßer, dann legen wir mal los!« Damit er sich nicht erschreckte, hielt Steffi den surrenden Scherkopf an sein Ohr, und er durfte daran schnuppern. Nachdem er das Interesse verloren und das seltsame Ding offenbar für ungefährlich befunden hatte, setzte sie am Rücken an und legte los.

»Du kannst dich ruhig da um die Ecke in die Wartezone setzen«, schlug Steffi vor. »Das dauert hier sicher 'ne Stunde.«

»Brauchst du denn keine Hilfe?«, erkundigte sich Jana besorgt.

»Nee, das schaff ich schon«, lachte Steffi. »Und falls doch, rufe ich dich.«

Jana nahm vor der himbeerrosa Wand auf einem Stuhl Platz und blätterte sich durch die Hundezeitschriften und Prospekte, die auf einem Tischchen auslagen. Fasziniert tauchte sie in das Universum der Hundebesitzer ein. Sie erfuhr, dass im Kursaal in Wenningstedt zweimal jährlich sogenannte »Hundstage« stattfanden: je eine Woche im November und im März, mit Vorträgen, Veranstaltungen, Wattwanderungen, Fotoworkshops und sogar »Dog-Dancing«, was auch immer das war. Bei dem Gedanken, mit James in eine Hundedisco zu gehen, musste Jana spontan lachen. Ob er wohl gut tanzen konnte?

Die richtige Ernährung war offenbar ein Feld für sich, mit tausenderlei Möglichkeiten: Von der momentan schwer angesagten BARF-Fütterung (mit rohem Fleisch, Fisch und

Knochen plus ungekochtem Gemüse) über komplett vegane Mahlzeiten bis hin zu Dosen mit selbst gekochter Hausmannskost. Restaurants boten exotische Hundemenüs an, bei denen man seinem vierbeinigen Gefährten Straußenfleisch mit Mohrkarotten oder Thunfisch mit Biogetreide vorsetzen lassen konnte.

Aber auch sonst bot die Hundewelt erstaunliche Kuriositäten: Es gab Hunde-Physiotherapeuten, Hunde-Homöopathie, Zahnbleaching für funkelnd weiße Reißzähne, Nagellack für Pudelkrallen, Yoga für Rottweiler, diamantbesetzte Halsbänder, Kaschmirpullis für zitternde Chihuahuas und aufwendig importiertes norwegisches Gebirgsquellwasser mit Hühnchengeschmack.

Altersschwache Tiere wurden nicht mehr eingeschläfert, erfuhr Jana, sondern frühzeitig mit einer geriatrischen Prophylaxe bedacht. In schweren Fällen wurden goldene Hüftgelenke eingesetzt oder komplizierte Chemotherapien durchgeführt.

In Indien wurden Kühe und Elefanten verehrt, dachte Jana. In Europa schienen nun offenbar Hunde diese Kühe und Elefanten zu sein. Die Vierbeiner wurden gnadenlos verzärtelt und als höhere Wesen betrachtet.

In der Beziehung zwischen Mensch und Tier sei eine erstaunliche Entwicklung zu beobachten, wurde eine Tierärztin zitiert. Tiere würden neuerdings als Ersatz für Kinder oder Familie betrachtet, und viele Besitzer waren der Ansicht, Tiere seien die besseren Menschen.

Jana konnte sich noch gut daran erinnern, dass Hunde früher etwas Selbstverständliches waren, dem man nicht besonders viel Aufmerksamkeit schenkte. Auf dem Land lebte die Mehrzahl angekettet auf Höfen und bekam Essensreste und Kartoffelschalen vorgesetzt statt komplizierter Bio-Low-Carb-Menüs.

6,8 Millionen Hunde gab es aktuell in Deutschland, las Jana, und konstant stiegen jährlich die Ausgaben für Hundefutter, Accessoires und Leckerlis. Hundeshops boomten, und Tierbedarfs-Supermarktketten überzogen das Land. Irgendwie pervers, fand Jana. Sie liebte James und fand es mittlerweile auch superschön, ihr Leben mit einem Tier zu teilen. Aber für sie war James immer noch ein ganz normaler Hund und nicht der nächste Guru. Oder doch? Sie zögerte. Beim Blick in seine weisen, gutmütigen Augen war sie da manchmal gar nicht so sicher ...

»So, fertig!«, strahlte Steffi um die Ecke und war sichtlich stolz auf den athletischen Prachtkerl, den sie da aus dem Pelz geschält hatte. Beim Anblick von James blieb Jana der Mund offen stehen. Vor lauter Recherche hatte sie die wundersame Wandlung gar nicht mitgekriegt: Wie ein schwarzer Panther sah ihr Gefährte nun aus. Unglaublich elegant, athletisch und muskulös. Spitzenmäßig gebaut. »Wow, der hat aber echt eine tolle Figur!«, entfuhr es ihr begeistert.

»Ja, aber hallo«, bestätigte Steffi und klopfte James stolz auf den Rücken.

James hatte sich buchstäblich als Wolf im Schafspelz entpuppt: Mindestens drei Kilo Fell lagen um den Tisch herum, schätzte Jana. Der Fußboden sah aus, wie mit einem schwarzen, extrem dickflorigen Flokati ausgelegt.

James wirkte sehr glücklich und hechelte jetzt schon deutlich weniger.

»Du wirst sehen, ohne den dicken Pelz ist er gleich zwei Jahre jünger. Das wird ihm wahnsinnig guttun«, versprach Steffi, während sie die Haarbüschel auf dem Boden zusammenfegte.

In einer der Hundezeitschriften, die Jana gerade durchgeblättert hatte, gab es eine Frau, die aus dem Fell von Vierbeinern Pullover strickte. Sollte sie James' Haare mitnehmen und sich einen Rolli daraus fertigen lassen? Dann könnte sie mit ihm im Partnerlook herumlaufen. Jana musste lachen.

»Wenn der Verband ab ist, musst du die langen Haare an seinem Hinterbein mit der Schere abschneiden«, empfahl Steffi, als Jana an der Kasse bezahlte. »Oder du kommst einfach noch mal kurz vorbei!«

Stolz über das neue Outfit ihres vierbeinigen Walkers trat Jana aus dem Laden. Der schwarze Panther Baghira war im »Dschungelbuch« immer ihre Lieblingsfigur gewesen. Deshalb hatte ihre geliebte Oma eines Weihnachtens mal tief in die Tasche gegriffen und ihr eine fast lebensgroße Steifftier-Ausgabe geschenkt, die seitdem mit Jana das Bett teilte. Bis heute. Und nun, wo James geschoren war, fühlte sie sich, als würde sie endlich mit einem echten Panther spazieren gehen. Ein fantastisches, sehr aufregendes Gefühl. Das fanden schon auf dem Parkplatz offenbar auch andere Menschen, die sie unverhohlen anstarrten. Wie sich Kinderträume doch materialisieren konnten. Faszinierend, fand Jana.

»So, und nun lassen wir noch deinen Verband abnehmen«, sagte sie zu James, als er wieder auf dem Rücksitz saß. »Dann bist du richtig schick!«

Die Praxis von Dr. Müller, dem Tierarzt, den Daniel ihr empfohlen hatte, lag in Keitum in einer entzückenden kleinen Reetdachkate. Überhaupt war Keitum wunderschön, fand Jana: alte Laubbäume, strohbedeckte Häuschen und viel Kopfsteinpflaster. Ein gewachsenes Dorf mit einer sehr positiven Atmosphäre.

Schon die Sprechstundenhilfe in der Praxis war tausendfach netter als Dr. Kretschmann. James zitterte zwar wieder, aber er schien trotz des Horrorerlebnisses nicht ganz so panisch zu sein wie beim letzten Mal.

Die Tür zum Behandlungsraum öffnete sich, und heraus trat ein kleiner, rundlicher älterer Herr mit grauem Vollbart. Er trug einen dunkelblauen Kittel, hatte freundliche blaue Augen und lächelte Jana und James an. Er lächelte!! Jana konnte es gar nicht fassen. Aber wieder blieb James eisern sitzen, als Jana ihn Richtung Tür ziehen wollte, und bremste sämtliche Bemühungen, ihn in den Stand zu kriegen, mit den Vorderbeinen ab.

»Ah, ich sehe schon«, sagte Dr. Müller und kam zu ihnen. »Müller, guten Tag!« Er reichte Jana die Hand und zwinkerte ihr zu.

»Und das ist?«

»James«, sagte Jana. »Er hat ein bisschen Angst vor Ärzten«, schob sie nach.

»Kein Wunder, was, mein Dicker?«, sagte Dr. Müller und

hielt James die Hand hin, damit er daran schnuppern konnte. »Wer geht schon gerne zu diesen Quacksalbern?«

Er holte einen Leckerlistreifen aus seiner Tasche, hielt ihn James vor die Nase, nahm die Leine und führte den Patienten problemlos ins Behandlungszimmer, wo er ihm den Streifen gab. Dann schloss er die Tür und klickte die Leine aus. James lief unruhig im Raum im Kreis.

»Können Sie mir kurz helfen, ihn auf den Tisch zu heben?«, bat Dr. Müller. »Am besten packen Sie ihn hinten unter dem Bauch, und ich übernehme die Vorderseite.«

»Er schnappt manchmal!«, warnte Jana. »Vielleicht ziehen Sie ihm besser einen Maulkorb um!«

»Wir versuchen das erst mal so«, entschied der Arzt, stellte sich neben James, griff mit der linken Hand von oben über seine Schnauze, schob den rechten Arm unter seinen Brustkorb, sagte: »Los!«, und – zack! – da stand James auch schon auf dem Tisch.

Schon wieder dieser Wunder-Schnauzengriff, dachte Jana. Der schien ja wirklich super zu funktionieren. Dr. Müller befahl den zitternden James in den Sitz, indem er ihm fest in die Augen schaute und den Zeigefinger erhob. Dann fasste er von oben und unten um sein Maul, zog es auseinander, drehte James' Kopf zu sich, drückte seine Zunge mit zwei Fingern hinunter und schaute in seinen Schlund. Alles ging rasend schnell, und James ließ es sich verdattert gefallen. Und mit diesem Übergriff schienen die Weichen gestellt: Dr. Müller besaß genug Autorität und vermittelte gleichzeitig Sicherheit und Souveränität, sodass James ihn als Leader akzeptierte. Während Jana James' Kopf mit dem

Schnauzengriff festhielt, konnte er problemlos dessen Hinterpfote anheben, den Verband abwickeln und die Wunde begutachten.

»Sieht gut aus!«, befand er. »Ich entlasse den Patienten als geheilt!«

Er streifte die Latexhandschuhe ab, warf sie in einen Tretmülleimer und fuhr den Tisch wieder runter.

Nachdem Dr. Müller ihm mit »... und hopp!« die Handlungsfreiheit zurückgegeben hatte, sprang James auf den Boden und lief danach aufgeregt mit wild wedelndem Schwanz im Kreis um den Tisch herum. Der Arzt baute sich vor ihm auf, hob den Zeigefinger und befahl: »Sitz!« James setzte sich artig und guckte treuherzig zu ihm hoch. Der Arzt holte noch ein Leckerli aus seiner Kitteltasche, reichte es ihm zur Belohnung und strich ihm über den Kopf. »Gut gemacht!«.

»Es gibt noch ein Problem«, presste Jana hervor und erzählte von Dr. Kretschmann und dem Wesenstest. »Können Sie das wieder aufheben?«, fragte sie hoffnungsvoll.

»Leider nein«, bedauerte Dr. Müller. »Wenn ein Tier einmal gemeldet ist, kommt man da nicht wieder raus. Aber das schaffen Sie schon. James ist doch ein Guter!«

Er lächelte ihn an, öffnete die Tür und gab ihm einen Klaps auf sein Hinterteil. »Und los! Die Freiheit ruft!«

So ein netter Arzt, dachte sie, als sie die Praxis verließ. Wie unterschiedlich immer alles sein konnte! Den einen Tag Regen und am nächsten schon wieder Sonnenschein ...

14

Schon wieder wurde Jana mitten in der Nacht aus dem Tiefschlaf gerissen. Das Festnetztelefon klingelte. Ein weinender Tom war dran: »Du bist gerade Tante geworden, Jana!«, schluchzte er. Es war fünf Uhr morgens und Jana schlagartig hellwach.

»Waaaasss???«, schrie sie begeistert in den Hörer. »Nee, oder?«

»Es ist ein Mädchen!« Toms Stimme brach. Er schluchzte.

»Ach, Süßer, wie toll! Ich freu mich so!«, jubelte Jana. »Ist denn alles dran? Alles gesund?«

»Ja, alles gut!«

»Und warst du dabei?«

»Hmm«, machte Tom. »Jana!«, gestand er mit brüchiger Stimme. »Das war das Ergreifendste, was ich in meinem ganzen Leben erlebt habe. Ich habe durchgehend geheult. Dieser kleine, winzige Mensch! Und Nele hat das so toll gemacht ...!« Er schluchzte schon wieder.

»Wie schön, Tom! Ich freue mich so für euch! Wo liegt sie denn? Darf man sie schon besuchen?«

»Sie darf wahrscheinlich heute Mittag schon nach Hause. Komm gerne vorbei! Ich muss jetzt auflegen! Bis morgen!«

Klick! Weg war er.

Und Jana Tante.

Sie war so aufgeregt, dass an Schlaf nicht mehr zu denken war. Sie schlurfte in die Küche, kochte sich einen Kaffee und genoss das orangerote Sonnenaufgangsspektakel, das sich ihr gerade vor dem Küchenfenster bot.

Dann schnappte sie sich ihren Laptop, setzte sich auf die Terrasse und checkte die Bahnverbindungen. Eventuell ging das ja schneller als mit dem Auto. Drei Stunden brauchte die Bahn von Westerland nach Hamburg und fuhr jede Stunde. Hin und zurück sollte die Fahrt dank des Schleswig-Holstein-Tickets nur schlappe siebenundzwanzig Euro kosten. Jana buchte sofort eine Fahrkarte, die sie auf ihr Handy schicken ließ. Allein der Shuttle kostete ja schon neunzig Euro und dann noch das Benzin. Da war die Bahn konkurrenzlos.

»Huuuuhuuuuu!!!«, hörte sie plötzlich eine Frauenstimme rufen, und Juttas Gesicht tauchte über dem Gartenzaun auf.

»Kann sse auch nit schlafe?«

»Nee«, rief Jana lachend.

»Dä Thommas schnarscht schon wieda, als ob er einen janzen Wald zersägen würde. Ich sach ett dir!«

»Magst du auf einen Kaffee rüberkommen?«, schlug Jana vor.

»Oh ja, geeeeerne!«, rief Jutta begeistert. »Moment!«

Zwei Minuten später stand sie in Bademantel, Nachthemd und zerzaustem Haar in der Tür. Jana braute ihr einen doppelten Espresso macchiato.

»Mit Zucker bitte«, bat Jutta. Gemeinsam setzten sie sich auf die Terrasse.

»Ich bin heute Nacht Tante geworden«, offenbarte Jana ihr, nachdem sie ihren ersten Schluck Kaffee getrunken hatte.

»Nä!!« Begeistert schlug Jutta sich auf die properen Oberschenkel. »Iss nich wahr!« Sie hatte Milchschaum an der Oberlippe, was ihr das Aussehen eines Albino-Schnauzerträgers verlieh. Jana musste sich ein Lachen verkneifen.

»Doch«, erklärte sie. »Nele und Tom haben eine Tochter bekommen.«

»Ach, is dat schön!«, freute sich Jutta. »Wir wollen auch noch Kinna.«

»Wenn dä Thomas mal gerade nicht schnarcht«, lachte Jana.

»Janz jenau«, stimmte Jutta ihr zu.

»Wat is dat denn???«, kreischte sie plötzlich entsetzt und deutete auf James, der gerade verschlafen in den Garten schlurfte. »Haste hier een Raubdier?«

»Nein«, lachte Jana. »Das ist James, Neles und Toms Neufundländer! Den habe ich gestern scheren lassen. Deshalb sieht er jetzt aus wie ein Panther.«

»Aber wirglisch«, fand Jutta und hatte offenbar Mühe, sich nach dem Schreck wieder zu beruhigen.

»Isch jeh dann mal wieder rübba«, sagte sie, nachdem sie ihre Tasse ausgetrunken hatte. »Sonst wundert der sich, wenn er aufwacht.«

»Bis später!«, winkte sie, als sie durch das Gartentor verschwand.

Jana fühlte sich plötzlich sehr müde und beschloss, noch mal ins Bett zu gehen. Mit zufallenden Augen schickte sie Daniel eine SMS, in der sie fragte, ob er James heute sitten könnte.

»Ja klar, bring ihn einfach im Laden vorbei«, war die Antwort.

Es war bereits Mittag, als Jana wieder aufwachte und nicht fassen konnte, so lange geschlafen zu haben. Na, das war wohl nötig gewesen, erteilte sie sich Absolution, hetzte aus dem Bett, machte sich fertig und brachte James zu Daniel.

Um kurz nach eins parkte sie am Bahnhof Westerland und wunderte sich über die gigantischen grünen Figuren mit überdimensional großen Füßen, die auf dem Bahnhofsplatz schief im Wind standen. Sie sahen aus wie riesige Oger, deren Haare vom Sturm in die Waagerechte geweht worden waren. Fehlte nur noch Shrek selbst. Wie lustig!

Die Bahn sollte um kurz vor halb zwei abfahren und um 16:21 Uhr in Altona sein. Perfektes Timing!

Jana fand ein relativ leeres Abteil ganz am Ende des Zuges und hockte sich an einen Tisch am Fenster. Pünktlich um 13:22 Uhr setzte sich die Bahn in Bewegung, ließ Westerland hinter sich, ratterte durch Keitum, über Wiesen und Felder und arbeitete sich schließlich auf den Hindenburgdamm vor. Jana sah die Landschaft und dann das Meer an sich vorbeiziehen und verlor sich in Gedanken.

Ihre kleine Schwester war nun Mutter – und sie? Nächstes Jahr wurde sie vierundvierzig. Sie war also ziemlich genau in der Mitte ihres Lebens angekommen und fragte sich, wo die Reise hingehen sollte – außer jetzt gerade nach Hamburg.

In den vergangenen zwanzig Erwachsenenjahren hatte sie ordnungsgemäß Psychohygiene betrieben und dabei immer wieder versucht, sich und ihr Leben zu optimieren: Sie hatte sich vegan ernährt, Yoga praktiziert, Fair-Trade-Kaffee getrunken, die Bücher von Paulo Coelho gelesen, Weight-Watchers-Punkte gezählt (wobei sie eher nach den Waitern gewatcht hatte in den Restaurants, in denen sie ihr Punktekonto stets nur ein »ganz kleines bisschen« überzog), verschiedene Therapien begonnen und wieder abgebrochen, einen Kochkurs belegt, ihre Klamotten vor dem ersten Tragen gewaschen, Obst vor dem Verzehr abgespült, Plastiktüten doof gefunden und die übliche Zahl an üblichen Beziehungen (kam das von »übel«?) absolviert.

Trotzdem hatte sie nicht das Gefühl, bezüglich ihrer Zukunft besonders viel klarer zu sehen. Die Hipster mit Vollbart, Männerdutt und Skinny-Stretch-Chinos, barfuß in Fünfhundert-Euro-Sneakers, die pseudooriginellen Trendburger mit handgewürgtem Lachs oder dreihundert Jahre abgehangenem Kuhfleisch, die Lillet-Wild-Berry-Drinks, die Birkenstöcker, die jetzt plötzlich alle trugen, die deutschen Weine mit ausgeflippten Namen, die Netflixserien, all die Statussymbole der Großstadt.

Jana war so gelangweilt davon. Sie machten sie weder satt noch glücklich. Aber was dann? Worin – ja, die Frage war so alt wie die Menschheit, wenn sie sich nicht sogar schon die Dinosaurier gestellt hatten – bestand der Sinn des Lebens? Wie wurde man erfüllt, zufrieden, ausgeglichen und glücklich? Sie hatte es in den dreiundvierzig Jahren, die sie nun bereits auf diesem Planeten zu Gast war, jedenfalls noch nicht kapiert.

Wo wollte sie hin? Was wollte sie noch tun? Erleben? Wie ihr Geld verdienen?

Fragen, die Nele sich nicht mehr stellen musste, die hatte ja nun ein Kind. Und das hatte keine Widerrufsfrist.

Nachdenklich schaute Jana aus dem Fenster.

Sollte sie nicht schnell auch noch ein Kind bekommen, bevor es zu spät war? Und bevor sie es unter Umständen den Rest ihres Lebens bereute?

Aber vielleicht würde sie es auch genauso bereuen, eines bekommen zu haben? Da waren sie wieder, die zwei Stimmen – Dr. Jekyll und Mr Hyde.

Ihre biologische Uhr tickte, aber angenommen, sie wollte – mit wem sollte sie jetzt ein Kind machen? Sie taxierte die Männer in ihrem Waggon: Zu klein! Zu breite Hüften. Zu wenig Haare. Zu viele Haare. Zu schlechte Zähne. Zu alt. Zu stillos ...

Und wenn sie rechtzeitig keinen mehr fand, weil wie in dem Spiel »Reise nach Jerusalem« alle Stühle bzw. guten Männer gerade besetzt waren oder sich partout nicht in sie verlieben und gemeinsame Stammhalter zeugen wollten? Was dann, verdammter Mist? Sollte sie es in dem Fall so wie die coolen Frauen in »Antonias Welt« machen? Das Sperma von einem Kneipenflirt im Yoghurtbecher mit nach Hause nehmen, anwenden und sich anschließend eine halbe

Stunde auf den Kopf stellen? Brrrrr, Jana gruselte es bei der Vorstellung. Das war eindeutig keine Option.

Köter statt Kinder, viele Paare schafften sich neuerdings lieber einen Hund an, als Kinder zu bekommen. Hunde brauchten kein eigenes Zimmer und keinen teuren Kitaplatz, waren einfach in der Pflege, gaben keine Widerworte, nörgelten nicht am Essen herum, hatten keine vierstelligen Handyrechnungen und nahmen nicht mit vierzehn schon Drogen.

Bestand denn ein Zusammenhang zwischen Geburtenrückgang und Hundeanmeldungen? Das musste sie sofort mal googeln, beschloss sie und schnappte sich ihr Handy. Was hatte sie im Hundesalon gelesen? Fast sieben Millionen Hunde gab es aktuell in Deutschland? Bei 82 Millionen Deutschen lebte also schätzungsweise jeder Elfte mit einem Hund. Der Zahl stand eine Geburtenrate von rund achthunderttausend (im Jahr 2016) gegenüber. Das waren sieben Prozent mehr als im Vorjahr. Die jährlich ermittelte Geburtenrate war damit zum fünften Mal in Folge weiter angestiegen, erfuhr Jana. Das war die höchste Geburtenrate seit 1973. Die durchschnittliche Geburtenziffer lag bei 1,59 Kindern pro Frau. Wie ein 0,59-Prozent-Kind konkret aussah, wollte Jana sich lieber nicht vorstellen. Aktuell lebten etwa elf Millionen Kinder in Deutschland, also doch deutlich mehr als Hunde, stellte sie erleichtert fest.

Das letzte Kind hat Fell, sagte man. Aber sie selbst als einsame Sechzigerin mit einem »Altersbaby«, wie man die Hunde älterer, kinderloser Damen nannte, das war keine besonders reizvolle Vorstellung!

Womit hing ihre Unzufriedenheit und die der meisten ihrer Freundinnen zusammen? Wie konnte die Selbstmordrate, die nirgendwo auf der Welt so hoch war wie in den westlichen Industrienationen, wieder sinken? Wodurch wurden die Menschen wieder glücklicher? Durch ein bedingungsloses Grundeinkommen? Matriarchat? Die Ökowende mit einer Welt als Bioparadies? Spirituelle »Wir haben uns alle lieb«-Invasionen? Zwangsnudismus für alle?

Oder würden Frauen vielleicht, wenn sie an der Macht wären, ein sensationell innovatives, neues, weibliches Gesellschafts- und Wirtschaftssystem aufbauen, in dem andere Maßstäbe galten (Kinderlachen statt Konsumfrust, Koitus statt Karriere, Empathie statt Ellenbogen, Kochpartys statt Kapitalismus) und das deshalb glücklicher machte?

Kurz bevor Jana beschließen konnte, sich als neue Bundeskanzlerin ins Spiel zu bringen, hielt der Zug in Altona. Endstation! Jana stieg aus, nahm sich auf dem Paul-Nevermann-Platz ein Taxi und ließ sich in die Isestraße fahren. An einem Blumenladen hielt sie kurz an und kaufte einen Riesenstrauß weißer Margeriten. Neles Lieblingsblumen.

Sie war tief erschüttert, als sie das winzige rosafarbene Wesen im Arm ihrer Schwester sah: so klein, so zart, so schutzlos! Wie ausgeliefert das menschliche Leben doch begann ... Jana streichelte die klitzekleine Hand mit den winzigen Fingern. »Herzlich willkommen auf der Erde, süßer Schatz!«, flüsterte sie in das Miniaturohr ihrer kleinen Nichte, die so herrlich nach Baby roch, und musste plötzlich weinen. Vor Rührung? Vor Selbstmitleid? Wechseljahre?

»Habt ihr schon einen Namen?«, fragte sie, während sie sich die Tränen von der Wange wischte

»Mila!«, sagte Nele, die blass und todmüde, aber strahlend glücklich aussah. Genau wie Tom.

»Wie schön!«, freute sich Jana. »Toller Name!«

»War es schlimm?«, erkundigte sie sich dann bei ihrer Schwester.

»Na ja, ein Wellnesserlebnis war es jetzt nicht gerade«, grinste die tapfer. »Aber es ging relativ schnell: Nach drei Stunden war sie schon da!«

Nachdem Jana von James erzählt und die beiden beruhigt hatte, gähnte Nele. Ihr fielen fast die Augen zu. Auch Tom legte sich zu seiner kleinen Familie aufs Bett. Sie ließ die drei jetzt lieber wieder alleine, beschloss Jana und rief sich ein Taxi.

Tief berührt fuhr sie zurück. Vor dem Abteilfenster ging die Sonne unter und tauchte Felder und Wiesen in rosafarbenes Licht. Was für ein Schauspiel! Jana bestellte bei dem Getränkemann, der seinen Wagen gerade an ihr vorbei durch den Waggon schob, ein Bier. Komisch war es, so ganz ohne Hund und Gehechel, fiel ihr auf. Jetzt, wo ihre Schwester eine Familie hatte, fühlte sie sich plötzlich seltsam unbegleitet und freute sich dementsprechend auf Sylt – und auf James.

Um kurz vor zehn klingelte sie bei Daniel, der in einem kleinen Rotklinkerhaus mit großem Garten im alten Teil von Westerland wohnte. James hatte sie anscheinend gehört oder ihre Rückkehr geahnt, denn er winselte vor der Tür. Als Daniel öffnete, flippte er fast aus vor Freude, sie wiederzusehen: Wie ein übergroßer Flummi sprang er wieder und wieder an ihr hoch und warf sie dabei fast um. Er bellte und jaulte und wedelte so wild mit dem Schwanz, dass Jana kurz Angst hatte, er würde gleich abheben.

Was für eine Begrüßung! Jana war total entzückt. So sehr war noch nie jemand über ihr bloßes Erscheinen in Ekstase geraten. Daniel stand daneben, betrachtete grinsend das Schauspiel und zwinkerte ihr zu. »Ja, das ist das Schönste am Hundebesitzerleben – diese überschäumende Freude, auch wenn du nur mal kurz Zigaretten holen warst. Ist das nicht rührend?«

»Ja, wirklich«, gab Jana zu und streichelte James, der sich ganz dicht an ihr Bein quetschte, ausgiebig den flauschigen Kopf, den Steffi zum Glück nicht geschoren hatte.

Sie tranken gemeinsam noch eine Apfelschorle in Daniels Garten, durch den James unermüdlich mit Fritz und Fanny tobte, und Jana erzählte von ihrer neugeborenen Nichte. Daniel wollte auch gerne irgendwann Kinder haben, »aber jetzt noch nicht!«. Der typische Satz der meisten deutschen Frauen. Jana hatte ihn schon tausendmal gehört.

»Aber für Boy und mich ist das ja auch alles nicht so einfach. Wir müssten ja erst mal eine Leihmutter finden ...«

Jana konnte förmlich sehen, wie eine Idee in seinem Kopf aufblitzte.

»Hast du nicht Lust ...«, begann er.

»Nee, nee, lass mal«, unterbrach Jana ihn und winkte ab.

»Ich habe immer ›später, später‹ gesagt, und nun ist der Zug abgefahren.«

Sie trank einen Schluck von ihrer Schorle.

»Aber hat nicht Brigitte Nielsen gerade mit vierundfünfzig noch ein Kind bekommen?«, fiel Daniel plötzlich ein.

»Echt?«, fragte Jana erstaunt.

»Ja klar! Stand gestern in der Zeitung! Und sogar auf komplett natürlichem Weg, hat sie gesagt.«

»Na, dann habe ich ja doch noch Zeit«, lachte Jana.

»Ach, was ich dich schon die ganze Zeit fragen wollte: Was ist eigentlich mit diesem Ben los?«, erkundigte sich Jana, als Daniel sie zum Auto brachte. »Der ist ja furchtbar! So humorlos und herrisch.«

Daniel lachte.

»Und diese Klamotten!«, rief Jana.

»Ja, da könnte er echt mal einen Stylisten vertragen«, gab Daniel zu und verriet Jana, dass Ben so frustriert war, weil er eigentlich Profisurfer werden wollte und nach einer Knieverletzung hatte aufhören müssen. Auch Daniel fand ihn mittlerweile etwas seltsam. »Dem bekommt das Alleinsein nicht. Der muss mal wieder vögeln!«, lachte er.

»Wie lange ist er denn schon Single?«, fragte Jana.

»Keine Ahnung!« Daniel zuckte mit den Schultern. »Jedenfalls musst du dich mit ihm arrangieren. Er ist der Einzige auf der Insel, der euch durch den Wesenstest coachen kann.«

»Schon klar«, sagte Jana zerknirscht. »Ich reiß mich zusammen!«

Sie verabschiedeten sich herzlich und verabredeten, demnächst mal zusammen essen zu gehen.

Zurück in Wenningstedt, sprang James aus dem Auto und zischte plötzlich wie von der Tarantel gestochen in den

Garten ab. Mit Donnergrollen. Erschrocken lief Jana hinterher. Ziel seines Wutanfalls war eine Taube, die panisch in die Luft flatterte, als der schwarze Panther auf sie zugaloppierte. Offenbar duldete James keine Tauben in seinem Revier. Macho!

Gerade als Jana im Bett ihr Handy ausschalten und das Licht löschen wollte, ploppte auf dem Display eine SMS von Frank auf: »Ich freue mich auf morgen!«

Ein grenzdebiles Lächeln breitete sich auf ihrem Gesicht aus.

»Und auf dich!«, stand in einer zweiten SMS, die just danach erschien.

Und Jana grinste noch mehr.

15

Der Kiosk am Parkplatz des Hundestrands in Rantum hatte selbst gebackene Hundekekse und Proviantbeutel im Sortiment. Jana kaufte James einen Keks und wartete auf Frank. Warum kam er denn nicht? Sonst war er doch immer schon vor ihr da ...

Sie wollte gerade mit wilden Interpretationen und Spekulationen beginnen, da bog Franks schwarzer Cayenne, eine Staubwolke hinterlassend, auf dem Parkplatz ein. Frank stieg aus, öffnete die Kofferraumklappe, um Paula rauszulassen, und kam strahlend auf Jana zu. Eine filmreife Szene: der schöne Mann, der mit blendend weißen Zähnen und knackigen Jeans auf sie zuschritt, locker einen Pullover um die Schultern geschwungen. Hätte nur noch die Zeitlupe gefehlt.

»Jana! Wie schön!«, rief er, als er bei ihr ankam, und nahm sie in den Arm.

»Dd-Dd-das find ich auch«, stotterte Jana, deren Zunge vor Verlegenheit plötzlich einen Blackout hatte. »Schöne Jeans!« Was war denn bloß los mit ihr? So verwirrt kannte sie sich gar nicht. Und das nur durch den reinen Anblick des

Objekts ihrer Begierde? Warum redete man bloß immer so einen Blödsinn, wenn man verliebt war?

»Danke«, lachte Frank. »Wollen wir gleich los?« Ohne ihre Antwort abzuwarten, hakte er sich bei ihr ein.

»Gerne«, sagte Jana und war froh, erst mal wieder ein bisschen zu sich kommen zu können.

Sie schlenderten auf dem staubigen Weg durch die Dünen zum Strand, und Jana erzählte von Mila, ihrer Nichte.

»Oh, wie toll!«, kommentierte Frank. »Kinder sind sooo wichtig! Ich bin so froh, dass ich welche habe.«

»Hmmm«, stimmte Jana zu, die bei dem Thema nicht wirklich mitreden konnte. Sie hatte ja keine Kinder.

»Willst du denn gar keine haben?«, fragte Frank, als hätte er ihre Gedanken gelesen.

»Doch, eigentlich schon«, druckste Jana herum und überlegte, ob das ein Angebot war. »Ich habe aber leider noch nicht den richtigen Mann dafür gefunden.«

»Das macht doch nichts«, lachte Frank. »Für Frauen ist es ja nicht besonders kompliziert. Ihr könnt euch ja theoretisch von jedem bestäuben lassen.«

Bestäuben? Jana stolperte über das verklemmte Wort.

»Für uns Männer ist es viel schwieriger«, fuhr Frank fort. »Wir müssen eine Frau finden, die sich gnädigerweise dazu herablässt, uns zum Vater ihres Nachwuchses zu küren. Und es gibt jede Menge Rivalen!«

Das klang irgendwie komisch, fand Jana. Irgendwie nicht so, als ob er ihr, Jana, ein Kind machen wollte. Und auch nicht so, als ob zwischen ihm und der Mutter seiner Kinder die große Liebe geherrscht hätte. Er hätte ja auch etwas von »Kinder sind die Krönung jeder Liebe« faseln können.

Egal! Sie waren am Strand angekommen, und sie wollte Frank bitten, ihr zu helfen, mit James Pfötchen geben zu trainieren. Er hatte ja versprochen, ihr zu helfen.

Sie sollte ein paar sehr verlockende Leckerlis parat halten, hatte Ben empfohlen. Sie sollte James in die Sitz-Haltung befehlen, ein Leckerli in die linke Hand nehmen, ihm circa zwanzig Zentimeter vor die Nase halten und ihn dadurch so weit ablenken, dass sie mit der rechten Hand kurz seine Pfote antippen konnte. Das Anfassen sollte dann sofort mit dem Leckerli belohnt werden.

»Mach nur«, sagte Frank fröhlich. »Ich halte so lange Paula fest und schaue euch zu.« Er entfernte sich drei Meter und nahm Paula an die kurze Leine.

So richtig gentlemanlike fand Jana das nicht. Sie hatte eigentlich gehofft, dass Frank mit seiner jahrzehntelangen Hundeerfahrung den Anfang machen und James erst mal einweisen würde. Nun gut, musste sie halt selber ran. Nützte ja nix.

Sie befahl James in den Sitz und wühlte in ihrer Tasche. Bei Daniel hatte sie gestern einen Sack getrockneter Pansenstücke gekauft, die bestialisch stanken. Ein paar davon hatte sie in einem Gefrierbeutel mitgenommen, der Rest müffelte zu Hause im Hauswirtschaftsraum vor sich hin. Sie kramte einen der Brocken heraus und verschloss ihn in ihrer linken Hand. Nicht gerade der verführerischste Geruch, schimpfte sie im Geiste mit sich. Was für eine bescheuerte Idee von ihr.

Frank war bestimmt nicht besonders aphrodisiert von einer Frau, die nach getrocknetem Kuhmagen roch.

James kapierte zunächst überhaupt nicht, was Jana von ihm wollte, und wurde hektisch und nervös angesichts des unfassbar leckeren Gourmethäppchens, das Jana ihm vor die Nase hielt, aber nicht herausrückte. Dass sie seine Pfoten antatschte, irritierte ihn ebenfalls sehr. Aber nach und nach gewöhnte er sich an das Spiel, das immer denselben Ablauf hatte. Das Leckerli schien zum Greifen nah, aber bevor er es kriegte, musste er diese blöde Prozedur mit dem Anfassen ertragen. Er ertrug sie.

Irgendwann war der Gefrierbeutel leer, und Jana beendete die Übung. Gar nicht mal so schlecht für den Anfang.

»Bravo!«, applaudierte Frank, der mit Paula ein paar Meter am Strand entlanggegangen war und dabei die meiste Zeit telefoniert hatte.

James durfte zur Belohnung ins Wasser und mit Paula toben, während Frank und Jana am Meeressaum liefen. Das Wasser war herrlich klar und grün, und die Wellen rauschten.

»Willst du gar nicht schwimmen?«, fragte Frank unvermittelt.

»Nein, das ist mir noch viel zu kalt«, sagte Jana und kam sich dabei vor wie eine ziemliche Spaßbremse. Sie sah auf ihre Uhr. Es war kurz nach zwei. »Außerdem muss ich um drei beim Tiertrainer sein wegen des Wesenstests!«

»Wo ist das denn?«, erkundigte sich Frank.

»In Keitum«, antwortete Jana.

»Hast du was dagegen, wenn ich mitkomme? Das interessiert mich!«, schlug er vor.

»Gerne«, sagte Jana freudig überrascht und hatte plötzlich die Idee, danach noch irgendwo mit ihm essen zu gehen.

Als sie pünktlich um drei am Trainingsplatz vorfuhren, registrierte Jana schon von Weitem Bens säuerlichen Gesichtsausdruck.

»Das finde ich eigentlich nicht so gut, dass du einfach jemanden mitbringst«, presste er denn auch aus seinen schmalen Lippen hervor, als sie mit Frank zu ihm trat. »Wir haben hier noch so viel zu tun, und du als Hundehalterin solltest dabei nicht abgelenkt werden.« Er guckte sie streng an.

»Und das ist hier auch kein Animationsprogramm für gelangweilte Millionäre«, fügte er zickig hinzu und bedachte Frank mit einem abschätzigen Blick.

»Hohoho«, lachte Frank. »Ein Perfektionist! Ist ja gut, ich warte da hinten am Häuschen und sehe einfach nur zu.«

Ohne Bens Antwort abzuwarten, ging er über die Wiese zur kleinen Hütte.

Ein typischer Hahnenkampf, dachte Jana. Alphatier-Gerangel. Die Hirsche hatten mal kurz ihre Geweihe aneinandergeknallt. Und Frank hatte dabei deutlich souveräner abgeschnitten. Wie süß, dass er auf sie wartete.

Mit finsterer Miene wies Ben Jana zu einem Slalomparcours mit etlichen hintereinander aufgereihten umgedrehten Eimern in der Mitte der Wiese. Jana folgte ihm fröhlich und schaute dabei zu Frank, der ihr zuwinkte.

»Heute steht Nicht-mehr-an-der-Leine-Ziehen auf dem Programm«, erläuterte Ben. »Leinenführung und körperliche Berührung waren ja seine Problempunkte, oder?«

»Richtig«, bestätigte Jana und verschwieg, dass Nicht-Gehorchen, sobald irgendein Gewässer auftauchte, auch noch dazugehörte.

»Okay. Das müssen wir beides parallel trainieren, sonst reicht die Zeit nicht. Hast du mit den Pfote-geben-Übungen schon begonnen?«

»Ja«, bestätigte Jana und berichtete ihm stolz von ihrer Übung am Strand.

»Gut«, presste Ben hervor. »Aber auch da ist es wichtig, dass James nicht abgelenkt wird. Solche Übungen sind purer Stress für Hunde und absolute Schwerstarbeit für ihr Hirn. Deshalb ist es besser, wenn er sich voll darauf konzentrieren kann. Üb das lieber ganz mit ihm alleine, irgendwo, wo ihr unter euch seid und Ruhe habt«, riet Ben.

Meine Güte, dachte Jana gekränkt. Ein Lob kommt dem aber auch nicht über die Lippen. So ein Trockenknödel!

»Bring ihn mal in den Sitz«, forderte Ben.

Jana tat wie geheißen, und James quetschte sich sitzend an ihr Bein.

»Die Leine ist ein Ausrufezeichen für Befehle und sollte wie ein verlängerter Arm sein, den du deinem Hund zum Schutz vor den Gefahren des Lebens reichst«, dozierte der strenge Lehrer. »Die Leine wird quasi zur Nabelschnur mit dem Frauchen, dem der Hund vertraut und an dem er sich orientiert. Die Leine behütet ihn und bietet ihm Führung.

Der Hund muss verinnerlichen, dass er sicher sein kann, dass ihm nichts passiert, sobald er angeleint ist.«

Ben schaute Jana kurz in die Augen, um zu überprüfen, ob sie ihm auch zuhörte. Jana nickte, doch mit ihren Gedanken war sie ausschließlich bei Frank, der ununterbrochen telefonierte und dabei wild gestikulierte. Ob sie sich heute küssen oder sogar miteinander schlafen würden? Bei dem Gedanken daran verspürte Jana ein aufregendes Prickeln im Bauch.

»Dein Hund geht nicht mit dir spazieren, weil er die Sonne genießen will oder die Blumen auf der Wiese hübsch findet«, fuhr Ben fort. »Für ihn ist jedes Gassigehen ein Jagdausflug. Ständig nimmt er etwas wahr, erschnuppert etwas und möchte deshalb gerne hierhin und dorthin rennen. Die Leine hindert ihn daran, und das findet er natürlich nicht gut.«

Schon wieder schaute Ben Jana prüfend an, die gerade kurz zu Frank gelinst hatte, der winkte und grinsend die Augen verdrehte.

»Die Leine muss also positiv besetzt werden. Er muss gerne an der Leine gehen und sie nicht als etwas Lästiges betrachten, das ihn behindert. Darum ist es zum Beispiel gut, auch mal mit ihm zu spielen und zu toben, während er angeleint ist.«

»Okay«, sagte Jana. »Klingt logisch! Hab ich verstanden.« Ein sarkastisches »Aye, aye, Käpt'n« konnte sie sich gerade noch verkneifen.

»Du, wenn du das alles hier nicht ernst nimmst, können wir auch gerne aufhören!«, zischte Ben plötzlich wütend, als er einen weiteren Blick von Jana zu Frank auffing. »Das ist kein Spiel hier, sondern bitterer Ernst. Wenn du den Test nicht schaffst, ist dein Hund weg«, polterte er.

»Entschuldige bitte«, stotterte Jana verlegen. »Ich war nur gerade kurz abgelenkt.«

»Hab ich gesehen«, knurrte Ben. »Ich finde es auch echt nicht gut, dass du deinen Freund mitgebracht hast. Mach das bitte nicht noch mal! Wir müssen uns hier wirklich konzentrieren. Die Zeit ist knapp genug!«

»Ist ja gut«, beschwichtigte Jana ihn und korrigierte absichtlich nicht, dass Frank gar nicht ihr Freund war. Zumindest *aktuell* noch nicht. »Ich versprech's.«

Ben nickte ihre in Aussicht gestellte Besserung gnädig ab.

»Hunde wie James sind totale Egoisten«, fuhr er fort. »Die ziehen ohne Rücksicht ihr Ding durch. Wenn sie etwas haben oder irgendwohin wollen, ist es ihnen vollkommen egal, ob du das auch willst. Ein James zieht dich dann einfach hinter sich her. Stark genug ist er ja.«

Ben schaute kurz anerkennend zu dem schwarzen Riesen.

»Er muss also akzeptieren, dass du sein Chef bist und deshalb die Macht über seine Bewegungsfreiheit hast. Du entscheidest, wann er wohin darf, und nicht er, verstanden?«

»Jo«, bestätigte Jana.

»O. k., dann wollen wir mal!«

Ben zog einen getrockneten Fleischriemen aus einer seiner zahlreichen Overalltaschen, zerriss ihn in kleine Stücke, ging zu der Eimerstrecke und legte auf jeden zweiten ein Streifenstück.

»Du gehst jetzt mit James kreuz und quer zwischen diesen Eimern lang. Dabei darfst du dich nicht von ihm irgendwohin ziehen lassen, sondern du musst den Weg bestimmen!«

»In Ordnung«, sagte Jana. »Los!«, rief sie James zu, der die Leckerlis bereits erspäht hatte und mit einem Satz sofort losraste. Jana flog förmlich hinterher.

Es war eine Katastrophe: James preschte wie tollwütig zwischen den Eimern durch, riss dabei die meisten um und schnappte sich nach und nach alle Leckerlis, Jana konnte nur noch hilflos hinter ihm herstolpern.

»Okay, das war nichts! Wir versuchen es noch mal«, sagte Ben, richtete die Eimer wieder auf und verteilte erneut Leckerlis auf deren umgedrehten Böden.

»Aber jetzt gehst du erst mal in einem ganz weiten Kreis um den Eimer-Parcours rum. Blick und Oberkörper sind dabei nach vorn gerichtet!« Ben machte es vor. »Und du guckst absichtlich nicht auf einen der Eimer!«

»All right!«, nickte Jana. Sie war schweißgebadet vor Konzentration und Anstrengung.

»Jedes Mal, wenn du an einem Leckerli-Eimer vorbeikommst, entscheidest du, ob James ihn nehmen darf oder nicht. Wenn er darf, lässt du dich nicht von ihm zum Futter hinziehen, sondern gibst ihm einfach mehr Leine. Wenn er nicht darf, vermeidest du, in Richtung des Eimers zu schauen, und versuchst, mit deutlicher Körpersprache weiterzugehen oder die Richtung zu wechseln. Die Leine soll nur dazu dienen, James daran zu hindern, sich die Futterstücke ohne deine Erlaubnis zu schnappen.«

»Puh«, sagte Jana. »Mal sehen, ob ich das schaffe ...«

Sie richtete sich auf, drückte die Schultern durch und schritt so stolz voran, als hätte die Queen sie gerade zum Ritter geschlagen. Obwohl sie nicht genau wusste, wie das ging, versuchte sie, Entschlossenheit und Dominanz auszustrahlen.

Es klappte schon besser: James zog zwar immer noch, schien aber verblüfft über Janas plötzliche Willensstärke.

Ben ließ die beiden die Übung viermal wiederholen. Jana lief der Schweiß übers Gesicht.

»Die Übung solltest du möglichst täglich in deinem Garten mit einem Parcours aus Stofflappen, Tellern oder Ähnlichem trainieren«, empfahl Ben.

»Und zum Schluss noch ein Tipp, damit er, mit oder ohne Leine, möglichst konstant neben dir geht statt vor oder hinter dir«, schlug er vor. »Du nimmst eine Handvoll Trockenfutter und hältst die geschlossene Faust auf Hüfthöhe neben dir, sodass James das Futter zwar riechen, aber nicht sehen und auch nicht danach schnappen kann. Während ihr geht, öffnest du immer mal wieder kurz die Faust und lässt ihn ein Stückchen nehmen. So hast du die ganze Zeit seine Aufmerksamkeit, und er lernt, dass es sich lohnt, an deiner Seite auf gleicher Höhe zu laufen.«

Jana verdrehte genervt die Augen. »Oh Mann! Muss das sein? Ich finde eigentlich, es reicht für heute«, maulte sie.

»Probier mal!«, ignorierte Ben ihren Protest, nahm ihre

rechte Hand und füllte ihr eine Portion Trockenfutter in die Handfläche.

Mürrisch spazierte Jana, flankiert von James (ohne Leine), in einem großen Bogen auf der Wiese herum. Erstaunlicherweise blieb der schwarze Riese tatsächlich die ganze Zeit auf Hüfthöhe. Er gierte zwar permanent nach Janas Faust, nahm die Stückchen aber extrem vorsichtig, wenn sie die Hand kurz öffnete. Sie war gerührt über seine Sanftheit.

»Und hier ist noch etwas«, sagte Ben und zog aus der Kiste, auf der er gesessen hatte, eine schwere Eisenkette hervor. »Die schmeißt du ihm hinterher, wenn er nicht gehorcht. Das Geräusch erschreckt ihn, und später reicht es dann, wenn du nur mit der Kette an seinem Ohr klöterst.«

Jana schaute resigniert auf die schwere Kette in ihrer Hand und kam sich vor wie der Wärter in einem mittelalterlichen Schloss. Das war doch alles überhaupt nicht zu schaffen.

16

Eine Stunde später saß Jana auf der Lounge in ihrem Garten und tat sich sehr leid.

Eigentlich hatte sie nach dem Training noch mit Frank essen gehen wollen – mit offenem Ausgang. Aber der musste schon wieder ganz eilig los. Irgendwie lief das nicht rund bei ihnen. Noch immer hatten sie sich nicht geküsst, und allmählich verlor Jana die Geduld bzw. den Glauben an Franks Verliebtheit.

»Ich muss ab morgen beruflich für drei Tage nach Berlin«, hatte er ihr zum Abschied gesagt. Und »Wollen wir zusammen essen gehen, wenn ich wieder da bin?« vorgeschlagen. Jana konnte sich darüber nicht so richtig freuen. Irgendwie ging ihr das alles zu langsam. Zu leidenschaftslos. War das ein Rendezvous, oder fand er sie einfach nur nett? War das verbindlich, oder bedeutete es nichts?

Der schöne Mann schüchterte sie ein. War er im Grunde nicht eine Nummer zu groß für sie? Er hatte Geld, sah blendend aus. Und sie? Sie war doch nur eine arbeitslose Mid-Agerin, die zwar ganz hübsch, aber im Grunde eher durchschnittlich aussah. Und ein Bäuchlein hatte sie auch. Woher nahm sie also die Hoffnung, er könnte sich in sie verlieben? Sie wollte nicht jemanden toll finden, der sie nicht ebenso toll fand ...

Vielleicht war es am klügsten, wenn sie sich ihn gleich aus dem Kopf schlüge. Jetzt, sofort und endgültig! Besser ein Ende mit Schrecken als ein Schrecken ohne Ende.

Durch ihre Überlegungen fühlte sie sich demoralisiert und zerknirscht, und ihre Laune sank auf einen dramatischen Tiefpunkt. Und dann auch noch dieses ganze Theater mit James und Ben. Und ihre Trennung von Ole, der verlorene Job, die drohenden Wechseljahre ... Sie nahm einen tiefen Schluck Bier. Zur Alkoholikerin wurde sie offenbar auch noch. War ja jetzt auch egal. Bockig nahm sie noch einen Schluck.

»Die Straße zum Versagen ist gepflastert mit verpassten Gelegenheiten und ungenutzten Chancen« – diese niederschmetternde Behauptung hatte ihr gerade ein Facebook-Posting entgegengeschleudert. Genau das war ihr Dilemma! Es traf exakt ihre Lebenssituation. Höchste Zeit für eine radikale Zäsur, eine glorreiche Wende!

Um James und auch sich selbst auszupowern und Frust abzubauen, beschloss Jana, einen spontanen Abend-Fahrradausflug zu unternehmen. In der Garage hatte sie ein altes Damenrad entdeckt, das noch funktionsfähig wirkte.

Doch leider schien James Angst vor Fahrrädern zu haben. Aufgebracht rannte er um das in seinen Augen bedrohliche Stahlding herum und knurrte und bellte die Reifen an. Als Jana versuchte, das Rad an ihm vorbeizuschieben, biss er panisch ins Vorderrad – zu Janas großem Glück, ohne es zu zerlöchern. Sie schob das Rad die kaum befahrene Straße hinunter, hatte James parallel dazu an der Leine und versuchte so, ihn an das Gefährt zu gewöhnen.

Es dauerte endlos, bis er neben ihr lief, ohne noch mal in den Reifen zu beißen. Sie setzte sich auf den Sattel und trat in die Pedale. James wechselte in den Trab, erhöhte dann aber plötzlich sein Tempo und zog Jana in halsbrecherischer Geschwindigkeit an der Leine hinter sich her. Sie rasten den Rest der Süder Wung hinunter und bogen links in den Osterweg ab, sausten an Feinkost Meyer vorbei und radelten immer weiter geradeaus auf dem Kampener Weg Richtung Kampen. Zum Glück reduzierte James sein Tempo relativ schnell wieder, denn sein Körper war einfach nicht für lange Sprints konstruiert.

Aber auch lange, durchgehende Läufe fielen ihm anscheinend schwer: Nachdem er etwa eine Viertelstunde brav neben dem Fahrrad hergetrabt war, schien er fix und fertig, wurde sekündlich langsamer und bewegte sich mit hängender Zunge nur noch im Zeitlupentempo. Irgendwann blieb er stehen und setzte sich erschöpft hin. Nichts mehr zu machen! Was stand noch auf dieser Neufundländer-Website? Sie lieben keine langen Spaziergänge und sind nicht sehr ausdauernd? James hatte diese Einschätzung soeben bestätigt.

Jana ließ ihn pausieren und beschloss umzukehren, das Rad zu schieben und ganz langsam und gemächlich mit ihm nach Hause zu gehen. Sie war sich allerdings nicht ganz sicher, ob er die Strecke tatsächlich schaffen würde.

Gerade als sie losgehen wollte, verfing sich ihr Blick an

einem gelbgrünen Schild am Wenningstedter Weg: »Bushaltestelle Norddörfer Schule«. Ein Gedanke blitzte in ihr auf: Beförderten die Sylter Linienbusse nicht auch Hunde – und das sogar kostenlos?

Sie zog James Richtung Wartehäuschen und entnahm dem dort aushängenden Fahrplan, dass der Bus im Zwanzig-Minuten-Takt verkehrte. Sie schaute auf ihre Uhr. In sieben Minuten wäre die »Sozialraupe«, wie man Busse im Snobjargon verächtlich nannte, hier. Sie setzte sich auf die Bank und wartete. James ließ sich erschöpft zu ihren Füßen nieder, augenscheinlich sehr froh über die schattige Pause.

Der Busfahrer wies sie an, ihr Fahrrad auf den Gepäckträger zu heben, der hinten am Bus angebracht war. Unter Aufbietung all ihrer Kraft schaffte Jana es tatsächlich, das sperrige Teil dort einzuhaken, obwohl es sich standhaft wehrte. Dann stieg sie mit James ein, der den ungewöhnlichen Transport erstaunlich lässig absolvierte. Besonders ängstlich schien er wirklich nicht zu sein.

Jana ließ sich auf einer der gepolsterten Bänke nieder, und James legte sich neben ihr in den Gang. Zum Glück war der Bus fast leer, sodass er niemandem den Weg versperrte. Vierbeiner als Gratis-Fahrgäste – freute sich Jana über die Hundefreundlichkeit der Insel.

An der Station »Wenningstedt Mitte« stieg das JJ-Duo wieder aus und ging die Strandstraße hoch Richtung Promenade. Am Kursaal schloss Jana ihr Fahrrad an, kaufte im »Iismeer« für sich und James als Belohnung für seinen tapferen Marathon ein Eis und setzte sich auf die Treppe, die hinunter zum Strand führte. Die Tourismuszentrale hatte die Holztreppe mit extrabreiten Stufen konstruiert, damit Sonnenuntergangsenthusiasten dort sitzen und dem Naturschauspiel zusehen konnten. Es gab sogar weiße Plastiksitzkissen, mit denen man es sich noch bequemer machen konnte.

Zu Janas Füßen leckte James im Liegen genussvoll seinen Eisbecher aus, und Jana konnte in Ruhe dem Feuerball zuschauen, der immer röter wurde und allmählich im Meer versank. Erneut war sie erstaunt, wie purpurn der Himmel plötzlich aufflammte, nachdem die Sonne untergegangen war.

Vielleicht sollte sie im nächsten Leben ein Fahrrad werden, erwog sie, als sie etwas später zu Hause im Bett lag. Die blieben viel länger unbeschädigt als Menschen und konnten zwei-, dreihundert Jahre alt werden, ohne sich dauernd über ihr Dasein Gedanken machen zu müssen. Steine und Bäume auch. Mit diesen etwas wirren Überlegungen schlief sie schließlich ein.

17

Als sie am nächsten Morgen aufwachte, galt ihr erster Blick ihrem Handy. Keine Nachricht von Frank! Sie war enttäuscht. Irgendwie hatte sie gehofft, er würde ihr noch etwas Liebes schreiben. Irgendetwas, das ihre Gefühle für ihn nähren und absichern würde. Ein deutliches Signal von seiner Seite eben.

Sie hasste diesen Zustand, wenn alles möglich, aber leider nichts sicher war. Sie wollte nicht auf ihr Herz aufpassen müssen, sondern verschenkte es lieber großzügig und sofort. Sie sprang gerne kopfüber in eine neue Liebe, statt zu warten und zu taktieren.

Sollte sie Frank eine SMS schreiben, deren Inhalt keine Zweifel an ihren Gefühlen für ihn ließ? Ja, das wäre vielleicht eine gute Idee, beschloss sie und war froh, dadurch aus der passiven Rolle wieder in eine aktive zu rutschen. Aber erst die Arbeit, dann das Vergnügen: Bevor sie die »Kurznachricht aller Kurznachrichten« verfassen würde, um den Gefühlen ihres Zukünftigen auf die Sprünge zu helfen, wollte sie mit James seine Übungen machen.

Wieder verstand der arme Hund nicht, was Jana von ihm

wollte. Die Leberwurstkräcker, die sie diesmal als Belohnung für ihn präpariert hatte, lenkten ihn aber so wunderbar ab, dass er sich schon deutlich länger an den Pfoten anfassen ließ. Immer höher und immer weiter weg hielt Jana die Leckerbissen, um die Berührungsfrist auszudehnen.

Sie genoss die nonverbale Kommunikation mit dem haarigen Wesen sehr. James gab sich deutlich Mühe zu begreifen, was sie von ihm wollte, und war guten Willens, es ihr zu geben.

Nach einer Viertelstunde beendete Jana das Spiel und warf sich auf die Lounge, um die geplante Nachricht an Frank zu verfassen.

»Lieber Frank«, schrieb sie, *»ich habe keine Lust auf Spielchen, deshalb lege ich mal die Karten auf den Tisch: Ich habe mich in dich verliebt. Geht es dir auch so?«*

Hui! Das war aber dramatisch! Ja oder nein! Mit diesem Text setzte sie ihm deutlich die Pistole auf die Brust. Offenbar hatten die Dominanzübungen mit James schon ein bisschen auf sie abgefärbt. Klang das nicht etwas zu humorlos und unentspannt? Sollte sie die SMS wirklich so losschicken?

»Ja klar!«, riet Mr Hyde. »Je eher daran, je eher davon! Dann weißt du wenigstens, was Sache ist.«

»Neeeeeiiin!!«, schrie Dr. Jekyll entsetzt. »Mach das nicht! Damit zerstörst du alles! Die Liebe ist ein zartes Pflänzchen, mit dem man sehr behutsam umgehen muss!«

Jana beschloss, die Entscheidung auf später zu verschieben und erst mal das Training bei Ben zu absolvieren. Sie speicherte den Text.

Je mehr Jana sich in ihre Gefühle für Frank hineinsteigerte, wenn auch leider bislang unerwidert, desto weniger konnte sie Ben ertragen. Der Kontrast zwischen den beiden war einfach zu krass!

Schmallippig und geradezu schroff hatte er sie heute begrüßt und erst mal zehn Minuten buchstäblich im Regen stehen bzw. warten lassen, weil er noch mit irgendeiner Agility-Gruppe beschäftigt war.

Kaum hatte sie ihre Hand aus seinem Schraubstockgriff befreit, befahl er die Wiederholung des Eimer-Spiels.

»Hast du das inzwischen mit ihm geübt?«, fragte er sie streng ab wie ein Mathematiklehrer.

»Nein«, gab Jana kleinlaut zu. »Aber ...«, wollte sie gerade hinzufügen und vom Pfötchen-geben-Erfolg erzählen, da unterbrach er sie barsch.

»Das finde ich nicht gut, Jana!«, sagte er aufgebracht. »Es geht hier wirklich um jeden Tag, und wenn du keinen Einsatz zeigst, bin ich auch nicht motiviert, das durchzuziehen.«

»Ich weiß«, beschwichtigte Jana, »aber ...«

»Kein Aber!« Schon wieder unterbrach er sie. »Die Übungen müssen jeden Tag praktiziert werden! JEDEN TAG – verstehst du?«

»Ja«, murmelte Jana kleinlaut. Und grimmig.

Sie begannen mit dem Eimer-Parcours, und Ben fuhr sie dauernd an, korrigierte sie und wies sie zurecht. Jana hasste ihn.

»Körpersprache!«, schrie er aufgebracht, als James sich schon wieder unerlaubt ein Leckerli geschnappt hatte. »Wie soll der Hund annehmen, dass du stark genug bist, ihn zu beschützen und deshalb die Richtung zu bestimmen, wenn du wie ein nasser Sack durch die Gegend schlurfst?«

War er Choleriker? Allmählich kriegte Jana Angst. Welche Laus war dem denn heute über die Leber gelaufen?

»Du musst durch deine Körperhaltung Führungsstärke und Selbstbewusstsein ausstrahlen!«, brüllte Ben. »Und momentan hast du NULL Körperspannung!«

»Und wie soll ich das, wenn du mich dauernd angreifst und kritisierst?«, erwiderte sie verzweifelt.

Wortlos und wutschnaubend kam Ben über den nassen Rasen zu ihr gestapft, zog ihre Schultern nach hinten und drückte ihr sein Knie ins Kreuz.

»Aua!«, schrie Jana empört.

»SO stehst du gerade und aufrecht!«, betrachtete Ben sie zufrieden. »Und jetzt mit erhobenem Kopf nach vorne gucken!«

Die Haltung fühlte sich an, als hätte sie einen Besen verschluckt. Vollkommen unnatürlich. Aber bitte sehr, wenn er es unbedingt so wollte?

Starr wie ein Zinnsoldat stapfte sie über die Wiese, dirigierte James von links nach rechts und betete, die qualvolle Stunde möge bald vorüber sein.

»Sorry, ich bin vielleicht tatsächlich etwas zu grob«, gab Ben mit überraschend betretener Stimme zu, als er die Stunde beendete. Er senkte den Blick und schaute zu Boden. »Tut mir leid. Möchtest du ein Bier?«

Jana verschlug es vor Verblüffung die Sprache. Was war denn jetzt los? Kamen hier gerade die unerwartet weichen

Seiten des Misanthropen zum Vorschein wie Blumen nach einem Wüstenregen?

Ein Bier konnte sie als Balsam für ihre wunden Nerven jetzt tatsächlich gut gebrauchen. Hopfen beruhigte ja bekanntlich, dachte Jana und sagte: »Ja gerne. Aber bitte alkoholfrei!«

Ben guckte sie überrascht an. Offenbar hatte er nicht mit einer Zusage gerechnet. Er sagte: »Schön!«, und marschierte Richtung Hütte. »Komm mit!«, rief er ihr über die Schulter zu, und Jana folgte ihm.

Nebeneinander saßen sie auf der Bank vor der Hütte, tranken Flens aus der Flasche und schwiegen. Die Stille zwischen ihnen breitete sich aus wie ein klebriger Tsunami. Mit jeder Sekunde schien es unmöglicher zu werden, irgendetwas zu sagen. Nur das jeweilige Hinunterschlucken des herben Getränks war zu hören. Die fehlende Unterhaltung drohte, unangenehm zu werden, aber Jana hatte weder Lust noch Kraft, den Talkmaster zu geben.

Täuschte sie sich, oder war der superdominante Hundetrainer verlegen? Es schien, als ob er verzweifelt nach einem Gesprächsthema suchte.

»Sag mal, hast du Lust, dich an einer Protestaktion für die Hundestrände zu beteiligen?«, fragte er plötzlich in die beklemmende Stille hinein und schaute sie an. Sein Blick kam Jana ungewohnt schüchtern und unsicher vor. War er gerade rot geworden?

»Worum geht es denn da?«, erkundigte sie sich.

»Die verschiedenen Sylter Gemeinden möchten einen

generellen Leinenzwang an den Hundestränden durchsetzen«, erklärte Ben.

»Was? Das ist ja bescheuert!«, rief Jana empört.

»Oder?«, nickte Ben.

»Und was soll ich da konkret machen?«, fragte Jana.

»Wir wollen an verschiedenen Tagen in der Friedrichstraße Flugblätter verteilen und Unterschriften sammeln«, sagte Ben, sah sie herausfordernd an und knibbelte am Etikett seiner Flasche.

»Für eine Petition?«

»Nee, dafür braucht man fünfzigtausend Unterschriften«, lachte Ben. »Das schaffen wir eh nicht. Aber je mehr, desto besser.«

»Ich überleg's mir«, sagte Jana und stellte die leere Bierflasche neben sich auf die Bank.

»Ich muss los«, rief sie und stand auf. »Bis morgen!«

»Ja, bis morgen«, sagte Ben, schaute kurz zu ihr hoch und blieb sitzen. Irgendwie klang er enttäuscht.

»Und danke für das Bier!«, sagte Jana beim Weggehen.

18

Am Abend war Jana zu einem Spaziergang mit Daniel und seinen Hunden verabredet. Sie wollten die Uwe-Düne erklimmen, damit Jana mal einen Rundum-Überblick über die ganze Insel bekäme, und danach weiter an den Kampener Hundestrand.

Nachdem sie im Westerweg geparkt hatten, schlenderten sie auf einem Schotterpfad zu Sylts berühmtestem Hügel. Jana erzählte Daniel von Bens Protestaktion und seiner Bitte, ihm zu helfen. Daniel war spontan begeistert. »Das ist ja genial! Komm, da machen wir mit!«, rief er, tanzte vor Jana herum und klatschte dabei in die Hände! »Freie Strände für freie Hunde!« Er war wirklich ein quicklebendiges Temperamentsbündel.

Die Uwe-Düne war tatsächlich beeindruckend hoch. Stolze zweiundfünfzig Meter führte eine schier endlos scheinende Holztreppe hinauf, und Jana registrierte erleichtert, dass in regelmäßigen Abständen Bänke eingebaut waren, auf denen weniger konditionsstarke Touristen wieder zu Atem kommen konnten.

»Geh du ruhig hoch«, bot Daniel an. »Ich kenn die Insel ja schon. Ich warte so lange hier unten mit den Hunden!«

Etwas unwillig angesichts der alpinistischen Höchstleistung, die ihr nun bevorstand, aber dennoch neugierig auf das Rundum-Panorama erklomm Jana den riesigen Sandberg. Nach Luft japsend kam sie oben an und musste zugeben, dass die Aussicht wirklich fantastisch war. Man konnte von Nord nach Süd, von West nach Ost einmal über die ganze Insel blicken. Und im milden Abendlicht sah das Ganze noch tausendmal eindrucksvoller aus. Verzaubert hielt Jana inne und sog die Bilder in sich auf. Bis ihr Blick an einer schwarzen Wolke hängen blieb, die sich gerade tornadoartig auf das rote Kliff zubewegte, die berühmte, dreißig Meter hohe Steilklippe von Kampen, die die Dünen vom Strand trennte. Der Tornado war James, der sich offenbar losgerissen hatte und nun in atemberaubendem Tempo den Holzsteg Richtung Kliff entlangjagte. Jana sah ihn auf den steilen Abhang zurasen – und verschwinden!!!

Ihr Herzschlag setzte für eine Sekunde aus. Konnte das wahr sein? War er jetzt abgestürzt? Ein Sturz aus dreißig Metern Höhe das senkrecht abfallende Kliff hinunter wäre in jedem Fall tödlich ...

Vollkommen aufgelöst sprintete sie die Treppe hinunter und rannte Daniel, Fanny und Fritz hinterher, die bereits James' Verfolgung aufgenommen hatten. Die Leine von Fritz verhedderte sich mit der von Fanny, Daniel stolperte darüber und schlug lang hin. »Lauf weiter«, rief er Jana zu, die an ihm vorbeizog und das Gefühl hatte, ihre brennenden Lungen platzten gleich.

Am Klippenrand wagte sie zunächst gar nicht hinunterzuschauen. Vorsichtig näherte sie sich der Steilkante, um einen Blick in den Abgrund zu werfen. Was, wenn er da unten nun zerschmettert lag? Aber es nützte ja nichts, sie musste hinsehen, ob sie nun wollte oder nicht. Sie ging in die Knie und blickte über die Kante.

Doch James war äußerst lebendig! Jana sah nach Luft ringend, wie er geschickt die letzten Meter des roten Sandfelsens hinunterkraxelte und anschließend über den Strand Richtung Wellen stürmte, in die er sich unter den verblüfften Blicken etlicher Spaziergänger komplett angstfrei stürzte.

Es war doch nicht zu fassen! Der Kerl war hochgradig wassersüchtig! Schon wieder war er ausgebüxt, um baden zu gehen.

Grenzenlos erleichtert, weil ihm nichts passiert war, rappelte Jana sich wieder auf, klopfte den roten Staub von ihren Knien und fiel Daniel in die Arme, der nun endlich auch angekommen war.

Am Strand bildete sich eine Zuschauergruppe, die fasziniert beobachtete, wie James sich durch die beachtlich hohen Wellen kämpfte. Es war relativ windig, deshalb war die Brandung ziemlich wild.

Einige Zuschauer zeigten auf das Kliff und erzählten den anderen wohl gerade von James' Geländegängigkeit. Jana rannte an der Kliffkante entlang zur nächsten Holztreppe, die sie im Sprint nahm.

Zum Glück grenzte der Bereich an den Hundestrand und war kein offizieller Badestrand. Aber als Jana endlich atemlos bei der Gruppe ankam, wurde sie scharf darauf hingewiesen, dass Hunde an diesem Strandabschnitt dennoch verboten waren und es zudem (egal, ob Hund oder Mensch) eine Straftat war, die Klippen hinunterzuklettern.

»Aufsichtspflicht vernachlässigt!«

»Unverantwortlich!« »Ihnen sollte man den Hund wegnehmen!« »Das Tier muss sofort aus dem Wasser geholt werden!« Vehemente Forderungen und Vorwürfe umschwirrten sie.

Es nützte nichts: Ihr blieb nicht anderes übrig, als sich auszuziehen, selbst ins Wasser zu steigen und James an seiner Leine aus dem Meer zu ziehen. Dieser verflixte Mistkerl mit seiner Badesucht. Das war ja wohl nicht zu fassen!

Die Nordsee war so kalt, dass ihr zunächst die Luft wegblieb. Mit Mühe und unter Aufbringung ihrer sämtlichen Selbstbeherrschung tauchte sie dennoch durch die hohen, schäumenden Wellen und kraulte hinter die Brechungslinie, um James zu fassen zu kriegen.

Sie schimpfte laut auf ihn ein, während sie gemeinsam aus der schäumenden Gischt wateten. Einige Zuschauer klatschten, als das ungleiche Duo aus dem Meer stapfte. Daniel, der gerade bei der Gruppe angekommen war, lachte sich schlapp. »Wie cool ist das denn?«, japste er.

Atemlos hechelnd stand James nun klatschnass am Strand und strahlte Jana glücklich an. »So, Leute! Die Show ist vorbei!«, rief Daniel. »Ihr könnt jetzt bitte weitergehen! Hier gibt's nun nichts mehr zu sehen!« Er klatschte auffordernd in die Hände. »Zack! Zack! Wird's bald?«

Die Gruppe löste sich tatsächlich auf, und einige ältere

Damen und Herren schüttelten im Weggehen vorwurfsvoll den Kopf. Zum Glück hatte niemand den Namen des Hundes oder der Halterin zu wissen verlangt.

Jana hatte das Gefühl, in James' Augen ein kleines bisschen schlechtes Gewissen lesen zu können. Aber hatten Hunde denn überhaupt eine Moral? Hatten sie Schuldgefühle? War ihm klar, was er gerade getan hatte? Wohl kaum! Wenn sie ehrlich war, fand Jana seine unerschrockene Performance auch ziemlich tough. Welcher andere Hund würde sich schon vollkommen furchtlos einen lebensgefährlichen Steilhang hinunterstürzen? Sie wollte ihm gerade den Kopf tätscheln, um ihm ein ganz kleines bisschen zu verzeihen, da schüttelte er sich so ausgiebig und effektiv wie ein Hochdruckreiniger, sodass Janas gesamte Klamotten, die auf einem Haufen im Sand lagen, komplett durchnässt wurden. So ein Mistvieh!

Daniel lachte schon wieder. »Das ist ja die reinste Slapstickvorstellung hier«, gluckste er.

»Witzig«, grummelte Jana und versuchte, sich in ihre nasse Jeans zu zwängen.

»Das hat er jetzt schon zum zweiten Mal gemacht!«, jammerte sie, als sie mit nassen Haaren und in feuchten Klamotten die Treppe zum Kliff wieder hinaufstieg, und dachte dabei an James' Ausflug ins Lister Hafenbecken.

»Das geht natürlich nicht«, lachte Daniel. »Aber saucool ist es schon! Er ist wirklich ein echter Kerl!« Bewundernd schaute er zu ihm hinunter. »Vielleicht kannst du das ja professionell mit ihm trainieren und Geld dafür verlangen«, überlegte er kichernd.

»Sehr komisch«, knurrte Jana säuerlich.

»Komm, wir trinken erst mal irgendwo was!«, schlug Daniel vor.

Zwanzig Minuten später betraten sie die Terrasse des Odin in der berühmten »Whiskymeile«, wie man den Kampener Strönwai wegen seiner zahlreichen Kneipen und Klubs nannte. »Sind hier Hunde erlaubt?«, fragte Daniel die Frau drinnen hinter dem Verkaufstresen und deutete auf den nassen James und sein eigenes Retriever-Gespann.

»Ja klar«, lachte die Frau. »Bei uns sind Hunde nicht nur geduldet, sondern ausdrücklich willkommen! Würden wir Hunde ausschließen, würden wir die Hälfte der Gäste ausschließen. Außerdem mögen wir keine Verbote.«

Wie sympathisch, fanden Jana und Daniel und nahmen an einem der Außentische Platz.

Als einziges Restaurant im Strönwai hatte das Odin ein Selbstbedienungskonzept, frei nach dem eigens kreierten Unkompliziertheitsmotto »Easy eating & drinking«. Auf den Tischen lagen Karten, aber bestellen und holen musste man Speisen und Getränke selbst.

Daniel ging hinein und kam kurze Zeit später mit einem köstlich aussehenden Antipastiteller und einem Becher dampfend heißen Tees aus frischen Minzeblättern mit Ingwerstücken zurück. »Voilà!«, sagte er und stellte noch zwei Gläser Shiraz dazu. »Der wird uns nach dem ganzen Stress guttun!«

Die Antipasti waren großartig. Erst jetzt merkte Jana, wie hungrig sie war. Gierig verschlang sie gegrillte Auberginen, Serranoschinken und marinierte Artischockenherzen.

Das Essen, der heiße Tee und der Rotwein breiteten sich wohlig in ihrem Körper aus.

Was für eine verrückte Lebensphase, in die sie da hineingeschlittert war! Jede Stunde barg neue Erlebnisse und Überraschungen. So viel Aufregendes wie hier auf Sylt war ihr schon lange nicht mehr passiert. Und wenn sie ehrlich war, genoss sie die Treffen mit Daniel, das Training mit James und die Spaziergänge mit Frank täglich mehr – egal, wie stressig die Situationen auch waren. Fehlte nur noch ein bisschen Liebe, auch körperlich!

Um 23:37 Uhr schickte sie die vorformulierte SMS an Frank ab. Der Wein war schuld. Und ein bisschen auch ihre Sehnsucht nach mehr ...

19

»Oh nein!« war Janas erster Gedanke, als sie am nächsten Morgen erwachte, und ihr Gesichtsausdruck ähnelte dabei vermutlich dem Munch-Schrei-Emoticon, mit dem man bei WhatsApp-Nachrichten Entsetzen ausdrückte. Hatte sie die SMS tatsächlich losgeschickt? Sie hatte sich doch geschworen, nie, nie, nie wieder Nachrichten zu verschicken, wenn sie einen Schwips hatte. Viel zu oft schon war ihr das, was sie benebelt und gefühlsduselig formuliert hatte, am nächsten Tag stechend peinlich gewesen – und meistens zu Recht.

Zerknirscht griff sie nach ihrem Handy. Ob er schon geantwortet hatte? Gähnende Leere auf ihrem Display. Ob er ihr Liebesgeständnis vielleicht gar nicht bekommen hatte? Hoffnungsvoll rief sie den SMS-Chatverlauf auf. Vielleicht hatte sie in ihrem Dusel ja die falschen Knöpfe gedrückt.

Hatte sie nicht.

Die SMS war gestern ganz normal rausgegangen.

Nun hieß es warten …

Michaela fiel ihr ein. Vielleicht war die ja inzwischen durch mit ihrer Yogawoche und hatte Lust, mit Jana essen zu gehen. Jana schickte ihr eine SMS.

Anschließend vertrieb sie sich die Zeit mit den James-Übungen. Das Pfötchentraining lief täglich besser, und James schien nach und nach nicht mehr ganz so allergisch auf das seltsame Anfassen seiner Vorderpfoten zu reagieren. Jana hatte das Gefühl, dass er den Zusammenhang zwischen den Leckerlis und der Überlassung seiner Pfote allmählich kapierte.

Als Leinengang-Parcours hatte sie eine Reihe von acht Tellern auf den Rasen gelegt und auf vier von ihnen einen kleinen Leberwurst-Kleks gestrichen. Sie bemühte sich, ein Höchstmaß an Dominanz und Führungsstärke auszustrahlen, und schritt mit hoch erhobenem Kopf und kerzengeradem Rücken zwischen den Tellern voran. Hoffentlich sah Jutta nicht gerade über den Zaun. Dann würde die lustige Kölnerin vermutlich doch an Janas Geisteszustand zweifeln.

Die nonverbale Befehlsabfolge von »Du darfst/Du darfst nicht« gelang schon etwas besser. Immerhin schien James auch bei dieser Übung nach und nach zu begreifen, dass sie der Chef war und er nur dann an die Leckerlis kam, wenn sie das wollte. Hoffentlich würde ihn das tatsächlich aufmerksamer gegenüber ihren Befehlen machen, wie Ben versprochen hatte.

Um vierzehn Uhr war sie mit ihm im Friedrichshain-Wald nahe Westerland verabredet. Heute stand »Verstecken« auf dem Programm, was immer das bedeuten mochte. Sie hatte jedenfalls die Weisung erhalten, sich möglichst dunkel zu kleiden und Gelb- oder Blautöne zu vermeiden.

Ben wartete auf dem Parkplatz und lächelte tatsächlich zur Begrüßung. Was war denn mit dem los?, wunderte sich

Jana. Hatte er über Nacht ein Freundlichkeits-Coaching absolviert?

Sie war überrascht, wie schön es in dem Wald war, der als ältester der Insel galt. 1894 war das Gemisch aus Kiefern, Eichen und Buchen angelegt worden, und die Bäume hatten in den vergangenen hundert Jahren eindrucksvolle Höhen erreicht.

Angenehm kühl war es hier, und es roch herrlich nach Tannennadeln, Blüten und Laub. Erstaunlich, dass die Sandbank, die Sylt ja war, einen solchen Urwald zu bieten hatte. Sie hatte angenommen, hier gäbe es fast ausschließlich Dünen und Strand.

»Daniel und ich machen bei deiner Protestaktion mit«, verkündete sie, als sie durch das Gehölz schritten.

»Prima!«, sagte Ben, blieb stehen und schaute sie begeistert an.

Er strahlte, und Jana fielen zum ersten Mal seine schönen Zähne auf. War doch nicht alles doof an ihm. Die Zähne gingen jedenfalls.

»Wir wollten übermorgen mit dem Unterschriftensammeln in der Friedrichstraße beginnen«, erzählte Ben. »Samstags ist da ja immer viel los. Könnt ihr da auch kommen?«

»Ich frag Daniel nachher«, versprach Jana.

»Toll! Freut mich!« Ben lächelte sie kurz an, blickte dann zu Boden und schob mit dem Fuß ein paar Eicheln hin und her. War er schon wieder verlegen? Der hatte ja echt ein Problem mit Sozialkontakten, dachte Jana.

»Okay, dann legen wir mal los!« Ben hatte sich wieder

eingekriegt, legte die Hände in die Hüften, bog den Rücken durch und schaltete auf Trainer um.

»Heute sollst du dich mal ein bisschen vor James verstecken«, sagte er. »Wenn du plötzlich nicht mehr zu sehen bist und er Angst kriegt, dich verloren zu haben, wird er künftig mehr auf dich achten und sich nicht mehr so weit von dir entfernen«, erklärte er. »Das ist günstig für das Leinenverhalten und auch für das Befolgen von Kommandos.«

»Klingt logisch«, nickte Jana.

»Wir gehen mal ein bisschen ins Unterholz und lassen ihn frei laufen«, ordnete Ben an. »Wenn er gerade nicht guckt oder an irgendetwas schnüffelt, versteckst du dich hinter einem Baum.«

»O. k.«, sagte Jana. »Und wenn er dann abhaut?«

»Darauf achte ich schon«, beruhigte sie Ben.

»Ich wette, der findet mich sofort«, warf sie ein. »Der riecht mich doch!«

»Nicht unbedingt«, wusste Ben. »Hunde sind sogenannte ›Bewegungsseher‹. Wenn du ganz ruhig an einem Baum stehst, kann James dich von der Umgebung kaum unterscheiden. Er wird sich irgendwann nach dir umsehen, erschrecken, weil du nicht da bist, und dich suchen.«

»Aha!«

»Du wartest, bis er dich findet, dann lobst du ihn und gibst ihm eine Belohnung!«

»Gut! Dann mal los!«, beschloss Jana und ließ James von der Leine. Er lief hierhin und dorthin, schnupperte an Büschen und auf dem Boden und war vollkommen fasziniert von den Gerüchen des Waldes. Wie geplant versteckte Jana sich derweil hinter einer großen Eiche.

Es dauerte nicht sehr lange, bis James sich nach ihr umschaute, über ihr Fehlen erschrak und mit panischem Blick zurücklief, um sie zu suchen.

Er wedelte wie wild mit dem Schwanz und freute sich überschwänglich, als er sie hinter der Eiche entdeckt hatte. Jana streichelte ihm den Kopf, lobte ihn und gab ihm ein Leckerli.

»Das war schon mal ganz gut!«, lobte Ben. »Und jetzt variieren wir das Ganze mal etwas: Du gehst mit ihm spazieren, lässt ihn ein paar Meter vorlaufen und änderst dann plötzlich die Richtung, aber ohne ihn darauf aufmerksam zu machen.«

»Okayyyyy?«, sagte Jana verständnislos.

»Es ist seine Aufgabe, dich im Auge zu behalten, nicht deine«, erklärte Ben. »Wenn er begriffen hat, dass es besser ist, dich im Blick zu behalten, und dir nachkommt, sobald du die Richtung wechselst, lobst du ihn.«

»Verstanden«, bestätigte Jana.

»Der Sinn der Übung ist, dass er lernt, sich auf dich zu konzentrieren, und sich nicht mehr so weit von dir entfernt aus Angst, du könntest ihm verloren gehen.«

Das Spiel klappte. Immer wieder suchte James panisch nach Jana und verkleinerte schließlich deutlich seinen Entfernungsradius. Offenbar lag ihm etwas an ihr, dachte Jana gerührt. Wenigstens ein Mann, der sie liebte.

Nach der Übungseinheit tranken sie noch einen Kaffee

im Café Waldidyll, das tatsächlich idyllisch von Rhododendren umrahmt mitten im Wald lag.

Gerade als sie ihre Bestellung aufgegeben hatten, piepste Janas Handy. Endlich eine Antwort von Frank! Janas Herzschlag setzte für einen kurzen Moment aus. Aufgeregt und mit zitternden Hänen las sie den Text: *»Respekt für deine ehrlichen Worte, Jana!«*, schrieb Frank. *»Ich mag dich auch, lass uns einfach schauen, wie es weitergeht. Liebe kann man ja schlecht planen. ;-) Unser Date heute Abend um neunzehn Uhr im Gogärtchen steht?«*

Er *»mochte«* sie? Was sollte das denn heißen? Jana war verärgert. Sie ließ vor ihm die Hosen runter, und er hielt sich schön alle Türen offen? Und was meinte er überhaupt mit »planen«? Sie hatte doch nicht geplant, dass er sich jetzt auch in sie verlieben sollte. Irgendwie fand sie die SMS komisch …

»Ja klar«, schrieb sie deshalb nur knapp zurück. Sie hatte sich emotional schon weit genug aus dem Fenster gelehnt, fand sie.

»Schlechte Nachrichten?«, fragte Ben besorgt, nachdem Jana ihr Handy zurück in die Tasche gepackt hatte. Offenbar hatte er registriert, wie sich ihr Gesichtsausdruck verdüstert hatte.

»Nein, nein, alles gut!«, beschwichtigte sie. »Was sollen wir denn da morgen eigentlich machen?«, fragte sie, um das Thema zu wechseln.

»Wir werden in der Fußgängerzone einen Infostand aufbauen«, erklärte Ben. »Von da aus sprechen wir Passanten an und sammeln Unterschriften für die Liste.«

»Okay«, sagte Jana und nahm dankbar einen Schluck von

dem heißen Kaffee, den die Serviererin gerade vor sie hingestellt hatte. »Das klingt machbar.«

»Es tut mir leid, dass wir so einen schlechten Start hatten«, sagte Ben plötzlich und schaute sie unsicher und mit einem scheuen Lächeln an. Sein rechter Mundwinkel zuckte nervös. »Ich bin momentan nicht so gut drauf und deshalb oft etwas schroff. Du kannst gar nichts dafür.«

»Schon gut«, sagte Jana, der die Situation unangenehm war. »Ist ja nichts passiert.« Wollte er sich im Ernst noch mal entschuldigen? So schlimm war es ja nun auch nicht, und er hatte doch gestern schon einen Kniefall gemacht.

»Na ja ...«, setzte Ben an.

»Oh, es ist ja schon halb vier!«, sprang Jana auf, bevor Ben ihr sein Herz ausschütten und seine Lebensgeschichte erzählen konnte. Denn genauso sah er gerade aus. Und dafür hatte sie jetzt kein Ohr. Im Grunde war ihr sowieso alles egal, was mit ihm zusammenhing. Warum er etwas tat und warum nicht. Sie hatte nicht die geringste Lust, ihre Beziehung zu vertiefen.

Sie war mit ihren Gedanken ausschließlich bei Frank und ihrem Date. Würden sie heute zum ersten Mal miteinander schlafen? Würden sie sich endlich näherkommen?

20

Janas Herz boxte aufgeregt in ihrem Brustkorb herum, als sie ihren Benz im Strönwai direkt hinter Franks Cayenne parkte. Jetzt war sie gekommen, die Stunde der Wahrheit! Der heutige Abend würde zeigen, wie es mit Frank und ihr weiterging. Hopp oder top!

Das Gogärtchen trug seinem Namen nicht zufällig: Das efeuüberwucherte Reetdachhaus bot einen wunderschönen kieferngesäumten Garten mit etlichen bunten Blumenstauden. Frank saß an einem Tisch mit Blick auf das Geschehen auf der »Whiskymeile« und winkte lächelnd, als Jana ihn entdeckte. Ungewohnt spießig sah er heute aus – offenbar hatte er seine Anwaltsuniform noch nicht gewechselt: Dunkelblauer Blazer, Hemd und sogar Krawatte. Jana fühlte sich plötzlich fremd. Mit Anzugträgern war sie noch nie ausgegangen.

»Hallo, meine Liebe«, stand Frank auf und begrüßte sie mit Küsschen links und rechts. »Gut siehst du aus!«

»Danke«, murmelte Jana leicht verwundert. Sie trug ja nur Jeans, ihre silbernen Zehensteg-Birkenstöcker und das »geräumige« Streifenshirt aus der Kursaalboutique. Zu

Franks edlem Outfit hätte eher eine Lady im kleinen Schwarzen plus Blahnik-High-Heel-Stilettos gepasst.

»Wo ist denn Paula?«, fragte Jana erstaunt, während sie James unter dem Tisch einparkte.

»Die wird wahrscheinlich gerade läufig, deshalb habe ich sie lieber zu Hause gelassen«, erklärte Frank. »Wir wollen den Kumpel hier ja nicht zu sehr aufregen.« Er tätschelte James' Wuschelkopf.

Auf dem Tisch stand bereits ein Kühler mit einer Weinflasche, aus der Frank ihr nun ein Glas einschenkte, das er ihr reichte, nachdem sie sich gesetzt hatte.

»Ich mag nicht so gerne Champagner, deshalb habe ich gleich Weißwein geordert«, erklärte Frank. Jana war etwas enttäuscht. Er hätte sie ja zumindest vorher nach ihrer Meinung fragen können. Sie hätte zur Lockerung sehr gerne ein Gläschen des perlenden Aperitifs getrunken, denn im Gegensatz zu ihm liebte sie Schaumwein sehr.

»Die Speisekarte brauchst du auch gar nicht erst anzuschauen«, sagte Frank und schob ihre Karten beiseite. »Ich habe bei Flori Mettigel bestellt, das ist hier absolut Kult!«

»Flori? Mettigel?« Jana kam sich vor wie im falschen Film. War das hier versteckte Kamera? Sie hatte Mett noch nie gemocht, und die Vorstellung, jetzt ein Pfund rohes Schweine-Hackfleisch mit ebenso rohen Zwiebeln verzehren zu müssen, verursachte ihr akute Übelkeit.

»Nach dem ganzen Chichi-Essen der letzten Tage habe ich heute mal wieder richtig Lust auf etwas Deftiges«, lachte Frank. »Ehrliche Hausmannskost!«

Ich, ich, ich … In seinem Universum kamen ihre Bedürfnisse und Vorlieben offenbar gar nicht vor. Wie desillusionierend. Saß sie hier mit einem Narziss am Tisch? Einem Egomanen? Oder gar einem altmodischen Patriarchen, der voraussetzte, dass sich die Frau stets seinen Wünschen fügte? Besonders romantisch war das nicht …

Jana wurde noch übler.

»Wer ist denn Flori?«, versuchte sie, Zeit zu schinden, und nahm einen tiefen Schluck Wein, um sich und ihren Magen zu beruhigen.

»Na, der Inhaber«, erklärte Frank. »Wir sind Buddys.«

»Buddys, aha«, wiederholte Jana. Sie musste sich jetzt dringend durchsetzen, wenn sie die Hackfleischpampe umgehen wollte. »Und woran hast du als Vorspeise gedacht?«, fragte sie. Vielleicht würde diese Frage Frank dezent darauf aufmerksam machen, dass sie durchaus über kulinarische Entscheidungsfähigkeit verfügte.

»Gar nichts!«, strahlte Frank und breitete die weiße Stoffserviette auf seinem Schoß aus. »Der Mettigel ist so mächtig, da braucht man nichts davor!«

Jana konnte es nicht fassen. Unromantischer ging es ja wohl kaum.

»Aber«, wollte sie gerade beginnen, als Frank plötzlich quer durch den Garten jemanden anstrahlte und sich hektisch erhob. »Du, entschuldige, ich muss mal eben eine Bekannte begrüßen.« Ohne Janas Antwort abzuwarten, eilte er an die Außen-Bar auf der Terrasse, um eine dürre Blondine zu umarmen. Sie trug High Heels und Size Zero.

Was für ein Albtraum! Jana nahm noch einen tiefen

Schluck Wein. Und noch einen. Und winkte nach dem Kellner.

»Ich hätte gerne noch mal die Speisekarte. Und können Sie den Mettigel für mich bitte wieder stornieren?« Sie war eine moderne, emanzipierte Frau, die ihr Leben lang für sich selbst eingestanden war. Wäre doch gelacht, wenn sie diesen Abend nicht noch nach ihren Wünschen optimieren könnte.

»Gerne«. Der blonde Surfertyp in weißem Hemd und Schürze war wenigstens ausgesprochen zuvorkommend und nett.

Wie Jana beobachten konnte, hatte Frank an der Bar ein Bier bestellt und sich in ein augenscheinlich sehr anregendes Gespräch mit der Blondine festgequatscht. Ging es noch unhöflicher?

»Ich hätte gerne als Vorspeise die Thaisuppe mit Maishühnchen, Ingwer und Shiitake und dann das Waldpilzrisotto mit Pak Choi und Belper Knolle«, bestellte Jana und klappte zufrieden die Karte zu.

»Sehr wohl«, sagte der Surferboy und nahm die Karte wieder an sich.

»Und ein Glas Rosé Champagner bitte«, ergänzte Jana spontan.

»Gerne.«

Jana hatte gerade das Champagnerglas geleert, als Frank endlich an den Tisch zurückkam. »Entschuldige bitte. Das war eine ehemalige Kommilitonin, die ich schon ewig nicht mehr gesehen habe.«

»Hmm«, nickte Jana säuerlich.

»Oh, du hast dir Champagner bestellt?« Franks Miene verdüsterte sich. War er etwa geizig? Sie fühlte sich, als hätte sie unerlaubt ihr Kopftuch abgeknotet. Oder die Burka in den Müll geworfen.

»Ja, und ich habe auch kulinarisch umdisponiert«, nickte Jana. Plötzlich hatte sie Lust, den Macho zu provozieren.

»Ach ja?« Frank sah irritiert aus. Und verärgert.

»Ich mag kein Mett, deshalb habe ich Thaisuppe und Risotto bestellt.«

»Zwei Gerichte? Aber ich dachte ...«, sagte Frank. In diesem Moment servierte der Kellner die Suppe.

»Guten Appetit«, wünschte Frank mit zusammengebissenen Zähnen. »Wie schade, dass wir nicht die gleichen Vorlieben teilen.«

Während Jana die überraschend köstliche Suppe aß, schaute Frank immer wieder zu der Blondine und den anderen Tischen im Garten. Langweilte er sich? Auch während ihrer mühsamen, stockenden Unterhaltung schweifte sein Blick immer wieder ab. Jana hasste es, wenn Gesprächspartner sich nicht voll auf sie konzentrierten. Irgendwie war heute der Wurm drin. Während sie ihren Teller auslöffelte, versuchte sie zu erkennen, was sie an Frank so fasziniert hatte. Konnten Gefühle so schnell kippen?

Der Mettigel kam. Seine Stacheln bestanden aus rohen Zwiebelstreifen. Janas Risotto hingegen sah köstlich aus. »Guten Appetit«, wünschte sie zufrieden.

Schweigend nahmen sie ihre konträren Mahlzeiten ein, bis Frank plötzlich innehielt und ihre Hand nahm. Sanft strich er mit seinem Zeigefinger über ihren Handrücken. Das fühlte sich angenehm an. Jana bekam eine Gänsehaut. Was für ein Unterschied zu dem derben Schraubstockgriff von diesem nervigen, linkischen Ben.

»Du siehst wunderschön aus heute Abend«. Frank guckte ihr tief in die Augen. Jana war gerührt. Vielleicht würde ja doch noch alles gut werden. Sie konnte sich doch schließlich nicht derartig in ihm getäuscht haben.

Ein dezenter Zwiebelgeruch wehte sie an.

Jana hätte gerne noch eines der köstlichen Desserts genommen, die sie auf der Karte entdeckt hatte, aber für Frank war das Essen, nachdem er den Mettigel vertilgt hatte, offenbar beendet. Tschüss, geeiste Macarons in den Sorten Schokolade-Kaffee, Zitrone-Thymian, Friesentorte, Piemonteser Haselnuss und Himbeere, bedauerte Jana, die keine Lust mehr hatte, sich noch mal durchzusetzen.

»Magst du noch auf einen Absacker mit zu mir kommen?«, fragte Frank, während er sich mit der Stoffserviette den Mund abtupfte und sie anschließend zusammengefaltet neben seinen Teller legte. Er schien keine Zeit mehr verlieren zu wollen. Und auch kein Geld?

Jana war unentschieden. Das war eine Einladung zum Sex oder zumindest zum Knutschen, und sie wusste gerade nicht mehr, ob sie das nach diesem Abend noch wollte. Ihre aufgeregte Verliebtheit hatte einen ziemlichen Dämpfer bekommen. Doch so schnell wollte sie auch nicht die Segel streichen. Vielleicht hatten sie ja nur einen schlechten Start. Schließlich war sie vor ein paar Stunden noch absolut sicher gewesen, rettungslos verknallt zu sein.

»Gerne«, sagte sie deshalb und zauberte damit ein abtörnend lüsternes Grinsen auf Franks Gesicht.

Sie ließen Janas Benz stehen, platzierten James im Kofferraum und brausten in Franks Cayenne durch Kampen, bis er nach kurzer Fahrt vor einem edlen Strohdachpalast im Büürlön parkte, einer entzückenden Straße die durch den wattseitigen Dünenbereich am nördlichen Ende von Kampen führte. »James lassen wir am besten im Auto wegen Paula«, schlug Frank vor.

»Was?« Jana war entsetzt. »Das geht nicht, Frank! Der kann sich hier doch gar nicht richtig bewegen!« Dann fügte sie listig hinzu: »Und außerdem wollen wir ja auch nicht hetzen«, und fragte sich im Stillen, ob Frank ihren Besuch in seinem Haus absichtlich kurz halten wollte?

»Okay, dann nimm ihn halt mit rein«, murrte Frank genervt. »Ich habe Paula eh ins Gästebad gesperrt, damit sie nichts dreckig macht.«

Bevor die verblüffte Jana etwas dazu sagen konnte, stieg er aus und hielt ihr die Tür auf. James sprang von der Rückbank und stürmte zur Haustür, wo Jana ihn vorsichtshalber an die Leine klickte.

Nachdem Frank die Haustür aufgeschlossen hatte, blieb Jana schon wieder der Mund offen stehen, diesmal angesichts des Reichtums, der sich vor ihr auftat: gekalkte Eichendielen, stylische Shabby-Möbel, edle Leder-Lounges, indirekte Beleuchtung, ein in der Raummitte stehender drehbarer Kamin, ein riesiger Flatscreen-Fernseher – und ein hellblau schimmernder Pool im Garten!

Jana war tief beeindruckt. Geld machte ja angeblich

nicht glücklich, aber angenehmer leben konnte man damit eindeutig schon. James schnupperte aufgeregt im Wohnzimmer herum und zog in Richtung Gästebad, aber Jana hielt ihn fest an der Leine.

»Mach es dir schon mal gemütlich«, sagte Frank und deutete auf die weiße Loungegruppe im Wohnzimmer. »Ich bin gleich wieder bei dir.« Er verschwand in der Küche.

Jana setzte sich und befahl den aufgeregten James vor sich in den »Platz«. Er hechelte vorwurfsvoll zu ihren Füßen, während Jana fasziniert den Panoramablick aus den bodentiefen Terrassentüren genoss: Blick aufs Meer und dahinter die Lister Dünenlandschaft. Wow! Fetter ging es nicht.

»Du kannst James ruhig losmachen«, rief Frank aus der Küche. »Paula ist ja im Gästebad, und die Putzfrau hat hier heute Vormittag alles gereinigt und desinfiziert. Es dürfte eigentlich nicht mehr sehr stark nach ihr riechen.«

Er kam mit zwei Gläsern in der Hand zurück und tischte eine Flasche Ornellaia auf, einen der besten und teuersten Rotweine Italiens.

»Teurer ging's nicht?«, staunte Jana und war erleichtert, dass er offenbar doch kein Geizkragen war.

»Ich hab nichts anderes im Haus«, grinste Frank lässig und zog entschuldigend die Schultern hoch, während er einschenkte.

Er setzte sich neben sie, reichte ihr ein Glas und legte den Arm um ihre Schulter, was sich angenehm anfühlte. »Chin-chin!« Sie stießen an, und Jana nahm einen tiefen Schluck des hervorragend temperierten Getränks. Frank schaute ihr tief in die Augen, nahm ihr das Glas aus der Hand, stellte es auf den Tisch ... und küsste sie.

Leider nur mäßig gut, wie Jana enttäuscht feststellte. Er hatte sehr harte Lippen und eine nervig spitze Zunge, die in ihrem Mund arrhythmisch vor- und zurückschnellte. Sein Atem roch zudem furchtbar nach Zwiebeln. Es war ernüchternd, im wahrsten Sinne des Wortes. »Ausbaufähig«, würde Nele sagen. Und musste man nicht immer Abstriche machen? Zumindest fühlten sich seine Berührungen gut an.

Jana versuchte, sich zu entspannen. Und sich auf ihn einzulassen. Immerhin passierte gerade genau das, worauf sie seit Tagen hingefiebert hatte.

James hatte sich beruhigt und fläzte lang ausgestreckt sich vor der Lounge, auf der Frank sie immer wieder küsste. Wenig später lagen sie in der oberen Etage auf seinem Wasserbett. »Ist gut für Wellengang«, sagte Frank und zwinkerte ihr zu. Jana ließ sich fallen, aber zunächst mal nur auf das Laken.

Mit geübten Bewegungen knüpfte Frank im Zeitlupentempo ihre Bluse auf und gab dabei übertriebene Stöhn- und Brunftlaute von sich, die offenbar Leidenschaft dokumentieren sollten. Seine Hände glitten tiefer und wollten gerade ihren Slip abstreifen, als James plötzlich wie ein aufgebrachter Polizist über ihnen stand und Frank drohend anknurrte. Offenbar hatte er die Geräuschkulisse fehlinterpretiert und war in die obere Etage geeilt, um Jana zu retten.

»Hau ab, du blöder Köter!«, scheuchte Frank James aus dem Bett, stand auf und versuchte, ihn aus dem Zimmer zu dirigieren. Doch James rannte um das Bett herum, knurrte, zog die Lefzen kraus und schnappte nach ihm.

Frank griff sich einen Schuh und pfefferte ihn an James' Schädel. Der jaulte laut auf und wollte sich gerade auf Frank stürzen, als Jana mit aller Dominanz, die sie aufbringen konnte, »Aus, James!« rief und ihn am Halsband packte.

»Ist gut, mein Süßer! Alles gut!«, beruhigte sie ihn und zog ihn aus der Tür. »Geh mal wieder runter«, befahl sie ihm auf der Galerie und zeigte die Treppe hinunter. James guckte sie fragend an, zögerte, machte sich dann aber auf den Weg.

Jana ging zurück ins Schlafzimmer, wo Frank zu ihrer Verblüffung gerade mit einem Handstaubsauger das Laken absaugte. »Ich hasse Hundehaare im Bett«, erklärte er aufgebracht.

»Schließt du bitte die Tür ab, damit er nicht noch mal reinkommt?« Er schien immer noch wütend.

Meine Güte, so schlimm war es nun auch wieder nicht, fand Jana. Konnte er das Ganze nicht mit ein bisschen Humor nehmen?

Frank zog das Laken ab und kroch anschließend in Sherlock-Holmes-Haltung, die Nase fast auf der Matratze, auf dem Bett herum. Offenbar suchte er etwas. Aber was bloß? »Der hat so scharfe Krallen, ich muss schauen, ob die Wassermatratzen Löcher oder Risse bekommen haben«, erklärte Frank und setzte seine akribische Spurensuche fort. Fehlte nur noch eine Lupe.

»Kann ich dir helfen?«, fragte Jana.

»Ja, du kannst deinen Köter besser erziehen«, zischte Frank. »Das Bett ist ganz neu!«

Janas Lust verebbte schlagartig. Sie hatte plötzlich nicht mehr das geringste Bedürfnis, mit ihm zu schlafen.

»Hast du ein Glas Wasser für mich?«, fragte sie, um Zeit zu schinden.

»Unten in der Küche!«, bellte er, ohne seine Inspektion zu unterbrechen.

Nur mit Slip bekleidet tapste Jana die Treppe hinunter und stellte entsetzt fest, dass James im Erdgeschoss wesentlich erfolgreicher gewesen war als Frank und sie oben im Schlafzimmer: Mit vollem Körpereinsatz beglückte er gerade Paula, der das gut zu gefallen schien. »James!«, schrie Jana entsetzt! »Runter da!« Doch James war viel zu sehr in Ekstase, um Befehle zu befolgen.

Oh nein! Was sollte sie denn jetzt machen? Hilflos schmiss Jana ein Kissen nach James, doch das nützte auch nichts.

»Frank! Kommst du mal?«, rief sie schließlich verzweifelt.

»Was ist denn?« Genervt erschien er im schwarzen Slip am Galeriegeländer, erfasste die Situation, brüllte: »Neeeeeeeeiiiin!!!«, und rannte die Treppe hinunter.

»Runter da, du Mistvieh!«, schrie er noch im Rennen, aber James hatte sein Werk bereits vollendet und stand nun erschöpft, aber mit selig verschleiertem Blick wild hechelnd vor ihnen. Er war sich offenbar keiner Schuld bewusst.

»Du Scheißtöle!«, schimpfte Frank und flippte vollkommen aus. »Was ist das für ein Horror hier!«, brüllte er, und seine Stimme überschlug sich. »Wollt ihr mich wahnsinnig machen?« Zornesrot versetzte er James einen so heftigen

Tritt mit dem Fuß, dass der laut aufheulte und sich mit eingeklemmtem Schwanz ins Wohnzimmer verzog.

»Spinnst du?«, schrie Jana Frank aufgebracht hinterher, der zu Paula eilte. »Jetzt bleib mal im Slip, Baby!« Das meinte sie durchaus wörtlich und lief zu James, um ihn zu trösten.

Mit wutverzerrtem Gesicht, das plötzlich gar nicht mehr schön aussah, kam Frank zurück ins Wohnzimmer. »Ich denke, es ist am besten, wenn ihr jetzt geht«, zischte er, ergriff Jana am Arm und zog sie zur Haustür. »Nur dass du's weißt: Ich werde dich verklagen, falls Paula trächtig wird!«, drohte er, während er Jana aus der Tür schob.

RUMMS! Scheppernd fiel die Tür hinter ihr ins Schloss, und Jana stand zum zweiten Mal innerhalb kurzer Zeit nackt und frierend in einem Eingangsportal. James setzte sich vor sie und schaute sie mit großen Augen an.

Mit einem Ruck ging die Tür wieder auf. Noch während sie sich umdrehte, brüllte Frank: »Hier, das hast du vergessen!«, und schleuderte ihre Klamotten in hohem Bogen auf den Rasen.

»Ich hab doch gar kein Auto hier!«, wollte Jana gerade stammeln, aber da war die Tür vor ihr schon wieder zugefallen. Und klingeln wollte sie auf keinen Fall.

Schöne Scheiße! Das konnte doch alles nicht wahr sein! Klar war das ein bisschen doof von James, aber doch kein Grund, derartig durchzudrehen! Und wie war Paula bloß aus dem Gästebad gekommen? Fassungslos sammelte Jana ihre Klamotten ein und zog sich an.

Dann ging sie die Straße hinunter und rief per Handy

ein Taxi. So ein Scheißkerl! War der irre? Borderliner? Einen derart rasanten Wechsel von heiß zu kalt hatte Jana jedenfalls noch nie vorher bei einem Menschen erlebt.

Im Taxi brach sie in Tränen aus. Die emotionale Achterbahnfahrt war einfach zu viel für ihre Nerven. James, der auf der Rückbank neben ihr hockte, sah sie erschrocken an, wedelte aufgeregt mit dem Schwanz und leckte ihr das Salz von der Wange. Richtig besorgt sah er dabei aus. Jana streichelte ihn gerührt, worauf er seinen Kopf auf ihren Schoß legte. Er stand ihr bei, wollte sie trösten, und da wurde ihr klar, wie lieb sie ihn inzwischen gewonnen hatte.

21

Daniel saß bereits an einem Stehtisch vor einem Becher Kaffee, als Jana am nächsten Morgen in der Goschfiliale Fußgängerzone Friedrichstraße/Ecke Boysenstraße eintraf. Um neun Uhr war sie mit Ben dort zum Unterschriftensammeln verabredet und hatte unerwartet einen Parkplatz fast direkt vor der Tür gefunden.

»Wie siehst du denn aus?«, begrüßte Daniel sie und musterte sie entgeistert. Jana ließ sich auf einen Hocker fallen. Offenbar war es ihr doch nicht so gut gelungen, ihre verheulten, geschwollenen und geröteten Augen zu kaschieren. Zum Glück war Ben noch nicht da.

»Was ist denn passiert?«, erkundigte Daniel sich besorgt, rutschte von seinem Hocker, ging zu Jana und legte einen Arm um ihre Schultern.

Bei der liebevollen Geste liefen Jana schon wieder die Tränen übers Gesicht.

»Ach, komm mal her, Süße«, sagte Daniel mitfühlend, nahm sie richtig in den Arm und strich ihr über den Rücken. »So schlimm wird es ja wohl nicht sein, oder?«

»Doch«, schluchzte Jana und gestand, immer wieder

Schnodder die Nase hochziehend, dass sie wegen eines Kerls namens Frank gerade heftigen Liebeskummer habe.

»Frank?«, fragte Daniel und schob Jana plötzlich von sich, um ihr ins Gesicht zu schauen. »Der mit der Weimaraner Hündin?«

Jana nickte.

Daniel brach in schallendes Gelächter aus. »Ist nicht wahr, oder?«

Jana sah ihn verständnislos an.

»Der Scheißkerl ist hier stadtbekannt«, erklärte Daniel und setzte sich wieder auf ihren Hocker. »Das ist der Sohn vom Immobilienhai Konrad, der sich hier auf Sylt 'ne goldene Nase verdient hat. Die hat er sich allerdings mittlerweile schon halb weggekokst«, schob er verächtlich nach und schlürfte einen Schluck Kaffee aus seinem Becher.

»Du kennst Frank?«, fragte Jana entgeistert.

»Klar!«, sagte Daniel. »Der reißt hier alles auf, was nicht bei drei auf den Bäumen ist. Hat jeden Sommer 'ne andere Affäre. Ach was, jeden Sommer«, korrigierte er sich. »Eigentlich eher alle drei Monate! Oft hat er auch mehrere Betthäschen gleichzeitig. Sei froh, dass du ihn los bist!«

»Waaas?« Jana konnte es nicht fassen. »Er hat mir eine herzzerreißende Geschichte über seinen Hund, seine Kinder und seine gerade laufende Scheidung erzählt!« Entsetzt schaute sie Daniel an.

Der lachte sich schlapp. »Der spinnt ja wohl total! Das ist der Hund seiner Frau! Den mag der gar nicht. Er benutzt die arme Paula nur zum Frauenaufreißen.«

»Nee, oder?« Jana hatte Schwierigkeiten, die Neuigkeiten sacken zu lassen.

»Kinder hat der gar nicht und geschieden ist er auch nicht«, ergänzte Daniel. »Die führen irgend so eine offene Beziehung, keine Ahnung. Jedenfalls weiß seine Frau über seine Affären Bescheid. Scheint ihr aber egal zu sein«, schloss er.

»So ein Arsch!«, rief Jana empört und wischte sich die letzten Tränenspuren aus dem Gesicht. Und wegen so einem hatte sie jetzt die ganze Nacht geheult. Was für eine Flüssigkeitsverschwendung!

»Dr. Frank, der Arzt, dem die Frauen vertrauen«, säuselte Daniel. »Hat er dich denn wenigstens …« Er machte eine Pause und setzte mit Zeige- und Mittelfinger links und rechts ein Anführungszeichen in die Luft. » … gut ›behandelt‹?« Er prustete los.

»Wir mussten die Untersuchung abbrechen«, grinste Jana und referierte die Details von Paulas unstandesgemäßer Begattung durch James, gefolgt von Franks komplettem Ausraster.

»Ich lach mich schlapp«, rief Daniel schenkelklopfend. »Hoffentlich war sie nicht gerade läufig!«

»Doch, war sie. Warum?«, fragte Jana.

»Wenn James Paula geschwängert hat, kriegst du richtig Ärger!«, warnte Daniel. »Paula ist ein sauteurer Zuchthund mit meterlangem Stammbaum. Die sollte bestimmt jungfräulich in die Ehe mit irgendeinem blaublütigen Hundeprinzen gehen. Da hätte James ihr dann einen gewaltigen

Strich durch die Rechnung gemacht. Dieser Rowdie!« Er grinste. Es klang ein bisschen bewundernd.

Jana wurde schlecht.

»Die sind beide Anwälte, die werden dich mit Klagen überziehen«, unkte Daniel.

»Wer ›die‹?«, fragte Jana.

»Na, Frank und seine werte Gattin!«

»Aber wenn er tatsächlich nur auf möglichst viele Bettgeschichten aus ist, warum hat er mich dann nicht gleich flachgelegt? Er hat sich total viel Zeit gelassen ...«, überlegte Jana laut. So gänzlich kampflos wollte sie ihre Romanze nun auch nicht aufgeben.

»Glaub bloß nicht, dass das irgendetwas mit tiefen Gefühlen für dich zu tun hatte«, warnte Daniel. »Wahrscheinlich hatte er gerade noch ein anderes Projekt am Start. Zum Beispiel die da!« Daniel wies auf einen schwarzen Cayenne, der in diesem Moment mit Warnblinkern vor Gosch parkte und aus dem nun eine junge Frau mit langen blonden Haaren und hautenger Skinny-Jeans stieg, um in den Liebeskind-Store gegenüber zu stöckeln.

War das tatsächlich Franks Wagen? Jana hatte sich sein Kennzeichen nicht gemerkt ...

»Woher weißt du das denn alles?«, fragte Jana entgeistert.

»Sylter Dorffunk«, erklärte Daniel. »Kein Nachrichtensender ist so schnell wie die Stille Post.«

Wie desillusionierend! Alle rosa Wolken lösten sich mit einem lauten PENG! in Luft auf. Wie blöd war sie eigentlich?

»Kann es sein, dass er Borderliner ist?«, fragte sie. »Der

ist da gestern Nacht komplett durchgedreht. Und eigentlich war es überhaupt nicht angebracht, derart auszurasten.«

»Keine Ahnung, ich bin kein Psychologe«, sagte Daniel achselzuckend. »Aber einen schweren Dachschaden hat er auf jeden Fall!«

»Frank-enstein!«, witzelte Jana. Es fühlte sich gut an, über das ganze Desaster zu lachen.

»Halt dich bloß fern von dem!«, riet Daniel. »Und lass uns jetzt mal loslegen! Da kommt ja auch endlich Ben!«

Daniel winkte in Richtung eines abgerockten blauen Defenders, der gerade in eine Parkbucht einscherte. »Hallo, Mädels!«, rief Ben ihnen gut gelaunt aus dem offenen Verdeck zu.

»Sorry wegen der Verspätung«, sagte er, als er zu Jana und Daniel an den Tisch kam. Sofort bemerkte er Janas verheultes Gesicht und schaute sie besorgt an. Doch er verkniff sich dezenterweise eine Bemerkung, was sie ihm hoch anrechnete. »Ich musste erst noch die Flugblätter aus der Druckerei holen. Könnt ihr mir gleich mal mit dem Tisch helfen?«

Zu dritt trugen sie Tapeziertisch, Aufsteller, Banderolen und die Kiste mit den Flugblättern in die Fußgängerzone, klappten den Tisch auf und bauten den Infostand auf. Jana legte die Flugblätter aus, während Ben die Banderole »Freie Strände für freie Hunde« über dem Tisch anbrachte.

»Sind wir nur zu dritt?«, erkundigte sich Daniel erstaunt.

»Heute ja«, gab Ben leicht zerknirscht zu. »Aber wir wiederholen diese Aktion ja noch ein paarmal vor der Demo, und dann sind wir mehr.«

»Demo?«, fragte Daniel erstaunt nach.

»Ja!« Ben strahlte stolz. »Nächsten Samstag wollen wir durch die Innenstadt ziehen. Mit den Hunden!«

»Cool«, fand Daniel. »Mit wie vielen Teilnehmern rechnet ihr denn?«

»Das kommt drauf an, wie viele ihr heute dafür begeistern könnt«, entgegnete Ben und drückte Daniel ein Flugblatt in die Hand. »In den Flyern steht alles über die Demo!«

»Super!«, fand Daniel. »Kannst du mir nachher einen Karton davon mitgeben? Die kann ich doch prima auch bei uns im Laden verteilen!«

»Sehr gerne«, freute sich Ben.

»Und in den Kampener Restaurants wären die doch auch super«, überlegte er. »Und in der Sansibar!«

»Auf jeden Fall!«, sagte Ben. »Das müssen wir bloß logistisch alles noch schaffen! Das ist ein ganz schönes Rumgefahre, und die Genehmigung der Betreiber müssen wir dafür natürlich auch noch einholen ...« Er strich sich etwas hilflos durch seine blonden Haare.

»Lass uns doch morgen Abend eine Tour machen, Jana!«, schlug Daniel spontan vor. »Wir grasen die Hot Spots der Insel ab und legen überall einen Stapel Flugblätter aus!«

»Meinetwegen«, stimmte Jana zu, der momentan alles reizvoller schien, als zu Hause Trübsal zu blasen.

»Die Tierbedarfssupermärkte nehmen wir auch noch mit«, beschloss Daniel.

»Und den Hundefrisörsalon!«, ergänzte Jana.

»Ihr seid genial!«, strahlte Ben begeistert. »Tolle Idee!

Dann lass ich nachher noch mal fünfhundert Blätter drucken!«

»Und jetzt zischt mal los, und macht Papi glücklich!«, grinste er und drückte ihnen jeweils ein Klemmbrett mit einer Unterschriftenliste und einen Stapel Flugblätter in die Hand.

»In zwei Stunden müsst ihr über fünfzigtausend Unterschriften zusammenhaben!«, rief er Daniel und Jana launig hinterher, als sie sich in entgegengesetzten Richtungen auf den Weg machten. Scherzkeks!

Nach ihrer unfassbaren Fehleinschätzung, was Frank betraf, war Janas Selbstbewusstsein zu einem kümmerlichen Häuflein zusammengeschrumpft. Entsprechend schwer fiel es ihr, Passanten anzusprechen oder auch nur freundlich zu lächeln. Sie hatte ausstrahlungsmäßig heute eindeutig kein gutes Händchen. Die Menschen reagierten entweder abwehrend auf sie, hasteten eilig und kopfschüttelnd weiter oder blafften: »Keine Zeit!« »Wie man in den Wald hineinruft, so schallt es heraus«, dachte sie.

Ihre Dünnhäutigkeit spürte offenbar auch ein älterer Herr mit beiger Schiebermütze und gelbem Karohemd, der vor ihr stehen blieb, sich ein Flugblatt geben ließ, das er kurz überflog, bevor er mit unnötig lauter Stimme auf sie einschimpfte.

»Überall Hundescheiße, und das finden Sie gut?«, rief er. »Nur weil Frauen neuerdings Karriere machen wollen und lieber Hunde haben, statt Kinder zu kriegen, ist die ganze Stadt eine einzige Kloake! Sie sind bestimmt auch so eine! Schämen Sie sich nicht?«, zeterte er.

»Moment mal!«, warf Jana mit zitternder Stimme ein und fühlte sich auf einmal furchtbar schutzlos. Hilfe suchend schaute sie sich nach Daniel um, doch der war ganz nach vorne zum Strandübergang gewandert. Und auch Ben war am Infostand gerade konzentriert in ein Gespräch verwickelt. James, Fritz und Fanny schliefen aneinandergekuschelt im Schatten unter dem Tisch.

»Das ist gefährlich, was Sie da machen! Ganz gefährlich!«, schrie sich der Herr aufgebracht in Rage und zog plötzlich ein Hosenbein hoch, sodass seine kalkweiße Wade zum Vorschein kam.

»Hier! Sehen Sie das?!«, rief er und zeigte tatterig auf eine dicke rote Narbe in der Mitte seines Unterschenkels.

»Das war ein Terrier!! Der hat mich am Strand gebissen. Einfach so! Das müssen Sie sich mal vorstellen!!«

Interessiert blieben einige Menschen stehen. Schnell bildete sich eine kleine Gruppe um Jana und den tollwütigen Herrn, den das wachsende Publikum noch weiter zu befeuern schien.

»Gemeingefährlich ist das mit diesen Bestien! Die gehören alle ausgerottet! Diese Höllenbrut sollte man vergiften oder vergasen!« Mit stechendem Blick starrte er Jana an. »Die sollten alle geschlachtet und gegessen werden – wie in China!«

»Ich kann ja verstehen, dass Sie …«, versuchte Jana, ihn zu beschwichtigen.

»Gar nichts verstehen Sie!«, brüllte der Mann ihr ins Wort. »Die Scheißköter kacken hier auf Sylt alles voll, greifen Kinder und alte Menschen an, und Sie unterstützen das auch noch!«

Jana schluckte.

»Was sind Sie denn für eine Frau?«, prügelte er verbal weiter auf sie ein. »Wahrscheinlich sind Sie so ein Mannweib! Dabei sollten Sie zu Hause Ihre Kinder versorgen, statt hier auf der Straße zu stehen. Unverantwortlich ist das!!«

Jana schossen angesichts dieser vollkommen ungerechten Aggressions-Bugwelle die Tränen in die Augen. Warum schrien sie denn auf einmal alle an? Was war denn bloß gerade mit ihrem Karma los? Zog sie das irgendwie an?

»Verräterin!«, steigerte sich der Mann immer cholerischer in seine absurde Theorie hinein. »Ich werde ...«

»So, jetzt beruhigen Sie sich mal und lassen meine Kollegin in Ruhe!«, hörte Jana plötzlich eine Stimme hinter sich. Ben legte einen Arm um die Schulter des Mannes und zog ihn von Jana weg. »Und diese Frau ist im Übrigen kein Mannweib, sondern die fleißigste und verantwortungsvollste Hundebesitzerin, die ich kenne! Es gibt auf dieser Insel wohl niemanden, der besser mit seinem Tier umgeht«, verteidigte er sie. »Und Sie werden sich deshalb jetzt bei ihr entschuldigen, sonst kriegen Sie eine Anzeige wegen Beleidigung!«

»Hmpf«, machte der Herr verblüfft.

»Oder wäre es Ihnen lieber, wenn ich gleich die Polizei rufe und denen berichte, wie Sie meine Kollegin bedroht haben?«, fragte Ben. »Ihre absurde Schimpftirade grenzte deutlich an Rufmord und seelische Grausamkeit!«

»Schon gut«, murmelte der Herr kleinlaut mit gesenktem Kopf.

»Na?«, fasste Ben streng nach und hielt sein Ohr demonstrativ in Richtung des Mannes. »Fehlt da nicht noch was?«

»'tschuldigung«, murmelte der Mann.

»Wie bitte?«, fragte Ben.

»Entschuldigung!«, sagte der Mann nun lauter und machte eilig, dass er weiterkam.

»Der motzt dich nicht noch mal an«, lachte Ben und strich Jana kurz über den Rücken. »Sorry, das hätte nicht passieren dürfen! Ich hab's zu spät gesehen. Meine Schuld.«

»Schon okay«, sagte Jana verblüfft. Ben hatte sie soeben gerettet und rehabilitiert und tatsächlich etwas Nettes über sie gesagt. Was war denn mit dem los? Waren jetzt alle verrückt geworden?

22

Immer mehr vertraute James ihr, immer länger durfte sie seine Pfote berühren, gerade eben hatte sie sie sogar zum ersten Mal anheben dürfen, kombiniert mit dem Kommando »Pfote!«. Es war ein kritischer Moment gewesen, in dem James zunächst kurz die Lefzen hochzog, die seltsame Übung dann aber doch akzeptierte.

Jetzt waren sie einen großen Schritt weiter, und es schien so, als hätten James' Gehirnzellen endlich die Verbindung zwischen Pfote geben und Belohnung hergestellt.

Nun ging es ums Ganze: Aufgeregt baute sich Jana vor dem erwartungsvoll vor ihr sitzenden James auf. Mit erhobenem Zeigefinger befahl sie: »Pfote!«, und hielt gleichzeitig einen Leberwurstcracker in der linken Hand. James reagierte nicht, sondern schaute immer nervöser auf den Cracker. Ein Sabberfaden troff aus seinem Maul.

»Pfote!!«, wiederholte Jana nun lauter und in etwas strengerem Tonfall und deutete auf sein Vorderbein. Und da geschah das Wunder: James hob tatsächlich seine Pfote an. Ein Glücksrausch durchfuhr Jana, sie gab ihm den Cracker, legte den Arm um ihn und lobte ihn überschwänglich.

Das schien sich noch gravierender in James' Hirnzellen einzubrennen, denn beim nächsten Versuch kombinierte er schon deutlich schneller.

Jana war tief gerührt von seinem guten Willen, seinen Fortschritten und seiner Intelligenz.

Es war später Vormittag, und sie absolvierte im Garten gerade James' tägliche Trainingseinheiten. Nach dem Ausraster des Opis war die gestrige Unterschriftenaktion zum Glück reibungslos verlaufen. Über hundertfünfzig Stimmen hatten sie zusammenbekommen, gar nicht schlecht für den ersten Tag.

Nach ihrem Einsatz war Jana jedoch so erschöpft gewesen, dass sie auf der Gartenlounge sofort in einen Tiefschlaf fiel und erst wieder wach wurde, als es schon dunkel war. Sie hatte mit James noch eine Gassirunde gedreht und war dann vollkommen erschlagen von den Ereignissen der vergangenen vierundzwanzig Stunden ins Bett gefallen.

Immer noch ziemlich gerädert war sie morgens aufgewacht, hatte sich eine lange Chillphase auf der Außenlounge gegönnt und dann mit James zu arbeiten begonnen.

»Genug geübt für heute, mein Dicker«, rief Jana und warf James zur Belohnung einen Ochsenziemer auf den Rasen. Für sich holte sie eine kalte Cola aus der Küche und schaute auf ihr Handy. Immer noch keine SMS, keine Nachricht von Frank. Obwohl sie von Daniel gestern gründlich über Franks wahre Identität aufgeklärt worden war, weigerte sich etwas in ihr, die Hoffnung aufzugeben. Die Hoffnung, dass bei ihr alles anders war. Dass sie für ihn etwas Besonderes war. Die einzige Frau, in die er sich wirklich verliebt hatte. Sie wäre zu gerne etwas Besonderes gewesen, wenigstens einmal für einen Menschen!

»Einsam ist, wer für niemanden die Nummer eins ist«, sagte man doch. Und Jana fühlte sich gerade äußerst einsam.

»Na, da ist ja mein bestes Pferd im Stall«, begrüßte Ben sie launig, als sie nachmittags zum Trainingstermin erschien.

»Witzig«, entgegnete Jana mürrisch. Seine gute Laune ging ihr auf die Nerven, zumal sie selbst gerade graue Wolken umschwirrten.

»Oh, ist dir eine Laus über die Leber gelaufen?«, fragte Ben erschrocken. »Bist du nicht so gut drauf?«

»Nee, aber lass mal«, sagte Jana. »Ich möchte auch nicht drüber reden. Lass uns anfangen!«

»O. k.«, sagte Ben und guckte sie sorgenvoll an. Mal wieder typisch, dachte Jana: Der, den sie doof fand, machte sich Gedanken um sie, und dem, in den sie sich verliebt hatte, war sie scheißegal. Was für eine Farce!

»Ich muss dir was zeigen!«, rief sie Ben zu, der gerade den Eimer-Parcours aufbaute, und riss sich damit aus ihren trüben Gedanken.

Stolz präsentierte sie James' Fortschritte beim Pfotegeben, und der stets so verbissene, spaßbefreite Ben musste zähneknirschend Janas Erfolg Bewunderung zollen. Obwohl: So zähneknirschend war das gar nicht, wie Jana überrascht bemerkte. Er war eher ganz offen begeistert.

»Nicht schlecht«, lobte er sie ehrlich erfreut. »Ich hätte nicht gedacht, dass du das so schnell schaffst! Hut ab!«

Er streichelte James' Kopf.

»Oder besser: Dass du es ÜBERHAUPT schaffst«, fügte er hinzu und lächelte Jana an. Er lächelte!! Schon wieder!

»Übung macht den Meister«, scherzte Jana und musste zugeben, dass ihr Bens Lob guttat. Wenigstens das hatte sie geschafft: Sie hatte James ein bisschen gezähmt! War also doch nicht alles komplett verkehrt an ihr.

»Heute legen wir James für die Eimer-Übung mal an eine andere Leine«, verkündete Ben und zog ein Wollknäuel aus seiner Tasche.

Jana vermutete leicht genervt, dass das schon wieder einer seiner lauwarmen Witze war.

»Haha«, rief sie mit unüberhörbar ironischem Unterton. »Wie lustig!«

»Das ist ernst gemeint, Jana«, sagte Ben. »Es ist volle Absicht, eine Führungsleine zu nehmen, die jederzeit reißen kann, wenn James zu sehr zieht oder du zu sehr daran zerrst. Wir hätten auch eine Luftschlange aus Papier nehmen können.«

»Und was soll das?«, fragte Jana irritiert.

»Ganz einfach«, erklärte Ben. »Je mehr du dich bemühst, das Band nicht reißen zu lassen, umso deutlicher werden deine Signale an James! Und mit einem so dünnen Band kannst du gar nicht anders, als deine Signale mit deinem Körper oder deiner Haltung auszudrücken. Du musst versuchen, ihm nonverbal zu vermitteln, ob er gehen oder stehen bleiben soll und ob er das Leckerli nehmen darf oder nicht. So lernt James, akribisch auf deine Signale zu achten«, beendete er seinen Vortrag.

»Puh«, sagte Jana. »Ob das klappt?«

»Probier es einfach«, forderte Ben sie auf.

Es war tatsächlich kaum zu schaffen: Bei den ersten drei Durchgängen riss der Wollfaden schon nach wenigen Sekunden. Aber je öfter sie die Übung wiederholten, desto länger hielt das Band. Es kam Jana ein bisschen wie Eierlaufen vor. Alles eine Frage der Geduld und des Körpergefühls. Aber irgendwie auch des telepathisch übertragenen Willens. Mit James intuitiv zu kommunizieren, fand sie immer spannender, denn er schien sie mehr und mehr lesen zu können – und das hätte sie von einem so großen, wilden Tier niemals erwartet.

Erschöpft verabschiedete sie sich nach einer Stunde wieder von Ben, der ihr zwei Pappkartons überreichte. »Das sind die Flugblätter für deine Tour mit Daniel.« Ach ja, fiel es Jana wieder ein. Das hatte sie total vergessen. Sie war ja heute Abend mit Daniel zum Flyerverteilen in den Sylter Restaurants verabredet. Sie hastete eilig zum Auto und sauste nach Hause, um sich umzuziehen.

Pünktlich um siebzehn Uhr stand Daniel vor ihrer Tür – wie immer bestens gelaunt. Eine echte Frohnatur. Beneidenswert, fand Jana.

Sie begannen ihre Rundfahrt in Kampen und starteten mit dem Kaamps 7. Einer von Daniels Kumpels arbeitete in Kampen als Rettungsschwimmer und Strandkorbwart. Dessen Kurverwaltungs-Jeep, den sich Daniel für den Abend geliehen hatte, besaß eine Lizenz zum Befahren der Schotterwege, die direkt zu den Strandrestaurants führten, sodass sie wenigstens nicht noch lange Fußmärsche bewältigen mussten.

Vom Kaamps 7 zur Buhne 16 konnten sie sogar direkt am Strand entlangfahren, mit wehendem Haar und offenem Verdeck, was Jana unglaublich genoss.

Die Flyer-Tournee machte Spaß und ging viel reibungsloser über die Bühne, als Jana befürchtet hatte. Da Daniel als gebürtiger Sylter fast alle Wirte kannte, war es vollkommen unproblematisch, die Flugblätter in den jeweiligen Locations auszulegen. Und ein Glas Wasser, ein Bier oder ein Schluck des obligatorischen Sylter Kult-Kümmelschnaps Helbing, der stets in tiefgefrorenen Gläsern serviert wurde, sprang meistens auch noch dabei heraus.

Kurz nach dreiundzwanzig Uhr hatten sie alles erledigt, und Jana war heilfroh, endlich in ihr Bett fallen zu können. Dass ihr Syltaufenthalt derart arbeitsintensiv werden würde, hätte sie niemals vermutet. Und dabei musste sie sich doch eigentlich um viel wichtigere Dinge kümmern. Zum Beispiel darum, wie ihr Leben in Hamburg weitergehen sollte …

Die Netrebko-Nachtigall hatte heute vor dem offenen Schlafzimmerfenster schon wieder einen grandiosen Auftritt. Jana ließ sich von ihrem Gesang verzaubern, fühlte sich wie immer extrem geborgen durch den ruhigen Atem von James, der vor ihrem Bett lag, und schlief ein.

23

»An den Hundestrandabschnitten weiß ja jeder, dass dort Hunde frei herumlaufen«, schimpfte eine blonde Frau im blauen Polohemdkleid. »Wer das nicht möchte oder wen das stört, der kann ja an die normalen Badestrände gehen. Davon gibt es ja sowieso viel mehr!«

»Genau!«, stimmte ein Nerd-Brillenträger ihr zu und nickte endlos lange, wie um seiner Meinung ein körpersprachliches Ausrufezeichen hinzuzufügen.

Die Gemeinde Wenningstedt hatte im Kursaal zu einer öffentlichen Diskussion über den geplanten Leinenzwang an den Hundestränden geladen, und die Versammlung, an der Jana seit zehn Minuten teilnahm, kam langsam in Schwung. Befürworter und Gegner, Hundefans und Hundehasser lieferten sich eine erbitterte Argumentationsschlacht.

»Aber muss man wirklich bei totaler Strandüberfüllung noch Bällchen zum Apportieren werfen und dabei in Kauf nehmen, dass mir Fiffi, mit einem geschätzten Kampfgewicht von fünfzig Kilo, die Beine wegreißt vor Begeisterung?«, fragte eine esoterisch aussehende Rothaarige im Walla-Walla-Kleid empört.

»Bleiben Sie doch einfach weg vom Hundestrand, wenn Sie keinen Hund haben«, schlug der Nerd-Brillenträger vor.

»Ich bin für ständige Leinenpflicht, auch für die Hunde, die nur spielen wollen. Es gibt nämlich etliche Menschen, die Angst vor Hunden haben«, rief eine bieder wirkende Frau mit praktischer Kurzhaarfrisur.

»Wer Angst vor Hunden hat, sollte die Hundestrände einfach meiden«, wiederholte der Nerd-Brillenträger sein in seinen Augen offenbar unschlagbares Argument. »Egal, ob Leinenpflicht oder nicht.«

»Wenn ich von Westerland nach Kampen laufe, kann ich schlecht vom Hundestrand wegbleiben. Und ich möchte dabei nicht von einem Riesenteil umgerannt werden, weil Frauchen zu dämlich ist, es abzurichten«, entgegnete die Rothaarige aufgebracht. »Ich habe mich nicht darüber beschwert, dass da Hunde rumlaufen, sondern angeregt, dass man sich bei Hochbetrieb am Strand vielleicht das Bällchenwerfen verkneifen sollte, damit keine Strandläufer umgeworfen werden«, fuhr sie fort. »Es heißt ja bei Sylt-Info nicht umsonst: ›Im Interesse aller Gäste bitten wir grundsätzlich um entsprechende Rücksicht gegenüber Mitmenschen.‹«

»Ich sehe auch nicht ein, dass dort die Hunde frei von Strandkorb zu Strandkorb laufen und diese anpinkeln«, stimmte ihr ein älterer Herr in Beige zu.

»Aber wegen ein paar schlecht erzogener Ausnahmen muss man doch nicht gleich alle an die Kette legen!«, echauffierte sich ein Karojackett-Träger, der aussah, wie ein britischer Gutsherr.

»Es geht aber auch darum, unsere Hunde vor den aggressiven Hunden, die ihre Artgenossen beißen, zu schützen«, rief eine Seniorin mit grauem Dutt.

Jana begriff die Logik ihres Einwurfs nicht. War die nun für oder gegen den Leinenzwang?

»Und was soll man Ihrer Meinung nach mit denen machen? Nur gut erzogene Hunde an den Strand lassen, oder was?«, hielt ein junger Mann im weißen T-Shirt dagegen.

»Wie soll man das denn überprüfen?«, fragte die Frau im blauen Polokleid.

»Das ist doch alles krasser Quatsch«, fand ein blondes Teenie-Mädchen im pinken Hoodie. »Tiere sind freie Wesen und müssen sich frei bewegen dürfen! Wir können nicht alle einsperren!«

Gemurmel im Saal.

»Oder aufessen!«, schob eine Frau nach. Offenbar war sie Vegetarierin.

»Wie wäre es mit einem Hundeführerschein für die Sylter Strände?«, schlug eine Blazer-Trägerin vor.

»Bloß nicht noch mehr Papierkram!«, wehrte eine sehr dicke Frau ab.

Nach einer Stunde wurde das hitzige Gruppengespräch ergebnislos beendet, und die Teilnehmer strömten durch den Ausgang.

Froh über die frische Luft, schlenderte Jana aus der Tür des Kursaalgebäudes. Gleich war sie mit Michaela im Spices verabredet.

24

In vino veritas: Je mehr Riesling Michaela trank, desto mehr versank sie in Selbstmitleid. Seit einer Stunde jaulte sie Jana, die beschlossen hatte, heute mal abstinent zu bleiben, nun schon die Ohren über ihr verkorktes Leben voll. Zwischen Japanischer Thunfischpizza und Spanferkelsalat gestand sie Jana, dass sie nicht mehr begreifen konnte, was sie ihr damals angetan hatte.

Michaelas Seelenstrip war so aufwühlend, dass Jana sich überhaupt nicht auf die extrem köstlichen Kreationen von Superkoch Tim Raue konzentrieren konnte.

»Heute weiß ich, was das für ein Verrat war«, murmelte Michaela und schaute traurig in ihr Glas. Wie eine Ertrinkende sei sie damals durchs Leben getaumelt und habe nach allem gegriffen, was Halt bot: Karriere, Alkohol, Männer ... Absolut egoistisch, ohne Rücksicht auf Verluste oder Gefühle. Sie spielte, um zu spielen, berauschte sich am Kräftemessen, folgte dem Reiz des Verbotenen, ohne den geringsten Gedanken an die Konsequenzen. Es war ein böses Erwachen, als ihr damals klar wurde, dass sie zu weit gegangen war.

»Mir lag viel mehr an dir, als mir bewusst gewesen war«, gestand sie und schaute Jana eindringlich in die Augen. »Viel mehr!«

An ihrer Schuld hatte sie offenbar genauso gelitten wie Jana an dem Verrat. Sie ging nur anders damit um: Während Jana sich zurückzog und ihre Wunden leckte, betäubte Michaela ihren Schmerz mit Arbeit – und mit der Heirat mit John, ihrem amerikanischen Ex-Mann. Die Ehe hielt allerdings nur fünf Monate, dann ließ er sich scheiden.

Michaela blieb trotzdem in New York und rutschte sozial total ab, da sie in ihrem Liebesrausch einen knallharten Ehevertrag unterschrieben hatte. Sie konnte sich nur noch ein WG-Zimmer leisten und verlor ihren Job.

An ihrem Tiefpunkt jobbte sie im Supermarkt, gab New York schließlich auf und suchte neuen Sinn in einem indischen Ashram, wo sie für Kost und Logis täglich zwölf Stunden lang karge Sandböden umgraben musste.

Zurück in Deutschland, kehrte sie dem »Medien-Haifischbecken« den Rücken, ließ sich zur Yogalehrerin ausbilden und gab seitdem schlecht honorierte Kurse in verschiedenen Einrichtungen in ganz Deutschland. Statt Porsche fuhr sie nun einen altersschwachen R4, war Single und wollte es auch bleiben. »Das Thema Männer ist für mich erledigt!«, verkündete sie und leerte ihr Glas.

»Für mich auch!«, stimmte Jana zu und dachte dabei an den desaströsen Abend mit Frank. »Ich hab ja jetzt einen vierbeinigen Begleiter! Und der ist endlich treu.«

Michaela lachte. »Vielleicht mache ich dir das nach.«

»Jetzt beruhig dich!« Das war – möglichst beunruhigt geschrien – in der Redaktion immer ihr gemeinsamer Running Gag gewesen. Als Michi diesen Satz spät am Abend sehr weich lächelnd zum ersten Mal sagte, zog es in Janas Kiefermuskeln so komisch wie bei einem unerwarteten Happy End im Kino. Grinsend stießen sie an. Happy und noch lange nicht am Ende ...

Als sie sich um Mitternacht voneinander verabschiedeten, nahm Michi Jana lange in den Arm und bat sie lallend nochmals um Entschuldigung für damals.

»Schon gut«, erteilte Jana ihr die ersehnte Absolution. »Vergeben und vergessen.«

»Danke!« Michi schmatzte ihr einen Kuss auf die Wange und taumelte Richtung Taxi. Jana stieg in ihren Benz, in dem James auf der Rückbank schlief, weil im Spices keine Hunde erlaubt waren.

Was für eine Begegnung! Auf der Rückfahrt nach Wenningstedt reflektierte Jana das aufwühlende Gespräch: Immer wieder hatte sie sich in den vergangenen Jahren gefragt, warum sie damals nicht souveräner mit der Situation umgegangen war. Warum sie sich einfach alles hatte wegnehmen lassen, statt cool zu bleiben und wenigstens den Job zu behalten. Warum hatte sie nicht gekämpft? Ihre Weicheiigkeit hatte sie sich nie verzeihen können. Und nun gestand Michaela ihr gerade, wie sehr sie die Echtheit ihrer Gefühle, ja sogar ihre Verletztheit berührt hatte.

Jana fühlte sich seltsam rehabilitiert. War ihre Emotionalität tatsächlich eine Qualität? Ihre vermeintliche Schwäche am Ende ihre Stärke? Nicht nur Michi, sondern endlich auch sich selbst verzeihen zu können – dieses Geschenk machte Michaela ihr an diesem Abend.

Keine von ihnen war besser oder schlechter als die andere, sie waren einfach nur verschieden. Auch Michaela hatte jede Menge Tiefen ausgelotet, einen Job-Rausschmiss und eine gescheiterte Ehe hinter sich.

Was war denn der Maßstab für ein gelungenes Leben?, räsonierte Jana. Erfolg, Karriere, Geld, Konfektionsgröße 38, Promipartys, Porsches und möglichst weiß gebleachte Zähne? Ging es nicht eher um die Summe der Glücksmomente, die man erlebte? Da schnitt Jana bestimmt nicht schlechter ab.

War sie jetzt weiter in ihrem Leben? Hatten sich ihre Werte verschoben? Mit Frank hatte sie in der Liebe ja gerade schon weder eine Riesenpleite erlebt, aber dennoch fühlte sie sich nicht wirklich unglücklich. Irgendetwas in ihr sagte ihr, dass sie auf dem richtigen Weg war, auch wenn das Ziel noch nicht klar vor Augen stand.

Und außerdem hatte sie ja nun einen treuen Begleiter, dachte Jana und schaute verliebt in James' goldene Bernsteinaugen.

25

»Nee, wat is datt aufregend!«, rief Jutta. »Und die kümmern sich alle so rührend um ihre Hunde. Also ich find datt toll!«

Die chronisch gut gelaunte Rheinländerin hatte am Vormittag mal wieder über den Gartenzaun geschaut und sich über das Plakat gewundert, das Jana dort gerade mit großen roten Buchstaben bemalte. »Freiheit für Fellnasen!« stand darauf.

»Fellnasen? Wat soll'n datt heißen?«, wunderte sie sich lachend.

Jana erzählte ihr von dem geplanten Leinenzwang an den Hundestränden und der Demo dagegen, für die sie gerade ein Protestplakat malte.

Später wollte sie sich mit Ben und ein paar anderen Aktivisten im Kursaal treffen, um Flugblätter und Plakate zu entwerfen, zu bemalen und zu betexten und sie drucken zu lassen. »Komm doch mit!«, schlug sie Jutta vor.

Das ließ sich »datt Jutta« nicht zweimal sagen.

»Hömma, datt is 'ne rischtisch jute Idee«, rief sie begeistert. »Isch langweil mich zu Hause eh zu Tode. Dä Thommas sieht den janzen Tach Fußball. Is ja gerade irgend so 'ne Schämpjongs Lieg, nä? Schrecklisch is datt!«

Und nun stand sie neben Jana in einem Raum des Kursaals, den ihnen die Gemeinde Wenningstedt freundlicherweise zur Vorbereitung der Demo zur Verfügung gestellt hatte, schwenkte einen Pinsel mit roter Farbe und hatte sogar selbst gebackene Kekse mitgebracht, die sie einen nach dem anderen aufaß.

Die Stimmung war fröhlich und solidarisch, einige hatten Thermoskannen mit Kaffee, andere Kartoffel- und Nudelsalate und sogar Würstchen mitgebracht. Saft und Mineralwasser hatte die Gemeinde gestellt. Es war kurz nach neunzehn Uhr, und alle waren super motiviert.

»Sylt gehört den Tieren genauso wie den Menschen. Nehmen Sie den Hunden nicht das letzte bisschen Freiheit! Die möchten genauso gerne am Strand spielen und baden wie Sie. Geben Sie uns Ihre Stimme für freie Hunde an freien Stränden!«

Den Text hatten die Aktivisten nach langem Hin und Her soeben gemeinsam für die Flugblätter formuliert, die bei der Demo verteilt werden sollten.

»Aber so ist das doch viel zu trocken«, meinte Ben plötzlich und setzte sich vor ein leeres Blatt Papier an einen Tisch. »Hat jemand Filz- oder Buntstifte dabei?«, erkundigte er sich.

»Ja, hier!«, eine Frau in Jeans und weißer Bluse kramte eine Buntstiftschatulle aus ihrer Tasche und überreichte sie Ben.

»Super! Vielen Dank!«, freute der sich.

Er nahm ein paar Stifte und skizzierte etliche erstaunlich

lustige Comicfiguren, die traurige Hunde an Leinen und glückliche Hunde in Freiheit darstellten. Die Bilder waren richtig komisch. Jana hätte nie so ein Talent bei ihm vermutet. Und so viel Humor.

»Klasse!«, lobte auch Jutta. »So schmeißen die Leute datt nisch direkt wieder weg, sondern gucken jenauer hin! Ne Superidee is datt!«

Auch die anderen Aktivisten, die sich im Kreis um Bens Tisch aufgebaut hatten, waren begeistert. Und Ben war sichtlich verlegen ob des unerwarteten Zuspruchs. Mit rotem Kopf bedankte er sich schüchtern.

»So, Leute«, rief er, erhob sich und klatschte in die Hände. »Jetzt habt ihr mir aber genug Honig um den Bart geschmiert. Nun lasst uns mal die Spruchbänder bemalen!«

Gesagt, getan: Eifrig rollten sie auf dem Boden weiße Transparente aus, die links und rechts an Besenstiele getackert wurden. Dazu kamen Pappplakate, Spruchbänder, Schilder und Banner, die sie mit diversen Slogans betexteten:

»Freiheit für Fellnasen!«
»Liebe statt Leine!«
»Leinenlos glücklich!«
»Freiheit statt Fesseln!«
»Uns legt ihr nicht an die Leine!«
»Glück lässt sich nicht anleinen!«
»Wir wollen doch nur spielen!«
»Macht unser Hunde-Leben nicht zum Hundeleben!«

Jana fühlte sich an Wackersdorf erinnert, die große Anti-Atom-Demo, zu der sie ihre Eltern vor dreißig Jahren mitgenommen hatten. Aufgeregt hatten Jana und Nele als Kinder damals ganz ähnliche Plakate bemalt. Nur ging es darin um Menschen, und nicht um Hunde-Leben.

»Isch hab jerade 'ne Idee!«, rief Jutta plötzlich, deren Gesicht schon großflächig mit roter Farbe beschmiert war. »Kannste du mir kurz deen Audo leihen, Jana?«

»Ja klar«, sagte Jana verwundert und drückte ihr den Zündschlüssel in die Hand.

»Bin gleich wieder da-ha!«, rief Jutta fröhlich und eilte aus dem Raum.

Eine halbe Stunde später stand sie wieder in der Tür, einen Stapel alter Zeitungen und eine Rolle biegsamen Kleintierzauns unter dem Arm. In der anderen Hand trug sie einen Eimer, in den sie Kleister, ein paar Farbtuben und eine Drahtschneidezange gepackt hatte.

»Ich hab schnell ein bisschen wat von zu Hause geholt«, erklärte sie den erstaunten Teilnehmern und lud die Sachen auf einem der Tische ab.

»Aha?«, sagte Jana und schaute sie fragend an.

»Wirste jleich sehen«, zwinkerte Jutta ihr zu und verschwand mit dem Eimer Richtung Toilette. Kurz darauf schleppte sie den wassergefüllten Eimer wieder rein, stellte ihn neben den Tisch, setzte sich und begann, die Zeitungen in kleine Schnipsel zu zerreißen.

»Willst du Pappmaschee machen?«, fragte Ben interessiert.

»Janz jenau!«, freute sich Jutta. »De Kandidat hat zehn Punkte!«

»Ich helfe dir!«, sagte Ben, rückte einen Stuhl heran, setzte sich neben sie und zerfetzte in Rekordzeit eine »Hallo Sylt«-Ausgabe. Die anderen Teilnehmer taten es ihm gleich. Im Nu waren die Zeitungen zerrissen und stattdessen ein eindrucksvoller Schnipselberg entstanden.

»Und was machst du mit der Drahtrolle?«, fragte Jana neugierig.

»Wirste jleich sehen«, wiederholte Jutta schmunzelnd.

Sie rollte ein großes Stück Drahtzaun ab, schnitt ihn mit der Zange ab und begann, daraus etwas zu formen, das zunächst wie ein Hügel aussah, dann wie ein Hügel mit Kopf, bis die Figur schließlich die Form eines sitzenden Hundes annahm. Die Gruppe klatschte Beifall.

Nun rührte Jutta, die ihren Auftritt sichtlich genoss, im Eimer Kleister an, weichte die Zeitungsschnipsel darin ein, griff in den klebrigen Matsch und bedeckte den Maschendraht mit einer Pappmaschee-Haut.

»Datt muss jetzt kurz antrocknen«, verkündete sie, als sie ihr Werk beendet hatte, »un dann wird ett anjemalt!«

Sagte es und entschwand Richtung Toilette, um sich die Hände zu waschen.

»Und jetzt jibbet en Schlückchen Prossetscho!«, rief sie, als sie wiederkam. »Den hab isch nämlich auch gleich mitjebracht!« Gut gelaunt verteilte sie Pappbecher und schenkte ihren neuen Kollegen ein.

Die Gruppe stieß auf den Erfolg der Demo an, und die Stimmung hob sich merklich.

Irgendwann mixte Jutta aus der gelben und der roten Farbtube einen Braunton und fing an, die Figur damit zu bemalen. Immer deutlicher wurden die Umrisse eines sitzenden, sehr traurig aussehenden Hundes, der an einer riesigen Metallkette lag.

»Sehr eindrucksvoll!«, jubelte ein Brillenträger. »Das wird die Zuschauer bestimmt wachrütteln!«

»Ist ja doll!«, begeisterte sich die Frau in der weißen Bluse. »Woher kannst du das denn?«

»Na, datt machen wir doch zum Kölner Karneval jedet Jahr!«, erklärte Jutta. »Auf den Rosenmontagszügen haben wir immer riesije Fijuren aus Pappmaschee. Mal die Merkel, mal den Trump ... dat hab isch schon als Kind jelernt«, berichtete sie stolz.

»Und jetzt ham wir auch für den Demo-Umzug eene Frontfigur!«, sagte sie und betrachtete zufrieden ihr Werk.

Nachdem alle Plakate gemalt und die Flugblattvorlage gescannt und an die Druckerei gemailt worden war, machte sich die Gruppe auf den Weg zur Kurpromenade, um dem Sonnenuntergang zuzusehen. Nebeneinander setzten sie sich auf die Mauer und bewunderten die Reise der Feuerkugel hinter den Horizont. Die Stimmung war bestens, es wurde viel gelacht und gescherzt.

Immer wieder stolperte Jana dabei über verstohlene Blicke, die Ben ihr vermeintlich unbemerkt zuwarf. Hatte sie noch Farbe im Gesicht? Oder sah er ihr ihre Frank-Katastrophe an? Jana war allmählich genervt. Konnte der sich nicht mit was anderem beschäftigen?

»Komm, wir müssen los«, sagte sie schließlich ungeduldig zu Jutta, die schon einiges getankt hatte und maulig protestierte. »Aber warum denn, Hase? Et is doch jerade so jemütlich hier!«

Doch die anderen Teilnehmer nutzten Janas Aufbruchsversuch und erhoben sich ebenfalls. Schnell löste sich die Gruppe auf.

»Vielen Dank, Jana und Jutta«, sagte Ben zum Abschied. »Ihr habt uns sehr geholfen!« Schüchtern und etwas linkisch hauchte er ihnen jeweils einen Kuss auf die Wange. Seine Bartstoppeln kratzten, bemerkte Jana.

Auf dem Weg zum Auto war sie froh, ihn endlich wieder aus ihrem Umfeld zu haben. Irgendetwas an seiner Nähe, an seiner Art, war ihr zu intensiv. Wie eine surrende Mücke zerrte er an ihren Nerven.

»Sach mal, der Blonde da, dieser Ben, der steht doch auf disch, oder?«, fragte Jutta, als sie zusammen nach Hause fuhren.

»Quatsch!«, winkte Jana empört ab. »Der ist vollkommen frustriert und findet mich total ätzend!«

»Jaja«, schmunzelte Jutta. »Nachtigall, ick hör dir trapsen! Hör mal auf die alte Judda. Die hat in solchen Dingen noch immer rescht jehabt.«

Hoffentlich nicht, flehte Jana im Geiste. Noch einen psychopathischen Bewerber für ihr verbeultes Herz konnte sie momentan wirklich nicht gebrauchen.

26

Die nächsten Tage vergingen mit Trainingsübungen und Unterschriftensammeln.

In der Pfoten-Competition hatte James anscheinend das Strebertum für sich entdeckt und beschlossen, Klassenbester zu werden: Jedes Mal, wenn Jana etwas Leckeres in der Hand hielt, knallte er ihr neuerdings ungefragt seine Pfoten in wildem Rechts-links-Wechsel auf den Oberschenkel. Das war zwar süß – aber leider auch ziemlich schmerzhaft, denn die Schlagkraft seiner Riesenpfoten konnte er natürlich nicht richtig einschätzen.

Nachdem er den Befehl »Pfote!« verstanden hatte und sie ihr bereitwillig reichte, sobald sie das Kommando aussprach, hatte Jana damit begonnen, danach auf seine zweite Pfote zu zeigen und dazu »Andere!« zu befehlen. Erst wenn er ihr auch diese gereicht hatte, bekam er das ersehnte Leckerli.

James hatte den Transfer ziemlich schnell geleistet und gab inzwischen automatisch beide Pfoten nacheinander.

Mit viel Geduld hatte Jana es tatsächlich geschafft: Sie hatte einem anderen Wesen ihren Willen aufgedrückt, ihm beigebracht, wie es sich verhalten musste, um etwas von ihr zu bekommen. Würde etwas von der Dominanz, die sie für James lernen musste, auf ihr Leben abfärben? Würde sie sich künftig mehr durchsetzen können? Und auch in ihren Beziehungen die Hosen anhaben und klarer artikulieren, was sie wollte und was nicht?

»Magst du Minigolf?«, fragte Ben sie überraschend, nachdem sie auf der Wenningstedter Kurpromenade zwei Stunden lang Unterschriften gesammelt und Flugblätter verteilt hatten.

»Minigolf?«, echote Jana perplex. »Äh, ich weiß nicht ... Das habe ich zuletzt mit zwölf gespielt, glaube ich ...«

»Also vor fünf Jahren«, grinste Ben charmant.

»Witzig«, knurrte Jana. Was war denn mit dem los? Hatte der was geraucht?

»Also, hast du Lust?« Ben blieb hartnäckig.

»Wo denn?« Jana wand sich. Eigentlich würde sie sich mit James jetzt lieber irgendwo an den Strand legen und sich entspannen.

»Da hinten ist ein cooler Platz, und im Kiosk davor gibt es den besten Cappuccino von Wenningstedt. Und die leckersten Crêpes.«

Jetzt hatte er sie. Jana hatte einen Bärenhunger, und ein bisschen Koffein konnte sie auch gut vertragen.

»Okay«, sagte sie.

»Gut. Dann los.«

Schweigend schlenderten sie nebeneinanderher zum Minigolfplatz, der schräg gegenüber vom Kursaalgebäude lag. Am kleinen Kiosk bestellte Ben zwei Cappuccino bei dem Inhaber, den er offenbar gut kannte. »Was willst du auf deinen Crêpe? Apfelmus? Nutella? Oder nur Zimt und Zucker?«

»Nutella«, rief Jana, der bereits das Wasser im Mund zusammenlief, von der Holzbank aus, auf die sie sich gerade hatte fallen lassen.

Ben hatte recht: Der Cappuccino war wirklich sensationell – und die Crêpes einmalig lecker. Jana, die noch lange nicht satt war, hätte noch zwei oder drei davon verzehren können, mochte sich vor Chuck-Norris-Ben aber keine Blöße geben.

»Mhm, das war lecker«, sagte auch der und leckte sich die Finger ab. »Aber ich hab immer noch tierischen Hunger. Du auch?«

Jana lachte. »Ja, total!«

»Aber noch mehr Süßkram will ich gar nicht«, sagte Ben, während er die Crêpe-Tütchen in einen Mülleimer schmiss. »Ich hätte jetzt voll Lust auf Currywurst mit Kartoffelsalat!«

»Echt?«, fragte Jana überrascht. Genau danach war ihr jetzt auch.

»Du etwa auch?« Ben strahlte begeistert.

»Und wie!«

»Da hinten am Strandübergang ist eine Hühnerbraterei. Die haben auch ganz gute Currywurst«, schlug Ben vor.

»Dann los«, sprang Jana auf.

»Der eine schlägt mir Mettigel vor, der andere Currywurst.« Kulinarisch gesehen waren die Männer auf Sylt totale Katastrophen, dachte Jana. Obwohl ihr das Junkfood heute sehr recht war. Und Ben ihr ja sowieso vollkommen egal.

Während Jana und James an einem Tisch auf der Terrasse Platz nahmen, orderte Ben drinnen ihre Bestellung. Und kam wenig später mit zwei großen Tellern in der einen und Ketchup und Senf in der anderen Hand zurück.

»Lass es dir schmecken«, forderte er Jana auf, nachdem er einen Teller vor ihr platziert hatte. Er griff sich erst die Senf- und dann die Ketchupflasche und verteilte von beiden üppige Portionen auf seinem Kartoffelsalat, den er anschließend durchmischte.

Jana konnte es nicht glauben.

»Du nimmst auch immer Senf und Ketchup dazu?«

Ben schaute irritiert zu ihr auf. »Ja, immer. Du etwa auch?«

»Mhm«, nickte Jana und griff sich die Senfflasche. »Mich haben deshalb immer alle verarscht. Du bist der erste Mensch, den ich kennenlerne, der diese Vorliebe teilt.«

»Krass«, lachte Ben und schob sich einen Löffel der Senf-Ketchup-Kartoffelsalat-Mischung in den Mund. »Geht mir genauso.«

»Vielleicht haben wir ja noch mehr Gemeinsamkeiten«, witzelte Jana und konnte sich das kaum vorstellen. Und wenn, wäre es ihr auch egal. Ben war für sie wie einer der unbeliebten verpickelten Jungs damals in der Schule, mit denen sie sich abgegeben hatte, wenn sie Mathe abschreiben oder Hilfe bei den Hausaufgaben wollte.

Die Currywurst schmeckte köstlich, die Kartoffelsalat-Spezialmischung auch.

»Lass mich mal überlegen«, sagte Ben kauend. »Ich liebe zum Beispiel Katastrophenfilme. So mit Hochhauseinstürzen, Schiffsunglücken usw. Am liebsten mag ich diese dramatischen Streifen aus den Siebzigern: ›Flammendes Inferno‹ und so.«

»Echt? Ich auch!«, rief Jana begeistert. »Oder ›2012‹ oder ›Die Höllenfahrt der Poseidon‹!«

»Oder ›Deep Impact‹! Oder ›The Day After Tomorrow‹«, ergänzte Ben.

»Oder ›Titanic‹«, schlug Jana vor

»Auch super«, bestätigte Ben.

»Und ich mag Loriot«, fiel Jana ein.

»Ich sitze hier«, zitierte Ben.

»Guten Tag, mein Name ist Lohse, und ich kaufe hier ein«, performte Jana.

»Mit meinem Gefühl stimmt etwas nicht?«, fiepste Ben mit hoher Frauenstimme.

Sie lachten beide. Wie toll, jemanden kennengelernt zu haben, der die gleichen bekloppten Vorlieben hatte. Das hätte sie ausgerechnet bei Ben nie vermutet. Sie hätte gedacht, er würde auf irgendwelche Rambofilme stehen. Und nicht einen Funken Humor haben.

»Rocky mochte ich auch«, sagte er, als ob er ihre Gedanken lesen könnte.

»Ich auch«, musste Jana zugeben. »Aber ich hasse Horrormovies. Und Computerspiele.«

»Ich auch«, lächelte Ben.

»Und diese ›Twilight‹-Reihe«, ergänzte Jana.

»Finde ich auch doof«, nickte Ben und kratzte den letzten Rest Kartoffelsalat von seinem Teller

Jana fiel auf, wie vorsichtig er mit Gabel und Messer umging. Nicht so grob wie Frank, bei dem es so ausgesehen hatte, als ob er den Mettigel verprügeln würde, während er ihn aß.

»Und ich habe nie geraucht«, sagte Jana, die sich plötzlich im Outing-Wahn fühlte

»Ich schon. Aber seit acht Jahren nicht mehr«, sagte Ben und stapelte Janas Teller auf seinem.

»Und ich habe noch nie eine Frau geküsst«, überlegte Jana.

»Ich schon«, lachte Ben. »Einen Mann auch, war aber doof.« Er lachte und stand auf. »Ich muss jetzt leider los! Für morgen sind noch tausend Sachen vorzubereiten.«

»Klar«, sagte Jana und erhob sich ebenfalls. Morgen war nämlich der große Tag – der Tag der Anti-Leinenzwang-Demo durch die Innenstadt von Westerland!

»Das war ein schöner Nachmittag«, sagte Jana zum Abschied. Und meinte es auch so. Sie hatte Ben falsch eingeschätzt. Eigentlich war er ziemlich nett. Vielleicht könnte er ja ein guter Freund werden. Nett und gefahrlos, da erotisch komplett uninteressant. So wie Harry für Sally. Einen Kumpel könnte sie hier auf Sylt im Moment jedenfalls gut gebrauchen …

27

Jutta war so aufgeregt, dass sie die »janze Nacht nich jeschlafen« hatte und wie ein aufgescheuchtes Huhn ständig zwischen Janas und ihrem Haus hin- und herrannte. Auch Thomas, ihr fußballsüchtiger Gatte, wollte mitkommen.

Da es darum ging, möglichst viel Aufmerksamkeit zu erregen, hatten die Aktivisten eine Hundemaskerade beschlossen: Die Hälfte der Demonstrantengruppe sollte sich als Hund verkleiden und wurde von der anderen Hälfte an der Kette geführt. Die »hilflosen Hunde« sollten die Flugblätter verteilen.

Zum Glück mussten weder Jana noch Jutta Hund spielen, dafür aber der arme Thomas. Seit zwei Stunden bastelte Jutta nun schon an seinem Outfit herum, und der bedauernswerte Kerl schwitzte sich in dem braunen Kunstfelloverall, den Jutta für ihn bei eBay bestellt hatte, sicherlich fast tot. Eigentlich war es ein Hasenkostüm, das die praktische Jutta mit ein paar gekonnten Handgriffen umgearbeitet hatte. Thomas sah darin aus wie ein lebendig gewordener Sitzsack.

Jana überlegte schmunzelnd, ob die Tatsache, dass Jutta

ihn gleich an der Leine durch die Stadt führen würde, der Beziehungsdynamik der beiden nicht ganz guttäte.

Sie band James eine rote Schleife um den Hals. Wie ein Geschenk sah er nun aus, niedlich und harmlos!

Die Demonstranten wollten sich auf dem Platz vor dem Rathaus sammeln, dann die Fußgängerzone Friedrichstraße hochmarschieren, anschließend rechts die Kurpromenade entlangziehen und schließlich von der Strandstraße aus die kleinen Straßen hin und her durch die Innenstadt laufen. Der Umzug sollte vor dem Redaktionsbüro der Sylter Rundschau in der Andreas-Dirks-Straße enden – eine geschickt gewählte Location, denn so war eine Berichterstattung quasi garantiert.

Ben hatte aber sowieso einen Medienrundumschlag gestartet: Sowohl der private Fernsehsender Syltı TV als auch der Inselradiosender Syltfunk waren involviert und hatten Reporter vor Ort geschickt. Syltfunk wollte sogar live übertragen. Auch einige Vertreter der verschiedenen Sylter Gemeinden wollten kommen, um sich ein Bild zu machen.

Um Punkt vierzehn Uhr ging es los, und der Umzug setzte sich mit lärmenden Tröten und lauter Musik in Bewegung.

Ganz vorne führte Ben mit Juttas Pappmaschee-Hund, der auf den Kasten eines Dog-Mobils montiert worden war, den Zug radelnd an, ihm folgten die angeleinten Kostümhunde und die echten Hunde.

Am Ende des Zuges sammelte Daniel mit drei anderen Teilnehmern fleißig Unterschriften ein.

Es machte wahnsinnigen Spaß. In Endlosschleife brüllten sie gemeinsam die Parole »Freie Strände für freie Hunde!« im Chor, und Jana brach angesichts der absurden Verkleidung der meisten Teilnehmer immer wieder in Lachkrämpfe aus.

»Syltı TV« filmte den Marsch mit und interviewte Aktivisten und Zuschauer. Auch eine Redakteurin des überregionalen »SHZ«-Verlags machte Fotos und sprach mit Passanten und Teilnehmern.

Nach gut drei Stunden kam die Gruppe vor der Sylter Rundschau an und beendete den Umzug, der erstaunlich viel Aufmerksamkeit erregt hatte. Alle Flugblätter waren unters Volk gebracht und über fünfhundert Unterschriften gesammelt worden. Etliche Passanten hatten sich der Demonstration spontan angeschlossen und waren, zum Teil auch mit Hund, mitmarschiert, sodass der Umzug immer länger wurde.

»Isch glaub, et war ene volle Ärfolsch«, lachte Thomas, Juttas Mann, und brachte es damit auf den Punkt. Er hatte einen knallroten Kopf, nachdem er endlich die Verkleidungsmaske abnehmen durfte.

Die Versammlung löste sich langsam auf, und die erschöpften Protestler wankten glücklich nach Hause.

»Wollen wir nicht noch zusammen wat trinken?«, schlug Thomas vor, als nur noch Jana, Jutta, Ben und Daniel übrig geblieben waren. »Wir könnten uns doch an der Kurpromenade einfach in irgendein Café setzen!«

»Au ja, eine kühle Cola wäre jetzt herrlich«, fand Daniel.

»Gerne!«, stimmte auch Ben zu.

Sie machten sich mit James, Fanny und Fritz auf den

Weg, und Thomas, in seinem Fellkostüm mit seiner Kopfmaske unter dem Arm, löste viele irritierte Blicke aus.

»Mein Puschelhase! Hoppel doch nisch so schnell!«, ärgerte Jutta ihn und tätschelte seinen Kunstfellhintern. Die beiden küssten sich verliebt.

Was so eine Demo alles bewirken kann, schmunzelte Jana.

Sie setzten sich auf die Terrasse des Strandrestaurants Badezeit mit Blick aufs Meer und bestellten Cola, Schorle und eine Riesenportion »Fritten rot-weiß« als »Vorspeise«, wie Jutta vorschlug. Es wehte ein angenehm laues Lüftchen, und die Stimmung war euphorisch und gelockert.

Die Kellnerin servierte die Getränke und stellte eine Riesenschüssel knuspriger Süßkartoffel-Pommes in die Mitte des Tisches und platzierte rechts und links daneben kleine Teller mit Ketchup und Mayo.

Sie stippten die Pommes mit den Fingern in die Soßen, und Ben, der heute mal nicht seinen Overall trug, sondern in Jeans und T-Shirt ziemlich gut aussah, wie Jana fand, erzählte ungewöhnlich offen aus seinem Leben, nachdem Thomas ihn gefragt hatte, seit wann er denn schon Hundetrainer sei und wieso er diesen Beruf gewählt habe.

»Ich war eigentlich Profisurfer«, berichtete Ben und schob sich eine Pommes mit Mayo in den Mund. » ... und auf dem besten Weg nach ganz oben in der Weltrangliste. Dann hatte ich einen Motorradunfall und daraus resultierend eine heftige Knieverletzung, die leider nicht vollständig reparabel war. Die Profikarriere konnte ich danach in die Tonne treten und meine damalige Freundin leider auch.«

»Wat?«, rief Jutta entsetzt. »Wieso datt denn?«

»Wir wollten eigentlich zusammen nach Portugal auswandern«, erklärte Ben, »weil es dort in Nazaré die höchsten Wellen der Welt gibt. Das hat sie dann mit einem anderen gemacht, der ein heileres Knie hatte«, sagte er bitter.

»Schlampe!«, rief Jutta empört

»Sie ist über Nacht abgehauen und hat mir Max, ihren Hund, dagelassen, ein völlig verzogenes, schwer neurotisches Vieh! Dagegen ist James ein Lämmchen«, zwinkerte er Jana zu und streichelte James' Kopf. »Leider blieb ich außerdem auf einem Riesenberg Schulden sitzen.«

»Nee, oder?«, rief Thomas aufgebracht. »Datt is ja woll nich wahr!«

»Doch«, sagte Ben traurig. »Wir hatten für einen Surferbus und ein kleines Haus in Nazaré einen Riesenkredit aufgenommen, der dummerweise nur auf mich lief. Mit dem Bus ist sie abgedüst, das Haus hat sie gleich weiterverkauft, und ich bin auf den Raten sitzengeblieben.«

»Warum hast du dir den Bus denn nicht zurückgeholt?«, fragte Jana bestürzt.

»Ach, das hätte doch alles keinen Sinn gehabt«, winkte Ben ab. »Außerdem war ich so depri, dass ich nur noch meine Wunden lecken wollte.«

»Aber dat Haus ...«, warf Jutta ein.

»Sie hat mir gesagt, dass sie mir das Geld sofort überweist, auch das für den Bus, deshalb habe ich den Kaufvertrag unterschrieben.«

»Lass mich raten«, sagte Daniel. »Bis heute ist nicht ein Cent davon bei dir angekommen?«

»Richtig«, sagte Ben und schaute betreten zu Boden.

»Du ärme Jung«, fand Jutta. »So ein Biest!«

»Und wat haste dann jemacht?«, wollte Thomas wissen. »Wie haste dich wieder aus dä Scheiße jezogen?«

»Ich habe mich damit beschäftigt, Max zu erziehen, und musste ja schnell Geld verdienen, um die Kreditraten zahlen zu können«, erzählte Ben. »Ich habe eine Ausbildung zum Hundetrainer gemacht, Prüfungen absolviert, Lizenzen eingeholt und arbeite seitdem als Hundetrainer, wie ihr ja wisst.«

»Wie lang ist datt Janze denn her?«, fragte Jutta.

»Drei Jahre«, sagte Ben und nahm einen großen Schluck Cola.

»Und seitdem hasst du alle Frauen?«, fragte Daniel frech.

»Nicht alle!«, lachte Ben. »Jutta zum Beispiel mag ich«, sagte er und bedachte sie mit einem verschmitzten Lächeln. »Und dich finde ich auch ganz o. k.«, schmunzelte er Jana an.

»Na, da hab ich aber Glück!«, witzelte sie. Sie schaute in seine grünen Augen, und er schaute plötzlich derart intensiv zurück, dass sie eine Ganzkörper-Gänsehaut bekam.

Ein äußerst aufregender innerer Schauer durchfuhr sie von Kopf bis Fuß wie eine warme Welle. Huch? Was war denn das? Wieso beherrschte der einen solchen Blick?

»Aber dich finde ich natürlich auch sehr sexy, mein Puschelhase!«, sagte Ben und zwinkerte Thomas zu.

Die Gruppe brach in schallendes Gelächter aus.

28

Jana war total schockiert, als sie das riesige Tier direkt neben sich auftauchen sah. Erst dachte sie, es wäre ein Hai, bis der gigantische graue Fisch ein paar Meter weiter noch mal an die Oberfläche kam und Jana ihn zu ihrer großen Erleichterung als Schweinswal identifizierte. Er war so dicht neben ihr geschwommen, dass sie seine Haut hätte spüren können. Verblüfft schaute sie ihm nach.

Sie war mit Michaela beim FKK-Baden am Hundestrand in Wenningstedt. Es war absolut herrlich, Sonne, Sand, Luft und Meerwasser auf der nackten Haut zu spüren. Ein Hochgenuss, die absolute Wellnesskur für Körper und Seele. Michaela machte zwar zwischendurch immer wieder irgendwelche bizarren Yogaübungen, und James tobte dauernd ins Wasser und buddelte danach wie ein Schaufelbagger im Sand, aber Jana ließ sich dadurch nicht stören.

Schon um acht Uhr früh hatte Michaela, die einen weiteren Yogakurs auf der Insel gab, ihr eine SMS geschickt und gefragt, ob sie heute einen gemeinsamen Strandtag verleben wollten. Jana, die nichts Besseres vor hatte, da das Training heute ausfiel, weil Ben in Flensburg war, hatte zugesagt. Seit dem frühen Nachmittag ließen sie sich nun schon in der Sonne braten, doch mittlerweile war es nach zwanzig Uhr, und Jana bekam allmählich Hunger.

»Hast du Lust, da oben noch einen Aperol Spritz mit mir zu trinken und eine Kleinigkeit zu essen?«, fragte sie Michaela, die sich gerade in der »Schlafstellung des Yogi« verrenkte. Jana taten schon vom Zusehen die Gelenke weh.

»Au ja, gerne«, sagte Michaela und entknotete in Rekordgeschwindigkeit ihre Gliedmaßen.

»Meinst du Onkel Johnny's Strandwirtschaft?«

»Keine Ahnung«, sagte Jana, während sie sich Shorts und ein T-Shirt überzog. »Ich meine den Imbiss da oben!«

»Der heißt so«, lachte Michaela.

»Schade, dass es das Wonnemeyer nicht mehr gibt«, sagte sie, als sie durch den warmen Sand Richtung Johnnys stapften.

»Wonnemeyer? Ist das nicht in List?«, erinnerte sich Jana an die Rast in der Lister Dünenlandschaft während ihres Dog-Mobil-Ausflugs mit James.

»Ja, auch«, bestätigte Michaela. »Aber die hatten zuerst hier einen Laden. Das war ein total cooles Restaurant mit chilliger Musik und frischem Fisch vom Grill. So 'n bisschen portugiesisch. Absolut kultig, besonders die Sonnenuntergänge. Und die Terrasse war dreimal so groß. «

»Aha«, Jana nickte. »Und warum gibt es das nicht mehr?«

»Keine Ahnung«, antwortete Michaela. »Der Betreiber hatte Ärger mit der Tourismuszentrale, munkelt man. Genaueres weiß ich auch nicht.«

»Tja.« Jana zuckte mit den Schultern. Die Sache war ihr eigentlich völlig egal, weil sie den Laden ja gar nicht kannte.

»Im letzten Winter wurde alles abgerissen, und jetzt gibt es erst mal nur einen Kiosk.«

Wenig später saßen sie mit nassen Haaren und tiefbrauner Haut auf der langen Polsterbank vor der hölzernen Kioskwand, schlürften an ihren Aperos, stippten ihre Süßkartoffel-Pommes in die Trüffelmayo und sahen aufs Meer.

Wie lustig, dachte Jana schmunzelnd: Wir essen orange Süßkartoffelpommes und trinken orangen Aperol Spritz zum orangen Sonnenuntergang. Entspannt nahm sie noch einen Schluck des leicht bitteren Getränks, das sie gerade äußerst angenehm beschwingte.

»Ist das nicht herrlich?«, seufzte Michaela. »Mehr braucht man doch nicht zum Glück, oder?«

»Absolut«, nickte Jana. »Aber ich hätte nie gedacht, dass du so einen Satz mal sagen würdest.«

»Warum nicht?«, fragte Michaela erstaunt.

»Na, du warst doch immer so karriereorientiert. So auf Luxus und Erfolg programmiert. Du wolltest immer höher, schneller, weiter.«

»Stimmt«, nickte Michaela. »Aber seitdem habe ich eine gründliche psychologische Wartung vorgenommen!«

Sie stippte eine Pommes in die Mayo und schaute Jana ernst an.

»Ich brauche keine Führungsposition mehr. Ich bin im Umbruch und weiß noch nicht so ganz genau, wohin die Reise geht. Ich will auf jeden Fall selbstbestimmt leben und mich mehr auf mich fokussieren.«

Hui! Das klang wie aus einem drittklassigen Eso-Seminar, fand Jana. Sätze von der Stange. »Aber ohne Geld wird das schwierig. Irgendwas arbeiten musst du ja«, gab sie deshalb pragmatisch zu bedenken.

»Mach ich ja auch«, lachte Michaela. »Mit den Yogakursen komme ich momentan ganz gut hin.«

»Aber sehr viel bescheidener als früher!« Jana machte sich allmählich Sorgen, ob sie genug Pommes abbekommen würde, denn Michaela schaufelte sie in atemberaubender Geschwindigkeit in sich hinein. Hatte die seit Tagen nichts gegessen?

»Ja, ich fahre jetzt einen klapprigen R4, wohne in einem WG-Zimmer mit zwei anderen Frauen in Altona und lebe quasi von der Hand in den Mund, aber es funktioniert«, erklärte Michaela mit vollem Mund und nahm sich die letzte Pommes.

»Wollen wir noch eine Portion ordern?, schlug Jana vor. »Und vielleicht auch noch dieses Gemüse-Tempura?«

»Sehr gerne«, nickte Michaela. »Ich habe einen Bärenhunger!«

»Ich auch«, lachte Jana. »Nordseeluft macht hungrig. Ich bestell mal eben.«

Sie ließ sich von der Bank rutschen und gab am Verkaufstresen ihre Wünsche auf.

»Und wo lässt du deinen Hang zum Luxus?«, wollte sie von Michaela wissen, als sie zurückkam. »Früher konnte es dir ja nie edel genug sein …«

»Passé«, behauptete Michaela. »Ehrlich gesagt hat es mich irgendwann total gelangweilt, jeden Tag essen und shoppen zu gehen. Mein Kleiderschrank quoll über, und ich hatte schon tausend Wagyu-Steaks, Sushikreationen und ausgeflippte Burger gegessen. Es hat mich einfach nicht erfüllt.«

»Und jetzt bist du glücklicher? Ohne festen Job und mit wenig Geld?«, fragte Jana ungläubig. »Und Pommes?«

»Erstaunlicherweise ja«, lachte Michaela. »Ich bin auf jeden Fall selbstbestimmter und dadurch zufriedener.« Sie leerte ihr Glas. »Niemand ist durchgehend glücklich. Zufriedenheit ist viel eher erreichbar, finde ich. Und dauerhafter.«

Darüber musste Jana erst mal nachdenken.

»Durch den Absturz und die harten Jahre, die ich hatte, habe ich gelernt, zu sehen und zu schätzen, was ich habe«, fuhr Michaela fort, »und mich nicht mehr darauf zu fokussieren, was ich NICHT habe. Es gibt viele Sichtweisen auf Dinge, und man kann sich seine Sichtweise selbst aussuchen. Ich finde, es ist ein totaler Glücksverhinderer, nicht das zu sehen, was man hat!«

Jana dachte an James, an Sylt, an den Sommer. Sie hatte ganz schön viel. Und ja, jetzt gerade war sie ziemlich glücklich. Und zufrieden. Aber wie lange noch? Was würde nach der Zeit auf Sylt kommen, wenn ihr Geld zur Neige ging und kein neuer Job in Sicht war?

Eine Kellnerin brachte die Pommes und die Tempura an ihren Tisch.

»Noch zwei Aperol bitte!«, bestellte Michaela und reichte der Frau ihr leeres Glas.

»Ich bin auch gerade arbeitslos«, gestand Jana und schob sich ein Stück frittierten Blumenkohl in den Mund.

»Echt? Du?« Michaela schien ehrlich verblüfft.

»Du weißt ja, was in den Printmedien gerade los ist. Da werden komplette Redaktionen entlassen ...«

»Ja, hab ich mitbekommen«, nickte Michaela. »Und wir dachten damals, wir hätten das große Los gezogen: Ein Job in den Medien und ein Supergehalt!« Sie lachte.

»Hätte ich bloß was Anständiges gelernt«, stöhnte Jana. »Und Jura oder BWL studiert!«

»Das ist doch horrorlangweilig«, lachte Michaela. »Das hättest du nie durchgehalten.«

»Stimmt«, grinste Jana und nahm einen Schluck Aperol, den die Kellnerin gerade serviert hatte.

»Und nun?«, fragte Michaela. »Wovon lebst du? Wie ist dein Plan? Hast du schon etwas Neues in Aussicht?«

»Leider nicht. Im Moment lebe ich noch vom Ersparten, aber in spätestens zwei Monaten wird es eng ...«

»Oh«, sagte Michaela. »Shit!«

Jana nickte betreten. Sie hatte etwas Mühe, optimistisch in ihre Zukunft zu blicken. Immer wieder flammten Bilder von Hartz IV und totaler Vereinsamung vor ihr auf. Würde sie als verhärmter Dauersingle von Sozialhilfe leben müssen? Ihr Magen krampfte sich zusammen. Zuversichtlich bleiben! Vertrauen! Es würde schon irgendwie alles werden.

Eigentlich wollte sie jetzt lieber nicht daran denken, sondern die schöne Abendstimmung genießen.

»Lerne doch auch Yoga«, schlug Michaela vor. »Das ist gerade voll im Trend. Die Leute rennen mir quasi die Bude ein. Und bei mir in der WG wird sicherlich auch bald wieder ein Zimmer frei ...«

»Ich weiß nicht …«, sagte Jana. Sie mochte Yoga nicht, weil sie die Übungen in Zeitlupe total anstrengend und langweilig fand. Sie stand eher auf Schwimmen, Surfen oder Ballspiele. Irgendwas Schnelles eben. Nicht so ein meditativer, pseudoeinfühlsamer Kram.

»Meine Beziehung ist übrigens auch gerade gescheitert«, setzte sie noch einen drauf, um Michaela von der Yogaidee abzulenken.

»Welcome to the club!«, lachte Michaela. »Ich bin jetzt seit fast drei Jahren solo. Ich würde mich total gerne wieder verlieben und binden, hab eine Zeit lang wie blöde die Singleportale durchkämmt. Aber nix! Es hat einfach nicht geklappt. Die Dates, die ich hatte, waren alle die totale Pleite.«

»Super! Das klingt ja hoffnungsvoll«, sagte Jana sarkastisch.

»Quatsch! Man muss einfach kapieren, dass die Liebe kommt, wann sie will, und nicht wann du willst! Es geht ums Loslassen. Liebe kann man weder planen noch gezielt suchen oder einkreisen. Die kommt als Geschenk, und wenn's passieren soll, passiert's. Im Supermarkt, im Flugzeug, wo und wie auch immer. Seit ich das geschnallt habe, bin ich viel entspannter.«

Jana nickte zustimmend. Gezielt gesucht hatte sie die Liebe noch nie.

»Loslassen ist sowieso der Trick schlechthin«, fuhr Michaela fort. »Vielleicht sogar das eigentlich Wichtigste im Leben!«

Sie klang leicht beschwipst.

»Und im Jetzt leben! Das ist wirklich Lebensqualität,

wenn man das mal erreicht, für sich selbst.« Sie stieß ihr Glas an Janas. »Prost!«

»Das machen Tiere einem ja einmalig vor«, sagte Jana. »James zeigt mir jeden Tag, wie das geht.« Sie beugte sich herunter zu James, der vor ihren Füßen lag, und strich ihm über seinen nassen, salzigen Kopf.

»Das glaube ich«, nickte Michaela und schaute James liebevoll an. »Tiere machen das einfach: Die überlassen sich bedingungslos dem Menschen, der ihnen zugeteilt wird, und leben absolut im Moment. Bescheiden und glücklich.«

»Du meinst, Tiere machen alles richtig? Besser als wir?«

»Vieles bestimmt schon«, nickte Michaela.

»Meinst du, wir sollten auch einfach irgendjemand lieben?«, fragte Jana.

»Die schlechteste Lösung wäre das sicher nicht«, lachte Michaela. »Dieser Optimierungswahn von Liebe und Beziehungen hat schließlich zur höchsten Singlerate geführt, die Deutschland je hatte.«

»Aber es sind ja nicht alle Singles unglücklich«, warf Jana ein.

»Bestimmt nicht. Aber ich persönlich hätte schon gerne Liebe …«, sinnierte Michaela.

»Ich auch«, stimmte Jana ihr zu. »Hautkontakt, Vertrauen, Wärme, das ist so wichtig.«

Michaela nickte. »›Glück ist Liebe, nichts anderes. Wer lieben kann, ist glücklich‹, hat der große Hermann Hesse mal gesagt.«

»Wow!«, rief Jana beeindruckt aus.

Verträumt schauten sie dem Sonnenuntergang zu, der die Wölkchen orange und den Himmel rosa färbte.

»Das war ein sehr schöner Tag«, sagte Michaela, als sie sich später verabschiedeten und in ihre Autos stiegen. »Lass uns unbedingt in Kontakt bleiben.«

»Machen wir«, versprach Jana.

Auf dem Rückweg ploppte eine SMS auf ihrem Handy auf. Von Frank! Jana traute ihren Augen kaum und fuhr vor Überraschung fast gegen den Bordstein.

»Liebe Jana, es tut mir sehr leid«, schrieb er. *»Der Abend ist irgendwie total entglitten. Gibst du mir noch eine Chance? Ich mag dich wirklich sehr. Kuss, Frank«*.

Kuss, Frank? Jana schüttelte sich innerlich. Natürlich war es schön, dass er offenbar doch Gefühle für sie hatte. Aber sie brauchte noch etwas Zeit. Zu sehr hatten sie seine Worte und sein Verhalten verletzt und irritiert. Und auf den Oberplayboy von Sylt reinzufallen reizte sie auch nicht besonders. Da musste er sich schon deutlich mehr bemühen. Obwohl er immerhin Geld hatte ...

Ohne zu antworten, schaltete sie ihr Handy aus.

29

Jana sah Ben schon von Weitem auf sich zurennen, als sie zwei Tage später zum Training kam. Er sprintete über die Wiese auf den Parkplatz und schwenkte dabei ein Papier durch die Luft. »Jana, wir haben es geschafft!!!«, jubelte er, als er bei ihrem Auto ankam. »Sie haben den Antrag zurückgenommen. Die Leinenfreiheit bleibt bestehen!«

Stürmisch umarmte er sie, was sich überraschend angenehm anfühlte. Wie gut er roch. Zwar vollkommen unparfümiert, aber sehr männlich, nach Meer, Salz und Moschus ...

»Entschuldige bitte meinen Überschwang«, sagte Ben, entließ sie aus seinen Armen und schaute beschämt zu Boden. »Ich habe mich nur so gefreut!«

»Kein Problem«, murmelte Jana. Auch sie fühlte sich etwas beklommen. Hatte sich Bens Verlegenheit auf sie übertragen, oder war das ihre eigene?

Ben räusperte sich. »Wir machen morgen Abend Party am Wenningstedter Hundestrand beim ehemaligen Wonnemeyer, um unseren Sieg zu feiern! Kommst du auch?«

»Ja klar«, sagte Jana. »Wie toll, dass die Demo so erfolgreich war und die ganze Arbeit und der ganze Einsatz nicht umsonst gewesen sind!«

»Finde ich auch!«, freute sich Ben. »Aber am schönsten ist es für unsere Hunde! Die sind jetzt endlich frei!« Er streichelte James über den Kopf.

»Apropos frei«, fügte er hinzu. »Zur Feier des Tages probieren wir die Eimer-Übung heute mal ganz ohne Leine!«

»Huch?«, fragte Jana verblüfft. »Wie soll das denn gehen?«

»Das ist eigentlich kein besonders großer Unterschied zur Wollfadenübung mehr«, erklärte Ben. »Der Wollfaden war ja nur so eine Art Stützräder. Die Balance hast du da schon längst gehalten.«

»Die Balance?«, fragte Jana irritiert nach.

»Na ja, im übertragenen Sinne!«, erläuterte Ben. »Genau, wie man auf dem Fahrrad durch die Stützräder lernt, das Gleichgewicht zu halten, hast du durch den Wollfaden gelernt, James auch ohne Leine zu lenken.«

»Ich fühle mich aber noch ganz schön wackelig auf dem Sattel«, protestierte Jana. »Auch im übertragenen Sinn.«

»Du musst einfach mit James durch den Parcours gehen, ohne dass er die Leckerlis frisst«, bestimmte Ben. »Wenn du das schaffst, ist deine Körpersprache richtig. Die Leine wird dann zur Nebensache und ist künftig kein Problem mehr. Probier's doch einfach mal«, sagte er und ließ James von der Leine.

Jana war nervös. Sie fühlte sich seltsam irritiert und abgelenkt von der Körperlichkeit gerade mit Ben. Seine Umarmung hatte irgendeine unbekannte Schwingung in ihr ausgelöst, hatte etwas in ihr aus seiner gewohnten Umlaufbahn katapultiert.

Natürlich schnappte sich James das eine oder andere Leckerli, aber im Großen und Ganzen merkte man ihm deutlich an, wie sehr er auf Jana achtete und versuchte, ihre Signale zu verstehen und umzusetzen.

Beim achten Durchlauf flankierte er sie sogar vollkommen leckerlifrei durch den Parcours.

»Bravo!«, lobte Ben. »Das reicht für heute!«

»Ich habe noch eine Nachricht für dich, Jana«, sagte er beim Abschied. »Morgen früh ist die Wesenstestprüfung! Ich habe vorhin einen Anruf von Frau Marquardt bekommen.«

Die Mitteilung war ein Schock für Jana. »Jetzt schon?«, rief sie entsetzt. »Ich dachte, der Termin sollte erst in zwei Wochen sein!«

»Es geht leider nicht anders, weil Frau Marquardt nächste Woche in den Urlaub fährt«, beschwichtigte Ben sie. »Aber mach dir keine Sorgen. Das wird schon alles klappen!«

Jana machte sich aber Sorgen. Große sogar! »Kann sie denn niemand vertreten?«, fragte sie deshalb.

»Offenbar nicht«, sagte Ben und zuckte entschuldigend mit den Schultern.

»Aber wir sind doch noch gar nicht so weit«, stammelte Jana.

»Das klappt schon!«, versuchte Ben sie zu beruhigen. »James hat doch Riesenfortschritte gemacht.«

Da war Jana sich nicht so sicher. Der schwarze Panther

kam ihr nach wie vor unberechenbar vor. Äußerst beunruhigt stieg sie in ihr Auto.

Was hatte Ben noch mal über den Wesenstest erzählt?, versuchte sie sich auf der Rückfahrt zu erinnern.

»Stell es dir wie eine Theateraufführung vor«, hatte Ben gesagt. »Jemand wird James an der Rute anfassen oder ihm die Hand auf den Rücken legen. Er wird angestarrt. Ihm werden Jogger und Rollstuhlfahrer entgegengeschickt. Eine Fahrstuhlsituation, wo er mitten in einer Menschengruppe steht, wird simuliert. Er wird angeschrien und mit einem Stock oder einem brennenden Feuerzeug bedroht. Ein Regenschirm wird plötzlich vor ihm aufgespannt, er muss an der Leine an einem klingelnden Fahrrad und einem plötzlich hupenden Auto vorbeigehen und wird mit einem anderen Rüden konfrontiert. Und so weiter und so fort ...«

Jana wurde schlecht. Niemals würde das alles klappen. Wie sollte der arme James denn Regenschirmattacken und Angriffe mit Feuer ohne Irritation überstehen? Das waren Situationen, in denen sogar sie selbst nicht ruhig bleiben würde. Wie sollte das dann ein Tier leisten, das seinen Instinkten und Reflexen ausgeliefert war?

Und würde er in der angespannten Prüfungssituation nicht eher ihre Anspannung bemerken, statt ihren Kommandos zu folgen? Jetzt, wo er darauf gedrillt war, ihre Körpersprache zu lesen?

Piep! Piep! Schon wieder kam eine SMS von Frank. Nur »Jana?« stand darin.

»Ich brauche etwas Zeit«, schrieb Jana knapp zurück. Sie hatte momentan wirklich keine Nerven, sich auf ihn zu konzentrieren. Es stand Wichtigeres an. Viel Wichtigeres. Bei dem Gedanken, dass sie James morgen eventuell verlieren könnte, wurde ihr schlagartig übel. Das durfte nicht passieren!

30

Die Nacht war kurz und schlaflos. Vor lauter Aufregung tat Jana kaum ein Auge zu. Unruhig wälzte sie sich hin und her: Jetzt ging es um alles! Würden ihre Trainingsergebnisse ausreichen? Würde James artig alles so absolvieren, wie sie es geübt hatten, oder wieder mal durchdrehen? Würde er brav die Pfote geben, sich anfassen lassen und nicht mehr wie wahnsinnig an der Leine ziehen?

Und wenn nicht? Musste sie ihn dann wirklich abgeben? Dürfte er künftig nur noch mit Maulkorb rumlaufen? Die Vorstellung, ihn morgen vielleicht zu verlieren, war unerträglich.

Mit tiefen Augenringen und einer bedenklich hohen Pulsfrequenz kam sie um 8:45 Uhr auf dem Trainingsplatz an. Auch Ben, der sie schon erwartete, schien ungewöhnlich blass und übernächtigt.

Um kurz nach neun Uhr fuhr das Auto der Gutachterin vor, und Jana traute ihren Augen kaum, als die so gefürchtete Prüferin ausstieg: Sie hatte einen strengen Lehrerinnentyp im Kostüm à la Maggie Thatcher oder Theresa May erwartet. Stattdessen stand nun eine junge Frau in Jeans und Converse Sneakern vor ihr, die sie freundlich anlächelte.

»Na, wo ist denn der gefährliche Hund?«, scherzte Frau Marquardt und schaute sich suchend um.

»Hier!«, sagte Jana und deutete auf James, der artig und frisch gebürstet neben ihr saß und die Gutachterin mit lang heraushängender Zunge neugierig anhechelte.

»Du hast dich also mit Dr. Kretschmann angelegt, du Rabauke«, schmunzelte Frau Marquardt und streichelte ihm den Kopf. »Na, dann wollen wir mal sehen, was du so kannst!«

Die Gutachterin ließ Jana verschiedene Kommandos abrufen, testete das Pfotegeben und Janas Leinenführung. Das Pfotegeben klappte, die Leinenführung weniger gut.

Als Nächstes musste Ben mit einem Fahrrad auf James zurasen und Jana überraschend hupen, während Ben mit James an ihrem Auto vorbeiging. Beim Fahrrad blieb James ruhig, beim Hupen machte er einen erschrockenen Satz zur Seite, beruhigte sich aber schnell wieder.

»Was haben Sie beobachtet? Wie schätzen Sie den Hund ein, Herr Maywald?«, wollte Frau Marquardt nach Abschluss der Prüfungen von Ben wissen.

»Ich halte ihn für ungefährlich«, versicherte Ben. »Er ist sehr lernbegierig und stressresistent.«

»Das denke ich auch«, nickte Frau Marquardt, öffnete ihre Aktentasche und zog ein Formular heraus. Sie setzte sich auf die Bank vor der Hütte, legte die Tasche auf ihren Schoß und füllte darauf das Papier aus. Zuletzt unterschrieb sie es und reichte es Jana. »Hier, liebe Frau Schulz. Das ist die Ungefährlichkeitsbestätigung für Ihren Hund! Herzlichen Glückwunsch!«

Jana konnte ihr Glück kaum fassen und strahlte Ben an. Der strahlte zurück und hob heimlich den Daumen.

»Dr. Kretschmann überhäuft uns seit einiger Zeit mit Wesenstestanzeigen«, erklärte die Gutachterin, während sie, begleitet von Ben und Jana, zurück zu ihrem Auto ging. »Wir wissen das schon richtig einzuschätzen.« Sie zwinkerte den beiden zu. »Was meinen Sie, wie viele Hunde hier auf Sylt nicht korrekt an der Leine gehen oder nicht sofort gehorchen? Wenn wir die alle einziehen würden ...« Sie verdrehte die Augen.

Noch in dem Moment, wo das Auto von Frau Marquardt, eine Staubwolke hinterlassend, vom Parkplatz fuhr, umarmte Ben Jana. »Herzlichen Glückwunsch!«

Trotz ihrer Erleichterung und ihrer Dankbarkeit hatte Jana plötzlich den unbezwingbaren Impuls, Ben wegzustoßen. Er sollte sie gefälligst in Ruhe lassen, der Nervsack! Jede Gelegenheit nutzte er, um sie zu umarmen. Der reinste Klammeraffe! Sie wollte ihn nicht, schnallte er das nicht?

»Danke«, sagte Jana und versuchte, sich aus seinen Armen zu winden! »Jetzt kannst du mich wieder loslassen.«

»Nein«, sagte Ben zu ihrer Verblüffung und löste die Umarmung nur ein bisschen, um ihr in die Augen zu schauen.

In Jana kochte ein Wutanfall hoch. Warum ließ er sie nicht los? Je länger er sie festhielt, desto aufgebrachter wurde sie. Sie wollte ihn nicht anschauen, nicht in seine doofen Augen gucken! Ganz dicht war sein Gesicht nun vor ihrem. Jana blickte auf seinen Mund, seine blonden Bartstoppeln, in seine grünen Augen, und plötzlich legte sich ein Schalter in ihr um! Einen Millimeter war sein Mund von ihrem entfernt. Sein Atem kitzelte auf ihren Lippen. Er legte seine Hand um ihren Nacken und zog sie zu sich. Der Kuss, der folgte, war wie ein Urknall.

»It‘s a thin line between love and hate«, hieß es ja, denn starke emotionale Ausschläge waren bekanntlich immer ein deutliches Zeichen für starke Anziehung.

Jana war vollkommen verdattert, dass Ben so gut küssen konnte. Ganz weich und sanft und gefühlvoll. Sie schmolz regelrecht in seinen Armen. Wie schnell sich Abneigung doch in Zuneigung wandeln konnte. Jana hatte das Gefühl, dass sie vor etwas ganz Großem stand. Die Achterbahnfahrt ihrer Gefühle machte ihr Angst. Sie war total durcheinander und wollte nur noch weg. Nach Hause. Und erst mal in Ruhe nachdenken.

»Darf ich dich zur Feier des Tages heute Abend vor der Party zum Essen einladen?«, fragte Ben verunsichert. Er schien von ihrer Annäherung genauso überfordert wie Jana.

»Gerne«, sagte Jana und beeilte sich, in ihr Auto zu steigen. »Wo treffen wir uns?«

»Ich schicke dir eine SMS«, rief Ben ihr hinterher.

»Okay«, rief Jana aus dem Fahrerfenster und brauste vom Gelände. Sie brauchte jetzt dringend eine Mütze Schlaf und einen klaren Kopf.

31

»Hunde, die auf Haie starren«, so hätte der Titel des Films lauten können, der sich gerade vor Janas Augen abspielte. Fasziniert fixierte James die Raubfische, die über seinem Kopf hinwegschwammen. Sie standen im Glastunnel des Sylter Aquariums, zu dem überraschenderweise auch Hunde Zugang hatten.

Nur mit Google-Maps-Angabe, Zeit und dem Hinweis, sie könne James gerne mitbringen, hatte Ben sie in diese eindrucksvolle Location dirigiert. In einer zweiten SMS hatte er sie angewiesen, mit James bitte so lange durch den Parcours des Meereszoos zu laufen, bis sie von ihm hören würde. Das Date war bizarr, aber momentan war Jana viel zu fasziniert von den riesigen Becken mit exotischen Fischen und der Konstruktion mit den Glastunneln, dank derer man trockenen Fußes mitten durch die Unterwasserwelt schreiten konnte.

Die Beleuchtung der Bassins tauchte alles in schimmerndes hellblaues Licht, die schwimmenden Fische warfen vorbeihuschende Schatten auf ihr Gesicht, und Jana kam sich vor, als wäre sie auf einem anderen Planeten gelandet.

Wunderschön war es hier. Was für eine großartige Idee von Ben. Sie war sich ihrer Gefühle für ihn immer noch vollkommen unklar. An Schlafen war nicht zu denken gewesen, dafür war sie innerlich viel zu aufgewühlt.

Staunend schlenderte sie mit James weiter voran, bis sie am Ende eines Tunnels ein flackerndes Licht ausmachte. Es sah aus wie Feuer. Brannte es hier? Sie erhöhte ihr Schritttempo.

Der Tunnel mündete in einen höhlenartigen Raum mit einer gigantischen Glaswand, hinter dem Riesenrochen und Meeresschildkröten schwammen. Ein Katzenhai stieß gerade mit der Schnauze an die Glaswand und starrte ihr direkt in die Augen. Jana war total geflasht, aber die eigentliche Sensation war der gedeckte Tisch in der Mitte des Raumes, mit weißem Leinentuch, Champagnerkühler und schimmernden Kerzen. Aus unsichtbaren Lautsprechern klang klassische Musik. Ein Candle-Light-Dinner vor der blauschimmernden Front eines riesigen Meeresbeckens, besser ging es nicht!

Jana stiegen Tränen in die Augen, so ergriffen war sie. Nie hätte sie gedacht, dass Ben derart romantisch sein könnte. Sie hatte sich offenbar komplett in ihm getäuscht.

»Herzlich willkommen zum Dinner der besonderen Art, schöne Frau«, flüsterte Ben plötzlich in ihr Ohr, umfasste sie von hinten und hauchte einen Kuss in ihren Nacken. Sie hatte ihn gar nicht kommen hören.

Jana bekam eine Gänsehaut. Küsse auf den Nacken hatten sie schon immer sofort willenlos gemacht.

»Setz dich doch«, sagte Ben, grinste sie charmant an

und rückte gentlemanlike ihren Stuhl nach hinten. Sprachlos nahm Jana Platz. Meine Güte, was konnte er gut aussehen, wenn er wollte: Eng anliegendes weißes T-Shirt mit V-Ausschnitt, unter dem sich seine Muskeln abzeichneten und das verführerisch mit seiner braunen Haut kontrastierte, dazu ausgeblichene Jeans und ein dünner königsblauer Leinenschal um den Hals. Und seine Haare hatte er sich kunstvoll zu einer lässigen Rod-Stewart-Strubbelfrisur hingezauselt. Jana bekam Appetit, nicht nur aufs Essen.

Mit gekonnten Handgriffen öffnete Ben den Rosé-Champagner, schenkte ihnen ein, setzte sich ihr gegenüber und erhob sein Glas.

»Zum Wohle, meine Liebe! Auf einen schönen Abend!«

Sie stießen an, während Seewölfe, Zebrafische und Seeigel ihnen zusahen. James machte es sich derweil auf dem Boden bequem, wo Ben für ihn einen großen Ochsenziemer bereitgelegt hatte. »Als Belohnung für den großartigen Test«, zwinkerte er ihr zu.

»Warum dürfen hier überhaupt Hunde rein?«, fragte Jana verblüfft und schämte sich sofort über die Emotionslosigkeit ihrer Frage. War das nicht gerade völlig egal? Ging es hier nicht um viel Wichtigeres?

»Das weiß ich auch nicht so genau«, antwortete Ben, »aber es ist cool, oder?«

»Aber so was von!«, nickte Jana bestätigend und nahm noch einen Schluck des rosafarbenen Prickelweins.

Ein Kellner in weißer Livree erschien und fragte, ob sie mit dem Menü beginnen wollten.

»Sehr gerne«, bestätigte Ben weltmännisch. Der Kellner

verschwand, und Ben schob seine rechte Hand über die Tischplatte. Mit den Fingerkuppen streichelte er so sanft Janas Handrücken, als würde ein Wattebausch darüberfliegen. »Schön, dass du hier bist«, raunte er heiser und sah ihr tief in die Augen. Jana bekam eine Gänsehaut und verschluckte sich. Seine Berührungen fühlten sich an wie Stromschläge.

Um Himmels willen! Was passierte hier gerade? So kannte sie sich gar nicht.

Der Kellner brachte eine Platte geöffneter Austern auf Eis. Dazu einen Korb mit warmem Ciabattabrot und Butter.

»Ich hoffe, du magst Austern?«, fragte Ben besorgt.

Jana nickte. Sie musste immer noch hüsteln. Eigentlich fand sie die schleimigen Dinger eklig, aber mit viel Brot würde sie sie schon irgendwie runterbekommen. Sie wollte Ben auf keinen Fall enttäuschen.

»Verzeih bitte, dass ich das Menü ausgewählt habe, das ging unter diesen Umständen nicht anders.« Er lächelte sie warm an. Meine Güte, was sah er gut aus!

»Du hast nichts gegen Fisch, oder?«

»Nein«, krächzte Jana.

»Puh, da bin ich aber erleichtert!«, lachte Ben. »Passend zur Umgebung wird es heute nämlich nur Meeresfrüchte geben.«

Er reichte ihr den Brotkorb.

»Wie schön«, lächelte Jana und nahm sich eine Scheibe Ciabatta.

»Da bekommt die norddeutsche Redewendung ›Butter bei die Fische‹ ja eine ganz neue Bedeutung«, witzelte sie leicht verklemmt, während sie die Scheibe mit Butter bestrich.

»Oder Futtern bei die Fische«, konterte Ben.

Jana grinste.

Das Vier-Gänge-Menü ließ keine Wünsche offen. Obwohl Jana sich ziemlich mies fühlte, direkt vor den Augen der noch lebenden Artgenossen ermordete Hummer, Jakobsmuscheln, Garnelen und Nordseezunge zu verzehren, geriet sie mehr und mehr in einen glückseligen Schwebezustand.

»Bist du eigentlich gut im Bett?«, fragte sie Ben plötzlich. Sie hatte auf einmal Lust, ihn zu provozieren. Seine Reaktion auf die unverschämte Frage würde ihn auf jeden Fall entlarven.

Er lachte souverän. Und ziemlich sexy verschmitzt. »Selbstverständlich, meine Liebe! Und du?«

Mit der Gegenfrage hatte sie nicht gerechnet. »Natürlich auch«, stammelte sie dementsprechend überrumpelt.

»Na, dann ist ja gut«, grinste Ben.

Zum krönenden Abschluss servierte der Kellner eine Espressomousse, die buchstäblich auf der Zunge zerging. Wenn Essen der Sex des Alters war, dann war das hier schon mal eine sehr vielversprechende Ouvertüre, fand Jana. Sie war pappsatt und hatte nur noch den einen Wunsch: Ben endlich zu küssen!

Ben offenbar auch, denn nun stand er auf, zog Jana von ihrem Stuhl hoch, nahm ihr Gesicht in beide Hände und küsste sie so sanft und leidenschaftlich, dass sie weiche

Knie bekam. Und ihr der Schweiß ausbrach. Seine Pupillen waren ganz dunkel vor Begehren.

»Wow!«, stammelte Jana, als sie sich voneinander lösten.

»Warum hast du wegen des Wesenstests eigentlich so einen Alarm gemacht und mich mit den Übungen gequält?«, fragte sie, als sie Arm in Arm Richtung Ausgang schlenderten. »Du wusstest doch sicher, dass Frau Marquardt das alles ganz locker nimmt.«

»Soll ich ehrlich sein?«, sagte Ben. Seine Augen strahlten. Er sah unendlich glücklich aus.

»Ich bitte darum!«, sagte Jana.

»Ich wollte dich gerne öfter sehen«, gestand Ben und streichelte dabei ihre Hand. »Ich habe mich vom ersten Augenblick an in dich verliebt.«

»Hm«, machte Jana, weil ihr kein passender Kommentar einfiel.

»Außerdem wollte ich, dass du dich intensiv mit deinem Hund beschäftigst. Ich finde nämlich, du bist ein Hundetyp.«

»Ein Hundetyp? Soso«, wunderte sich Jana. »Wie sind die denn so?«

»Warmherzig«, sagte Ben, und die Weichheit in seinem Blick ließ Jana erschauern.

»Warum warst du denn beim Training eigentlich immer so doof zu mir?«, wollte Jana wissen.

»Ich wollte meine Gefühle für dich lange nicht wahrhaben«, erklärte Ben. »Ich wollte nicht wieder verletzt werden. Ich war geradezu wütend auf dich, dass du diese Gefühle in mir ausgelöst hast, die ich eigentlich nie wieder fühlen wollte.«

Jana schluckte.

»Weil sie mir so wehgetan haben!«

»If you can't stand the heat, stay away from the kitchen?«, lachte Jana.

»Genau!«, lachte auch Ben. »Und außerdem war ich eifersüchtig auf Frank. Ich dachte, dass in Bezug auf dich für mich eh nichts zu holen ist. Und ich war sauer, dass diese doofen Schnösel immer die interessantesten Frauen bekommen. Die Wut hast dann halt du zu spüren bekommen.«

»Woher wusstest du denn, dass aus Frank und mir nichts geworden ist?«, fragte Jana verwundert.

»Das hat Daniel mir gesteckt«, gab Ben beschämt zu.

»Er weiß, was ich für dich empfinde«, schob er nach, nachdem er Janas erstaunten Blick registriert hatte.

»Du fandest mich echt von Anfang an gut?«, fischte Jana nach noch mehr Komplimenten. Sie konnte gar nicht genug von Bens wohltuenden Liebesbekundungen bekommen.

»Und wie! Mir ist sofort das Herz in die Hose gerutscht, als du mit James ankamst.«

»Das hast du dir aber nicht anmerken lassen!«

»Natürlich nicht! Ich wollte mir ja auch auf keinen Fall noch mal das Herz brechen lassen.«

»Beim zweiten Mal tut's doch gar nicht mehr so weh, Baby«, scherzte Jana, küsste ihn und flüsterte ihm dabei »Du Weichei« ins Ohr.

»Deswegen hab ich's ja nun auch trotzdem riskiert«,

sagte Ben. »Signed, sealed, delivered – I'm yours«, witzelte er und überreichte ihr dabei pantomimisch sein Herz.

Jana nahm sein Gesicht in die Hände und küsste ihn. Und küsste ihn. Und küsste ihn ...

32

Als Jana und Ben eng umschlungen am Hundestrand ankamen, war die Party schon in vollem Gang. Laute Musik tönte aus einem Gettoblaster, Würstchen brutzelten auf dem Grill. Die ehemaligen Aktivisten standen oder lagen auf Decken und Sitzsäcken herum und hielten Pappbecher oder Bierflaschen in den Händen. Lachen und Gesprächsfetzen schwirrten durch die Luft. Hunde tollten herum, planschten im Wasser oder jagten sich über den Strand. Jutta und Michaela zelebrierten gerade irgendeinen erotischen Ausdruckstanz auf einer improvisierten Tanzfläche und schüttelten dabei wie wild ihre Becken. Es sah aus wie ein afrikanisches Fruchtbarkeitsritual.

Die anderen konnten ihre Überraschung kaum verbergen, als sie Ben und Jana Hand in Hand ankommen sahen.

»Oh, là, là!«, rief Thomas. »Ham wir wat verpasst?«

Daniel jubelte und klatschte Beifall.

»Kann schon sein«, schmunzelte Ben und küsste Jana auf die Wange.

»Wir haben euch was zu verkünden!«, sagte er plötzlich, schaute Jana an und drückte ihre Hand.

Jemand drehte die Musik leiser, und etwa zwanzig Augenpaare schauten sie erwartungsvoll an.

Was kam denn nun?, fragte sich Jana erschrocken. Wollte er etwa ihre Verlobung bekannt geben? Jetzt schon?

»James hat den Wesenstest bestanden!«, platzte Ben heraus. »Wir haben also noch einen Grund mehr zu feiern!« Sagte es, zog eine Flasche Champagner hervor und öffnete sie knallend.

»Her mit euren Gläsern!«, rief er, während der Schaum aus der Flasche sprudelte.

Sie stießen an, Jana wurde rundum beglückwünscht und die Musik wieder aufgedreht.

Die völlig enthemmte Jutta zog Ben auf die Tanzfläche, und Jana war überrascht, wie gut er sich bewegen konnte. Geschmeidig, fantasievoll und rhythmisch. Dass er so viel Körpergefühl hatte, war ihr noch gar nicht aufgefallen.

Ben schickte ihr immer wieder tiefe Blicke, reichte ihr irgendwann die Hand und zog sie zu sich auf die Tanzfläche. »Der is heiß wie Frittenfett«, raunte Jutta ihr ins Ohr, als sie ihr Ben überließ.

Wenn man gut zusammen tanzen kann, dann läuft es auch im Bett, sagte man doch. Bens und ihre Bewegungen waren erstaunlich harmonisch. Jana wurde heiß.

Jetzt, wo der Schalter umgelegt war, war die Anziehung zwischen ihnen geradezu unglaublich. Wie ein Magnet zog es Jana zu ihm hin. Sie wollte ihn immer nur küssen, und wenn sie ehrlich war, auch noch sehr viel mehr.

Seine Lippen, sein Duft, seine sanften Hände, sein so

herrlich muskulöser aufregender Körper, den sie an ihrem spürte ...

Immer wieder schlichen sie sich an diesem Abend kurz weg und zogen sich ein Stück weit an den Strand zurück, um im Schutz der Dunkelheit hemmungslos zu knutschen, bis das wilde Feuer, dass sich von Janas Unterleib aus in ihrem gesamten Körper ausbreitete, schier unerträglich wurde. Der Sternenhimmel über ihnen, der noch warme Sand unter ihren Füßen, die Romantik war kaum noch auszuhalten, sie brauchte Linderung. Sofort!

»Kommst du noch mit zu mir?«, fragte Ben irgendwann mit rauer Stimme, dem es, der verräterischen Schwellung in seiner Jeans nach zu urteilen, genauso ging. Jana musste ihre Antwort nicht lange überlegen.

Ben war ein wirklich guter Wellenreiter. Die unbekannten Wellen der Lust, die Janas Körper in dieser Nacht überspülten, ritt er so souverän und gekonnt ab, als hätte er nie etwas anderes getan. Es war, als ob er jede ihrer geheimsten Zonen kennen würde. Jana hatte noch nie eine solche Ekstase erlebt. Es war absolut überwältigend.

33

Ben wohnte in einem umgebauten Zirkuswagen auf dem Campingplatz Hörnum. Der gänzlich aus Holz gefertigte Wagen war etwa siebzig Jahre alt, und Ben hatte ihn selbst umgebaut. Nun gab es über dem Bett ein Fenster in den Sternenhimmel, eine erstaunlich moderne Küchenzeile und eine Loungeecke mit Fernseher.

Jana fühlte sich in diesem Tiny Home, das in einer äußeren Ecke des Campingplatzes direkt am Dünengürtel lag, sofort wohl und war sich gar nicht so sicher, ob Bens Plan, demnächst in ein richtiges Haus umzuziehen, wirklich eine Verbesserung wäre.

Ben hatte sich für ein staatlich unterstütztes Wohnraumschaffungsprojekt für Einheimische beworben, eine der Initiativen, die gerade überall aus dem Boden schossen und dafür sorgen sollten, dass es sich auch die gebürtigen Sylter wieder leisten konnten, auf ihrer Heimatinsel zu wohnen. Die Millionärsschwemme hatte in den vergangenen Jahrzehnten die Immobilienpreise für Häuser und Wohnungen in absurde Höhen getrieben, und auch Mieten waren unbezahlbar geworden. Viele Sylter waren deshalb notgedrungen aufs Festland ausgewandert und pendelten nun täglich mit der Bahn zur Arbeit.

Nach langer Wartezeit stand Ben inzwischen ganz oben auf der Liste und sollte demnächst ein Grundstück in List zugeteilt bekommen.

Liebe am Strand, Baden in den grünen, herrlich erfrischenden Prickelwellen, romantische Kerzenlichtdinner in Bens Wohnwagen oder in Janas Garten – Jana schwebte im Glücksrausch auf rosa Wolken durch die Sommertage.

»Und wie soll es jetzt mit euch weitergehen?«, fragte Daniel, mit dem sie sich eines Abends im Kaamps 7 zu einem Sundowner trafen. »Bleibst du jetzt für immer hier?«

»Wie denn?«, fragte Jana ratlos.

»Indem du einfach nicht nach Hamburg zurückfährst!«, schlug Daniel lachend vor.

»Und wo soll ich wohnen? Nele und Tom sind auf die Mieteinnahmen durch die Ferienvermietung dringend angewiesen, gerade jetzt, in der Hauptsaison«, erklärte Jana. Sie hatte natürlich auch schon darüber nachgedacht, die beiden einfach zu fragen, ob sie noch länger bleiben könne. Aber Nele und Tom hatten nun ein Maul mehr zu stopfen, und außerdem hatte sich Neles Gehalt verringert, da sie im Mutterschutz war. Das Ferienaus war bis Januar zudem komplett ausgebucht.

Ben räusperte sich. »Also wenn du magst, könntest du erst mal bei mir wohnen«, schlug er verlegen vor. »Und dir dann in Ruhe was Eigenes suchen. Ich würde mich sehr freuen!«, schob er bekräftigend nach und schaute ihr schüchtern in die Augen.

Wie süß er doch war! Sie küsste ihn.

»Und wovon soll ich leben, Schatz?«

»Da hätte ich dann wiederum eine Idee!«, fiel Daniel ins Gespräch ein. »Wenn du Lust hast, kannst du gerne bei uns im Laden jobben. Du kennst dich ja jetzt in der Hundewelt bestens aus, und Boy wollte sich sowieso in nächster Zeit etwas mehr auf seine tierpsychologischen Trainerstunden konzentrieren.«

Warum eigentlich nicht, überlegte Jana. Einen Versuch wäre es wert, und in Hamburg wartete eh nichts auf sie, außer unguten Erinnerungen und unerreichbaren Jobs.

»Also, wenn ihr das wirklich ernst meint …«, sagte sie deshalb strahlend.

»Nö!«, sagte Daniel.

»Nö!«, bestätigte auch Ben.

»Ihr Idioten!«, lachte Jana. »Ich habe euch so lieb!«

Dankbar fiel sie beiden nacheinander um den Hals.

Schon am nächsten Morgen gab sie ihre Hamburger Wohnung zur Untervermietung frei und absolvierte einen Probearbeitstag im »Pudels Kern«, der vollkommen problemlos lief.

Frank meldete sich noch ein paarmal per SMS, obwohl Jana ihm schrieb, dass sie sich in Ben verliebt habe. »Na und? Wir könnten doch trotzdem Spaß haben«, textete er zurück. »Merkst du selber, ne?«, lautete Janas Antwort, und Frank gab endlich auf.

Die Wochen vergingen wie im Flug, und schließlich war er da, der Tag, an dem sie James zurück nach Hamburg bringen sollte. Ben brachte die beiden zum Bahnhof und verabschiedete sich auf dem Parkplatz unter Tränen von James. »Mach's gut, mein Dicker! Es war mir eine Ehre!«

»Bis später, Schatz«, rief er Jana hinterher, als sie mit James in der Bahnhofshalle verschwand.

In der Bahn war auch Janas Tränenfluss nicht zu stoppen. Ein Leben ohne ihren schwarzen Begleiter konnte und wollte sie sich gar nicht mehr vorstellen. Er hatte ihr so viel Glück gebracht, und sie fühlte sich durch ihn unglaublich beschützt.

James schaute sie mit seinen weisen, warmen Bernsteinaugen an und legte ihr tröstend seine Pfote auf den Oberschenkel. Während sie ihm seinen flauschigen Kopf kraulte, musste Jana noch mehr weinen. Die herrliche Wärme seines Körpers, wenn er zu ihren Füßen lag, das dauernde Gehechel, das sie seit zwei Monaten nonstop begleitete, sein beruhigendes Atmen in der Nacht, seine Freude, wenn er sie begrüßte, seine Tannenzapfen-Tänze, seine Lebenslust, seine Schwimmsucht ... Wie sollte sie bloß ohne ihn auskommen? Ohne seinen bescheidenen Support und seine Liebe?

Natürlich hatte sie Nele gefragt, ob sie James behalten könne. Doch da war leider nichts zu machen.

»Tom hängt so an dem Tier, seit James ihm mal das Leben gerettet hat«, hatte Nele ihr gestanden.

»James hat Tom das Leben gerettet?«, hatte Jana erstaunt gefragt.

»Ja. Tom ist auf Sylt mal ziemlich weit rausgeschwommen und in einen Trecker geraten.«

»Einen Trecker? Im Meer fahren doch gar keine Landwirtschaftsfahrzeuge?« Jana begriff gar nichts.

Nele lachte. »Trecker nennt man die gefährlichen Sylter Unterströmungen, die einen aufs Meer hinausziehen, wenn man zu weit rausschwimmt!«, klärte sie Jana auf.

»James hat irgendwie instinktiv mitgekriegt, dass Tom in Not war, und ist zu ihm hingeschwommen, damit er sich an seinem Fell festhalten konnte. Dann hat er ihn mit seiner unglaublichen Kraft zurück an Land gezogen. Und seitdem möchte Tom nicht mehr ohne ihn sein.«

»Das kann ich gut verstehen«, sagte Jana traurig.

»Außerdem wollen wir, dass Mila mit einem Tier im Haushalt und so naturnah wie möglich aufwächst«, sagte Nele. »Deshalb ziehen wir ja auch bald aufs Land.«

Das sah Jana natürlich ein, auch wenn sie sich sehr schwer damit tat, James wieder herauszurücken.

Und nun stand sie also tatsächlich mit ihm vor Neles Haustür und brachte ihn zurück. Die acht Wochen, die ihr vorher so unbewältigbar endlos vorgekommen waren, waren so schnell vergangen. Und es war so viel passiert, was Jana niemals für möglich gehalten hätte ...

James war sichtlich aufgeregt, hatte sein Zuhause längst wiedererkannt, starrte neugierig und wild hechelnd Richtung Türklinke und wedelte freudig mit dem Schwanz, nachdem Jana geklingelt hatte.

Strahlend öffnete Nele die Haustür, mit der zwei Monate alten Mila im Arm. »Jana, wie schön! Ich freue mich so, dich endlich wiederzusehen! Und dich natürlich auch, James!« Nele strich ihm über den Kopf. Aufgeregt fiepsend sprang er mit Propellerantrieb um sie herum, und Nele musste aufpassen, dass er Mila nicht ableckte. Schließlich verschwand er schnüffelnd in der Wohnung, um zu kontrollieren, ob und wie sich sein Revier verändert hatte. Zähneknirschend musste Jana zugeben, dass er sich offenbar auch hier, in seiner Familie, sehr wohlfühlte.

»Komm doch rein, ich habe uns einen Kaffee gemacht«, schlug Nele vor, und Jana folgte ihr in die Küche.

»Vielen Dank, dass du dich so rührend um James gekümmert und sogar diesen Wesenstest mit ihm durchgezogen hast«, sagte Nele, nachdem sie Kaffee ausgeschenkt und Kekse auf den Tisch gestellt hatte. »Das war echt superlieb von dir. Ich weiß ja, dass du Hunde gar nicht so gerne magst.«

»Ooch«, sagte Jana. »Das hat sich mit James komplett verändert!«

»Echt?«, lachte Nele. »Hat der Riese etwa dein Herz erobert?«

»Aber so was von!«, grinste Jana. »Ich würde ihn am liebsten gar nicht mehr hergeben.«

»Ich weiß«, sagte Nele. »Das hast du ja schon am Telefon gesagt. Aber da ist leider nichts zu machen. Es würde Tom das Herz brechen. Er gehört einfach zur Familie.« Sie schaute Jana entschuldigend an.

»Und diese kleine Maus ja jetzt auch«, flüsterte Jana und schaute ihre niedliche, tief und fest auf Neles Arm schlafende Nichte verliebt an. »Meine Güte, ist die süß!« Sie streichelte ihr winziges Köpfchen, das mit zartem blonden Flaum bedeckt war.

»Und du bleibst jetzt tatsächlich erst mal auf Sylt?«, erkundigte sich Nele.

»Ja«, nickte Jana. »Der Job bei Daniel und Steffi macht echt Spaß, und außerdem habe ich mich verliebt!«

»Nee, ist nicht wahr!«, rief Nele begeistert. »In wen denn?«

»In Ben, den Hundetrainer!«

»Ach, wie schön!«, freute sich Nele. »Dann hat sich dein Inselaufenthalt ja richtig gelohnt.«

»Kann man so sagen«, grinste Jana. »Für euch übrigens auch: James hört jetzt aufs Wort, zieht nicht mehr so an der Leine und gibt sogar Pfötchen«, berichtete sie stolz.

»Wahnsinn«, staunte Nele. »Wie hast du das denn geschafft?«

»Harte Arbeit plus eiserner Wille«, lachte Jana. »Wo ein Wille ist, ist auch eine Pfote! Und viel habe ich auch Ben zu verdanken. Der ist echt ein erstklassiger Tiertrainer, ein echter Hundeflüsterer!«, schwärmte sie.

»Ben, Ben!« Nele verdrehte gespielt genervt die Augen. »Der Mann mit den Superkräften, der es geschafft hat, das Herz meiner uneinnehmbaren Schwester zu erobern! Den möchte ich jetzt aber auch mal kennenlernen. Wann stellst du ihn uns denn vor?«

»Mal schauen«, lachte Jana. »Er ist ein bisschen schwierig von der Insel zu kriegen. Aber ich präsentiere ihn euch natürlich so schnell wie möglich.«

Jana musste sehr schlucken, als sie James eine Stunde später zum Abschied über seinen flauschigen Kopf strich. Der große, haarige Kerl würde ihr furchtbar fehlen.

Von der Rückfahrt in der Bahn bekam sie kaum etwas mit, so sehr musste sie weinen. James zu verlieren, tat furchtbar weh. Er war doch bloß ein Hund, fragte Jana sich. Wie konnte das sein?

Er war eben viel mehr als nur ein Hund, musste sie zugeben. Er war James. Ihr James. Ein einmalig besonderes Wesen.

34

Zurück auf Sylt, plätscherte Janas Leben in ihrem neuen Alltag vor sich hin, den sie sehr liebte: Sie jobbte bei Daniel im Laden, lernte durch Ben Wellenreiten, wohnte mit ihm in seinem Wohnwagen und war insgesamt so glücklich wie noch nie – bis auf die Momente, wo es schmerzhaft in ihrem Bauch zuckte, weil sie plötzlich an James denken musste, was sehr oft vorkam.

Einschließlich der Zeit mit James lebte sie nun schon insgesamt vier Monate auf der Insel, als eines Vormittags ihr Handy klingelte. Sie stand im »Pudels Kern« gerade am Verkaufstresen und packte einer Kundin Dosen in eine Tüte.

»Frau Mertens?«, fragte eine strenge Frauenstimme.

»Ja?«

»Büro Dr. Konrad. Ich stelle durch!«

»Herzlichen Glückwunsch, Jana!«, hörte sie Franks Stimme wutentbrannt in den Hörer bellen. »Paula hat gestern Nacht sechs Neufundländer-Mischlingswelpen geworfen!«

»Frank! Wie schön, nach fast drei Monaten wieder von dir zu hören«, ignorierte Jana sein Gebrüll.

»Hast du nicht gehört, was ich gesagt habe, du blöde Kuh?«, schrie Frank. »Ich überlege ernsthaft, dich zu verklagen!«

»Paula war also tatsächlich trächtig?«, überging Jana seine Drohung. »Warum meldest du dich denn erst jetzt?«

»Paula ist kurz nach der Aktion mit James auch noch von einem anderen Hund gedeckt worden«, gestand Frank. »Einem Rasserüden mit langem Stammbaum.«

»Wie toll!«, jubelte Jana sarkastisch.

»Wir hatten die Hoffnung, dass er sich durchsetzen würde.«

»Und?«

»Was und?«, schrie Frank aufgebracht! »Das hat er ja offensichtlich nicht! Weimaraner kriegen keine Babys, die wie schwarze Schafe aussehen!«

Jana musste losprusten. »Sorry«, entschuldigte sie sich.

»Paula ist ein Rassehund mit zentimeterdickem Stammbuch«, zeterte Frank. »Wenn der Züchterverband das erfährt, kann ich einpacken!«

Jana beruhigte ihn mit dem Versprechen, die unehelichen Mischlinge diskret unters Volk zu bringen. Dafür wollte Frank im Gegenzug auf eine Klage verzichten.

Sie einigten sich darauf, dass die Welpen noch so lange bei Paula bleiben durften, bis sie groß genug für den Transport und auch ohne Muttermilch lebensfähig waren.

Sechs Wochen später holte Jana die Welpen gemeinsam mit Ben bei Frank in Hamburg ab. Vorher schauten sie bei Nele und Tom vorbei, die von dem neuen Mann an Janas Seite schwerstens begeistert waren. Auch James freute sich unbändig über den kurzen Besuch und hörte gar nicht mehr auf, Janas Gesicht abzulecken. Sie verabschiedeten sich mit dem Versprechen, bald wiederzukommen.

Susanne, Franks Frau, öffnete die Tür der riesigen weißen Harvestehuder Altbauvilla, an der sie gerade geläutet hatten. Susanne war dünn wie ein Strohhalm, durchtrainiert von siebentausend Stunden Power-Fat-Burning-Bauch-und-überhaupt-alles-weg-Training pro Woche. Ihre blonden Haare waren streng zurückgekämmt und zu einem Pferdeschwanz gebunden. Sie bedachte Jana und Ben mit einem äußerst verachtenden, superarroganten Blick.

Das war sie also, dachte Jana, die Frau, die dem Inselplayboy locker alle Seitensprünge und Affären verzieh und der das angeblich gar nichts ausmachte. Ihre steil nach unten weisenden Mundwinkel und die Zornesfalte auf ihrer Stirn sprachen eine andere Sprache.

»Mein Mann ist noch in der Kanzlei«, sagte Susanne scharf. »Er hat mich gebeten, diese unangenehme Angelegenheit zu erledigen. Kommen Sie bitte rein!«

Im mit glänzendem Marmor ausgelegten Hausflur lag Paula in einem luxuriösen Hundekorb, um sie herum wuselten ihre Welpen. Vorsichtig sammelte Jana die kleinen schwarzhaarigen Fellknäuel ein und bettete sie in die Transportkiste, die sie gemütlich mit einem Schaffell ausgelegt hatten.

»Passen Sie auf, dass die Nachbarn nichts mitbekommen!«, ordnete Susanne streng an, als Jana die Kiste hinaustragen wollte. »Am besten fährt Ihr Partner direkt vor die Eingangstür«, schlug sie vor.

»Partner«, so wie Susanne das Wort aussprach, klang es, als wären sie ein Gangsterduo, dachte Jana amüsiert. Die Frau hatte doch echt einen an der Waffel. Wahrscheinlich hatte sie der Dreck, den die Welpen machten, bereits an den Rand eines Nervenzusammenbruchs gebracht. Vielleicht hatte eines der schwarzen Schafe auch ihren weißen Tennisdress vollgepinkelt, fantasierte Jana, oder ein Häuflein in ihre Vuittontasche gemacht. Blitzblanke Sauberkeit hatte in Susannes Leben bestimmt oberste Priorität. Da war sich Jana sicher, so untervögelt wie die arme Frau aussah.

Ben parkte weisungsgemäß mit laufendem Motor vor der Eingangstreppe. Susanne quittierte den Anblick des schraddeligen Benz mit einer verächtlich hochgezogenen Augenbraue. Gemeinsam trugen Jana und Ben die Transportkiste, über die Susanne noch schnell eine Wolldecke geworfen hatte, aus dem Haus und schoben sie vorsichtig auf den Rücksitz. Susanne knallte derweil ohne ein Wort des Abschieds die Tür zu. Ben schüttelte fassungslos den Kopf.

»Geht's noch? Die spinnt doch total, die Alte!«

Jana lachte und warf Susannes Decke zurück auf die Eingangstreppe. »Ach lass doch! Die sind doch beide nicht ganz dicht!«

Ben stimmte ihr zu und ließ das Auto von der Auffahrt rollen.

Jana war Susannes Feindseligkeit herzlich egal. Sie kuschelte sich auf der Rückfahrt an Ben und schaute immer wieder glücklich nach der wertvollen Fracht auf dem Rücksitz. Im Grunde konnte sie Frank für seine Arschlochhaftigkeit nur auf Knien danken. Sonst hätte sie womöglich das große Glück verpasst, das hier neben ihr saß und fröhlich grinsend zu einem Song von Justin Bieber aufs Lenkrad trommelte.

Über Bens und Daniels Netzwerke waren die Welpen schnell vergeben. Die einzelnen Bewerber wurden selbstverständlich auf Herz und Nieren geprüft und mussten sich persönlich vorstellen, bevor sie ihren Welpen mitnehmen durften. Schon nach zwei Wochen war der gesamte Wurf untergebracht, bis auf eine komplett schwarzhaarige Welpin, die Jana behielt.

Sie taufte sie Baghira.

James' Tochter hatte die Augen ihres Vaters, und Jana quoll schier über vor Liebe, wenn sie sie anschaute.

Nie hätte sie gedacht, dass eine Insel und ein Hund ihr Leben derart verändern, es so drastisch verbessern könnten. Und nun hatte sie endlich einen eigenen Hund.

Das Abenteuer konnte von vorn beginnen ...

- Ende -

Ich danke …

… meiner Mutter Gisela für ihre nie endende Unterstützung und Liebe – und für die erfolgreiche Saat sprudelnder Kreativität in unseren Kinderseelen.

… meinen Schwestern Julia und Lara für ihre Liebe.

… der »anderen« Claudia für Millionen Wunder. (Und Dreissigacker geht! ;-))

… Lini-Bini für ständiges Entzücken und Dauergrinsen in meinem Gesicht. Du bist soooooooo süß!!!

… meiner Cousine Kerstin fürs beinharte »An-mich-Glauben«.

… meinem geliebten Cousin-Bruder Stefan für seine Tapferkeit.

… meinen Tanten Lore, Frauke und Barbara dafür, dass sie meine geliebten Tanten sind.

… meiner geliebten Oma Annemarie.

… meinen Cousinen und Cousins Anja, Jan, Juliane, Hannes, Franziska, Stefan und Nina und deren »besseren Hälften« Christian, Viola, Heike, Olli und Ingo – einfach fürs Da-Sein.

… den zahlreichen Nichten und Neffen »um die Ecke« –

Ben, Maria-Fee, Theresa, Antonia, Alena, Julian, Tom, Laurin und Julian No. 2 – genauso.

... Susanna für Freundschaft, Fairness, Großzügigkeit und Unterstützung.

... Annette und Heiko als sehr lieb gewonnenes Kölner Freundschafts-Back-up.

... Veronika und Friedhelm für ihr wundervolles Kind.

... meinen Schwestern Katharina, Alexandra und Friederike und deren Kinderhorden.

... meinen genauso geliebten Freundinnen Karen, Nicole, Astrid, Julie, Katja, Julie, Simone und Kerstin.

... Karina L. für kommende Bestseller. Wir sind ein Traumduo!

... der großartigen Regina Först, genialste Coaching-Frau ever und Herzensfreundin.

... Almut und Richard für ihre Freundschaft.

... Meike Herrmann für ihr inspirierendes Coaching und ihre superloyale Unterstützung.

... Heinke Hager für mögliche Verfilmungen.

... Julia Eichhorn, der besten Agentin der Welt.

... Claudia Winkler vom Ullstein-Verlag für die wie immer großartige, angenehme und produktive Zusammenarbeit.

... Ingola Lammers wieder mal für das tolle Lektorat.

... Jörg Auf dem Hövel von Rock Lobster Webdesign (www.rocklobsterweb.de) für die geniale Gestaltung und perfekte Wartung meiner Website (www.claudiathesenfitz.de).

... Marina und André vom Kino Nordlicht (www.kinonordlicht.de) für ihr tolles, werbeunabhängiges Programm und ihre Freundlichkeit!

... Elke Wenning für die tollen Lesungen im Kursaal Hoch 3.

... Tamara Waeger für Humor, Weisheit und Liebe.

... Sylt, einfach dafür, dass du da bist!

... und diesmal am allermeisten natürlich dir, geliebter James! Mögest du im Hundehimmel von genauso viel Liebe umgeben sein, wie du sie (hoffentlich) hier bei uns erfahren hast. Du fehlst mir so!!!